徳間文庫

偽証

深谷忠記

徳間書店

目次

真実はこの世の中で一番面白い冗談だ。
バーナード・ショー

序章　希望もしくは絶望

＊

リャンは、バサドに礼を言った後、カルーとホアンに別れの挨拶《あいさつ》をし、勤め先に決まったタイ料理のレストランから迎えに来たメイと一緒にホテルを出た。

カルーとホアンとはバンコクのドンムアン空港で初めて顔を合わせ、わずか三日間行動を共にしただけだったが、離ればなれになるのは少し辛《つら》く、寂《さび》しかった。

といって、リャンは日本へ遊びに来たわけではない。ホテルを出て歩き出すと、そ

んな感傷的な気持ちをすぐに振り切り、

——ああ、いよいよこれで日本で働けるんだわ。一生懸命働いて、少しでも沢山《たくさん》お母さんにお金を送ってやらなくちゃ。

と、思った。

リャンたちが泊まっていたのは、小さなビルの立て込んだ裏通りにある安っぽいホテルだった。トウキョウだと聞いたが、トウキョウの何というところなのかは知らない。旅行業者のダンに付き添われてナリタに着くと、バサドが待っていて、彼の知り合いだという日本人の女が運転する車でホテルまで来たのである。

ホテルには日本人やタイ人が代わるがわるやってきて、品定めするようにリャンたちを見ていった。バサドによると、三人それぞれの希望に沿ったできるだけ条件の良い働き口を探している、という話だった。

リャンは、その働き口が最初に決まったのである。

メイに伴われたリャンは、ホテルを出て五分と歩かないうちに地下鉄に乗り、それから二回電車を乗り換えた。

リャンは、自分が働くことに決まったレストランについて知りたいことが沢山あった。どこにある何という店か、経営者はタイ人なのか日本人なのか、メイはそこで何をしているのか、自分はどんな仕事をし、いくら給料をもらえるのか……。しかし、メイに尋ねても、「行けばわかる」と木で鼻を括《くく》ったような返事がかえってくるだけで、何も説明してくれなかった。

メイは、二十一歳のリャンより十四、五歳上《うえ》に見える顔色の悪い痩《や》せた女だった。リャンに日本行きを勧めてくれたクーはいつもにこにこしている肥《ふと》ったおばさんだったし、クーが紹介してくれたダンも、そしてバサドも、優しく愛想が良かった。それに比べ、メイはホテルで会ったときからむすっとしていて、全然笑わない。感じが悪かった。リャンがしつこく質問しようとすると、釣《つ》り上がり気味の目を怒らせ、日本では電車の中でお喋《しゃべ》りをしないものだと強い調子で遮《さえぎ》った。周りには、大声で喋ったり笑ったりしている日本人がいるのに……。

リャンは不満だったし、少し不安にもなった。が、メイは日本人の中でタイ語を話すのが嫌なのかもしれないと思い、どんな配置になっているのか見当もつかない大きな駅で電車を乗り換えてからは、黙って窓の外を見ていた。「あんたの希望にぴったりの店が見つかった」とバサドは言ったのだから心配ない、そう自分の胸に言い聞かせながら。

小さいが、結構大勢の人が乗り降りする駅で降りたのは午後二時半ごろ。改札口を出ると、ホテルを出たときには感じなかった冷たい風が吹いていた。タイから着てきたブラウスでは寒い。両側に商店の並んだ狭い通りを歩きながらリャンが身体《からだ》を縮めていると、十一月なのだから当たり前だろうとメイがバカにしたように嗤《わら》い、商店街を出外れたところにあったスーパーマーケットへ連れて行った。

マーケットは二階建てで、エスカレーターで真っ直《す》ぐ二階へ上がった。

「仕事は夕方からだから、いまのうちに必要な物を買っておきな」

メイに言われ、リャンはタオル、石鹸《せっけん》、歯ブラシ、ジャンパー、普段着用のジャージーのトレーナーなどを買った。

リャンはお金を持っていなかったので、買い物の代金はメイが支払った。

マーケットを出ると、リャンは買ったばかりのピンクのジャンパーをビニール袋から出し、羽織《はお》った。宿舎まで二十分ほど歩かなければならないという話だったからだ。

宿舎と言うからには、自分はそこに寝泊まりしてレストランへ通勤するらしい。リャンはそう思い、どんな部屋かと聞いたが、メイはフンと鼻を鳴らしただけだった。

マーケットを出た少し先には大型トラックなどが轟音《ごうおん》を上げて走っている広い道路が交差していた。が、リャンたちはそこへ出る前に右折し、住宅街の道を西へ向かった。
十二、三分歩いて、右に枝分かれした道へ入ると、建物がだんだん疎《まば》らになり、畑や空き地が多くなった。
リャンは、宿舎は町の中にあるものと漠然と想像していたので、こんな寂しいとこ

ろなのかと何となく不安を覚えた。といって、メイに尋ねたところで答えてくれそうになかったから、

――宿舎の場所なんか、べつにどこだっていいわ。

と何でもないことのように胸の内でつぶやき、自分を励ました。

リャンがメイに連れて行かれたところは、畑の中に建っている二階建てのアパートだった。

東側を通っている狭い道から敷地へ入ると、手前の壁の外に二階へ上る階段が付いていた。アパートは南向きに建っていて、前は駐車場を兼ねた庭――白い乗用車が一台駐《と》まっていた――になっているらしい。

メイは先に立って階段を上り、北側の開放廊下を一番奥のドアの前まで進んだ。そこが三つ目のドアだったから、部屋は二階だけで三室あるのだろう。

メイがずっと大事そうに抱えていた小型のバッグから鍵《かぎ》を取り出してドアを開け、

「入りな」とリャンを促《うなが》した。

それから自分も玄関に入り、

「帰ったよ」

奥に向かって言うと、リャンより三つ四つ上と思われるほっそりした女性――タイ人のようだ――が、下のほうが履物《はきもの》入れになっている右の仕切り壁の陰から現われた。

メイがリャンに、今日からここであんたと一緒に暮らし、同じ仕事をするスーだと紹介し、スーにもリャンの名前を教えた。

スーが何か言いたげな意味ありげな目でリャンを見たが、いつナリタに着いたのかとも疲れているのではないかとも聞かず、ただ、よろしくとだけ言った。

リャンはスーの目つきがちょっと気になったものの、深くは考えず、よろしくお願いしますと挨拶した。

部屋の間取りは、上がってすぐ右側が食堂と台所で、左側が洗面所とトイレと浴室だという。

メイがドアの付いていない洗面所の入口の前を通り、正面の開き戸——木の枠に紙を貼《は》っただけらしい軽い戸だった——を開けた。

「ここがあんたの部屋だから、荷物をバッグから出して適当に整理しな」

言われて中へ入ると、そこは南側がガラス窓になった縦長の部屋だった。床は板張りではなく、細い草をぎっしりと編んで作ったらしいマット——後《あと》で畳という名だと知った——だ。窓から射《さ》し込んでいる赤みがかった陽の光がそのマットに斜めの影を作っていた。

あんたの部屋……といってもリャン一人の部屋ではないらしい。あちこちに衣服や紙袋などが雑然と置かれていた。

「左手前は物入れだから、開けて何でも入れな。でも、右側の襖《ふすま》……襖っていうのは日本風の戸のことだけどね、そこはあたしの部屋との仕切りだから、無闇《むやみ》に開けるんじゃないよ」

メイが言って引っ込むと、リャンはまず奥まで行き、窓を開けてみた。

すぐ下には、さっき見た白い乗用車が駐まっていた。その向こうは畑だった。正面に二軒と右手に数軒の家が建っていたが、どちらも七、八十メートルは離れており、どこにも人の姿はない。少し寂しい感じがするが、住むところとしては静かで案外悪くないかもしれない、と思った。

窓を閉め、タイから持ってきたスポーツバッグのそばに戻り、草のマットにぺたんと座った。

これで職場も住む場所も決まったと思うと、安心し、急に疲れを感じた。

バッグのファスナーを開けたものの、何となくぼんやりしていると、隣りの部屋で物音がし、襖が開いた。

「あんたが今夜着るものを買っておいてやったよ」

メイが言い、何やらぴらぴらした薄い布を手に入ってきた。

彼女のひろげたのを見ると、ピンク地に黄色と薄緑色の柄が入った超ミニのワンピースだった。少し色褪《あ》せているような感じがするから、古着かもしれない。

リャンの好みではなかったし、レストランのウェートレスがどうしてこんな派手な格好を……と訝《いぶか》ったが、店ではみんなこういう衣装を着て働いているのだと言われたのでは、断わるわけにいかない。礼を言って受け取った。

それから一時間ほどして、リャンがお仕着せのワンピースを着て待っていると、日本人の若い男がワゴン車で迎えに来た。

——明日からは六時に出勤すればいいが、今日は初日なので早く行くから、そのつもりで用意しておきな。

メイにそう言われていたのだ。

リャンたち三人を乗せたワゴン車は、アパートの庭を出ると、さっきリャンがメイと歩いてきた道を走り出した。が、途中で別の道に移り、すぐに往復四車線の広い道路へ出た。どうやら、マーケットを出たとき正面に見えていた道路のようだ。ワゴン車はその道を左へ向かい、少し行って踏切を渡った後、スピードを上げて五分ほど走り、三つ目か四つ目の信号で右の二車線道路へ移った。

それから三、四分して着いたのは、二車線道路から右に逸《そ》れた、田んぼの中だった。周縁に枯れ草が生えている、畑一枚分ほどの広さの埋め立て地だ。ワゴン車が停《と》まった右手に車が三台駐められ、奥には見栄えのしない平屋が一軒建っていた。

飲食店らしい感じはするものの、周囲の状況といい、黒いドアが一つあるきりで窓のない建物といい、リャンが頭に描いていたレストランのイメージとは違う。

ここが本当にタイ料理のレストランなのだろうか。リャンは怪しむと同時に強い不安が胸に萌《きざ》すのを感じた。

しかし、メイとスーに尋ねても、二人とも何も答えない。代わりにメイが、

「ぐずぐず言わずに降りな」

と、これまでよりいっそうぞんざいな口調で言った。

リャンは仕方なくワゴン車を降り、メイに促されるまま、スーの後について建物に向かって歩き出した。

胸に恐怖がせり上がってきた。これから何が起こるのかは想像がつかないが、黒いドアの向こうに自分に対する〝悪意〟が待ちかまえているのは確実に思えた。

といって、逃げることはできない。ナリタからトウキョウへ来る車の中で、万一落としたり掏《す》られたりしたら大変だからと言われてバサドに預けたパスポートとIDカードは、いまはメイが持っているのだ。いや、たとえパスポートとIDカードが自分の手元にあったところで、この異国の地では同じだろう。右も左もわからず、言葉も通じないのだから。

それに――

振り向くと、ワゴン車を運転してきた男がメイの後ろに立っていた。リャンがメイ

を振り切って逃げ出したときに備えるように。

メイがスーにドアを開けさせ、「入りな」と顎《あご》をしゃくった。

ドアの中は穴蔵のように暗く、リャンは思わず尻込《しりご》みした。

「さっさと入るんだよ」

メイに背中を突かれ、押し込まれた。

つづいてメイとスーも入り――後ろにいた男は入らなかった――、ドアが閉じられると、奥まで見通せた。穴蔵のように感じたのは、外が明るかったせいらしい。

中は縦長の空間で、右側にカウンターと丸椅子《いす》の席が延び、その前にテーブル席が五つか六つあった。

レストランといった造りではないし、照明も暗く、スナックのようだ。

中にいたのは、黒地に赤い流線形模様が入ったロングドレスを身に着けた痩《や》せた女と、黒っぽいスーツを着たがっしりした体軀《たいく》の男である。二人はカウンターで煙草《たばこ》を吸っていたが、リャンたちが入って行くと、煙草の火は消さずに椅子だけ回し、リャンを見た。

二人とも日本人らしい。

歳《とし》は、女が三十代の後半ぐらいで、男は五十前後に見えた。

メイがリャンを二人の前へ連れて行き、お辞儀をしてから何やら日本語で言った。

それからリャンに顔を戻し、

「こちらはこの店のママさんだ。これからお世話になるんだから、ヨ・ロ・シ・ク・オ・ネ・ガ・イ・シ・マ・スと挨拶しな」

と、日本語を交えて指示した。

メイは、怖いような視線をリャンに向けている男についてはどういう人間なのか触れなかった。

ここがタイ料理店ならいいが、そうでなかったら、リャンはこんな店で働くために日本へ来たわけではない。

リャンはメイの言葉に従う代わりに、ここはタイ料理のレストランかと聞いた。

「おまえはバカか」

と、メイが嘲《あざ》笑った。「ここがレストランかどうかぐらい、見ればわかるだろう」

だったら、何かの間違いだから、自分をタイ料理の店へ連れて行ってくれ、とリャンは頼んだ。

「間違いじゃないよ。おまえは今夜からこの店で働くんだよ」

「でも、私はタイ料理のレストランで働けるとクーさんに言われ、クーさんが紹介してくれた旅行会社のダンさんに日本へ連れてきてもらったんです。このことはバサドさんもダンさんから聞いて知っています。もし私の話が信用できないのなら、バサドさんに電話して聞いてみてください」

「そんな必要はないね」

メイがリャンの要求をにべもなく撥《は》ねつけた。「おまえがどこで働こうと、バサドさんにもダンさんにももう関係ないんだよ」

「でも、私は、そんな話は聞いていません」

「じゃ、いま教えてやるよ。おまえはあたしに五百万円……タイのお金にするとだいたい百八十万バーツの借金があるんだ。だから、それを返し終わるまで、つべこべ言わずにここで働くんだ」

「百八十万バーツ！　ど、どうして、私がそんな大金をメイさんに……？」

「決まっているだろう。おまえ、只《ただ》で日本へ来られたと思っているのか」

「日本へ来るのにかかった費用はレストランで働いてから返せばいい、とダンさんに言われました」

「その金をおまえの代わりにあたしがダンさんに返してやったんだよ。バサドさんを通してね」

もしそれが本当だとしても、百八十万バーツというのは法外だ。タイから日本へ来るだけでそんなにかかるわけがない。

リャンがそう抗議すると、メイが鼻でせせら笑い、

「おまえが観光ビザを申請したからって、日本人の保証人もなしに、あっさりと取れると思っているのかい？」

と、言った。「持っている日本のお金を見せろとも言われないでナリタを通れたのはどうしてだと思っているんだい？」

「どういうことですか？」

「わからなきゃいいさ。あたしの知ったことじゃないからね。とにかく、あたしはバサドさんに五百万円払ったんだよ」

「それじゃ、バサドさんとダンさんに聞いてみます」

「二人がどこにいるかも知らないのに、どうやって聞くんだい？」

「電話番号を教えてください」

「電話なんて、あたしも知らないよ」

「嘘《うそ》です。知らないはずが……」

「おまえは頭が悪いね」

メイが苛々《いらいら》したようにリャンの言葉を遮った。「たとえバサドさんとダンさんに電話したって同じなんだよ。あたしが二人にお金を払い、おまえはもう二人には何の関係もなくなったんだから」

そう聞いて、リャンはようやく悟った。あの人の善《よ》いおばさんに見えたクーも、愛想がよく親切だったダンとバサドもみんなグルで、自分は騙《だま》されたらしい、と。

「それから、ついでに言っとくと、さっきおまえは買い物をしただろう」

メイがつづけた。「あのお金も、おまえがいま着ているワンピースの代金も、おまえはあたしに借りたんだよ。そして、これからはアパート代だってご飯代だって、要《い》るんだからね。そうやっておまえがつかった金は全部ノートにつけておくから、五百万円の他《ほか》にそれもあたしに払うんだよ。ママのお世話になって、ここで働いて」

リャンはショックのあまり声も出なかった。

「わかっただろう？　わかったら、ヨ・ロ・シ・ク・オ・ネ・ガ・イ・シ・マ・スとママに挨拶するんだ」

リャンは、メイの一方的な話を認めたわけではない。だが、ここでいくら抵抗してもどうにもならないことだけはわかった。自分はクーやダンの仕掛けた罠《わな》に掛かってしまったのだ。

リャンは罠を外してくれと泣き叫びたいのを我慢し、自分はこの店でどんな仕事をするのか、とメイに尋ねた。

メイが呆《あき》れたような顔をして、

「そんなことは決まっているじゃないか」

と、答えた。

「決まっている って……?」

「ほんとにバカだね、おまえは。おまえにいったい何ができるっていうんだい?」

メイが何を言おうとしているのか、リャンにもようやくわかった。

顔が引きつり、ひとりでに身体が震え出した。

と、メイが意地の悪い笑みを唇《くちびる》に浮かべ、リャンの想像したとおりのことを口にした。

「おまえの身体を売るんだよ。おまえにできるのはそれしかないじゃないか」

*

佐和子《さわこ》がリビングダイニングルームのドアを開け、「ただいま」と言いながら入って行くと、チャイムの音が聞こえたのだろう、昇《のぼる》が自分の部屋からのっそりと現われた。

「ただいま」

佐和子はあらためて息子に言った。

「お帰り」

佐和子はダイニングテーブルのそばまで進み、スーパーマーケットのポリ袋を足元に下ろした。

「お腹《なか》、空《す》いた？」

「そうでもない。帰ってきて、カップラーメン食ったし」

「そう」

「それより、いつもより早いじゃない？」

「うん。今日は事務所に寄らずに帰ってきたから」

心配しているような、何があったのかと問いかけるような息子の目。ずっと二人だけで暮らしてきたからだろう、母親の心の状態に敏感なのだ。

「あーあ、お母さん、またヘマしちゃった！」

佐和子は両腕を前に広げ、大袈裟《おおげさ》に溜《た》め息をついてみせた。思わず漏《も》れそうになった腹の底からの溜め息を誤魔化《ごまか》すために。

「お袋のヘマにはべつに驚かないけど」

と、昇が軽く応じた。「どうせ、いつものように法廷を間違えるか時間を間違えたっていうんだろう」

佐和子に対する昇の呼称は、中学二年ごろまではずっと「お母ちゃん」だったが、変声期を迎えたころから「お母さん」になり、高校生の現在は「お母さん」になったり「お袋」になったりする。

「外れぇー」

佐和子は泣きたいのを我慢しておどけた声を出した。「同じ裁判所の中で法廷を間違えただけなら移ればいいけど、今日は川越《かわごえ》支部を間違えて、越谷《こしがや》支部へ行っちゃったのよ。ほら、両方とも越《こし》という字が入っているでしょう、だから」

川越も越谷も、さいたま地方裁判所の支部の一つだった。

「同じ字が入っているからって、普通、間違えるかな」

「お母さんの間抜け度は、普通じゃないから」

「ま、そうだね」

「何よ！　あんたまで同調することないでしょう」

「だって、事実だから」

「でもね、いま、似たような遺産相続争いがちょうど両方の支部でつづいているのよ。そうじゃなかったら、お母さんだって間違わないわ」

「フーン」

「フーンて、信用しないの？」

「してるよ。そうか、それじゃ、お袋の頭じゃこんがらかるのも無理ないね」

「その言い方、何？　慰《なぐさ》めたつもり？　これでもお母さんは天下の司法試験に合格したんだぞ」

「十年かかってね」

「十年じゃない、九年！」

「九年も十年もたいして変わらないよ」

「それじゃ、昇は、懲役九年のはずが十年になっても文句を言わない？」

「何か変だな」

「とにかく一生かかったって無理だって言われていたのに、たった九年で合格したんだから、すごいじゃない」

「自分ですごいと言ってりゃ世話ないや」

「悔《くや》しかったら、あんた、早稲田に入ってみなさいよ」

「俺《おれ》だって九年浪人すりゃ、受かるさ」

「何言ってんの。司法試験が九年なら、早稲田ぐらい現役に決まってるでしょう」

昇は一カ月前高校二年生になり、本格的に受験勉強を始めないと手遅れになるという脅しのような通知が学校から届いていた。

「わかった、わかった。しょっちゅうヘマをするけど、お袋は偉いよ」

「認める？」

「ずっと認めているさ」

「それなら、よろしい」

「で、今日の話だけど、弁護士、クビになるわけじゃないよね？」

「クビにはならないわ」

「だったら、いいじゃない」

「そう思う？」

「ああ。クビになったら、俺、大学へ行けなくなっちゃうから困るけど、そうでないんなら、たいしたことじゃないよ。もう忘れなよ」

「そうか、そうよね」

「ドンマイ、ドンマイ」

「ああ、よかった！　昇ならきっとそう言ってくれると思って、実はお母さん、早く帰ってきたんだ」

　佐和子の本心だった。

「ドンマイ、ドンマイ」は、昇が小学生のころ、失敗してしょげているときなど、佐和子が励ますためにかけていた言葉である。が、いつしか元気をつけ合うための二人の合言葉のようになり、だんだん佐和子が昇にかけるよりも昇からかけられるほうが多くなり……そしてここ数年は（照れくさいのか）滅多に昇の口からも出なくなっていたのだった。

　昇と軽口を叩《たた》き合い、久しぶりに「ドンマイ、ドンマイ」を聞き、佐和子は心が軽くなるのを感じた。電車に乗っているときも、スーパーで買い物をしているときも、ずっと胸を塞《ふさ》いでいた靄《もや》がだいぶ晴れていた。

「その代わり、今夜はステーキにしようと思って、私には百グラム、昇には二百グラムのお肉、買ってきたからね」

佐和子は足元のビニール袋を目顔で指して言った。

「やったぁ！」

昇が顔をほころばせ、右手の人差し指と中指を揃《そろ》えて突き出した。思わず子供のころの反応が出たという感じだった。

佐和子は涙がにじんだ。

が、今度は初めのときとは違い、嬉《うれ》し涙だった。昇と一緒に生きてきて本当によかった、と思った。

佐和子は、夫だった江島弘幸《えじまひろゆき》とは昇が一歳のときに別れた（同時に村地《むらち》という旧姓に戻った）。

弘幸は、外で働いたこともない専業主婦に離婚なんてできるわけがない、そう高をくくっていたのだろう。佐和子を欺《あざむ》いて、結婚前から付き合っていた職場の女性と結婚後もずっと肉体関係をつづけていた。そのことを知ったとき、佐和子はただただ夫を許せないと思い、両親が止めるのも聞かず、慰謝料と昇の養育費を請求する訴えを起こし、離婚に踏み切った。

また、それとほとんど同時に、

――弁護士になろう。

と、思い立った。

というのは、何もわからない自分を親身になって助けてくれた女性弁護士に感謝しただけでなく、感動したからである。自分はたまたま幸運に救われたが、世の中には法律の知識がないために泣き寝入りしている者が沢山いるはずである、それなら自分も弁護士になってそうした弱者の味方になって働きたい、働こう、と単純に考えたのだ。

といって、考えるのは簡単だが、実行するのは至難の業《わざ》である。短大の家政科を出ただけで法律のホの字も知らなかった女、それも幼子を抱えた女が、突然弁護士になりたいなどと言い出したのだから、友人や知人は彼女の離婚宣言を聞いたとき以上に驚き、呆れたようだ。〝本気か？　もし本気だとしたら気は確かか？〟と、まずは佐和子の頭を疑ったらしい。そして、本気だし、気が触れたわけでもないらしいとわかるや――両親と石崎悠子《いしざきゆうこ》を除いては――口では何と言おうと、みんな佐和子を嘲笑った。

自分では意識していなかったが、佐和子には子供のころから、こうと思ったら後先考えずに、また他人の言葉に耳を貸さずに突き進むところがあったらしい（生意気にも昇は「要するに単細胞で鈍感なんだよ」とわかったようなことを言うが……）。

母親はそうした佐和子の性格を知っているからだろう、佐和子が離婚したいと言い出したときには泣いて止めたのに、そのときは止めなかった。諦《あきら》めたような顔をして、

——おまえが何をしたってかまわねが、昇に辛い思いをさせたらなんねえぞ。

と、言っただけだった。

また、小、中、高校と一緒だった悠子も、けっして口先だけでなく、

——サワちゃんなら、きっと弁護士さんになれるわ。

と、励ましてくれたのだった。

それから十六年、佐和子は形振《なりふ》り構わずがむしゃらに生きてきた。ビルの清掃員、配送センターの仕分け係、小学校の給食調理員、そして五年前からは弁護士、と。この間、昇は常に佐和子にとって生きる支えだった。佐和子が昇に与えたものより、昇から与えられたもののほうが遥《はる》かに多かった。昇がいたから、どんなに苦しくても耐えられたし、「お母ちゃん、お勉強頑張って」という勉強の意味もろくにわからないころからの昇の励ましがあったからこそ、挫《くじ》けずに前向きに生きてこられた。特に頭が良いわけでもない〝給食のおばさん〟が無謀な挑戦をつづけてこられた。佐和子はそう思う。彼女が司法試験を受けていると聞き知った周囲の者からは、

——えっ、本当？　あの人、頭がちょっとおかしいんじゃない。

とバカにされ、陰口をたたかれながら。

佐和子はスーパーで買ってきた食品を冷蔵庫に移すため、腰を屈《かが》めてポリ袋に手を掛けた。

そのとき、そうだと思い出し、ポリ袋を取らずに腰を伸ばし、

「昇」

と、呼びかけた。

部屋へ戻りかけていた昇が身体を回し、問う目を向けた。

「お母さん、自分のことばかり話していて忘れていたけど、今日、協立《きょうりつ》大へ行ったの？」

「ああ、行ったよ」

「文彦《ふみひこ》さんに会えたのね」

「うん。正門前のマクドナルドでチーズバーガーご馳走《ちそう》になった」

それで帰ってきて、またカップラーメンを食べたのか、と思ったが、珍しいことではないので佐和子は驚かなかった。

「受験勉強のアドバイス、もらった？」

「そんなもの、もらわないよ。一度大学へ遊びに来いって言われていたから、行っただけだもの」

文彦は石崎悠子の長男だった。実家は山形《やまがた》県の河東《かとう》市だが、昨春さいたま市にある協立大学に入学し、さいたま市に隣接した芳沢《よしざわ》市に住むようになった。以来、久喜《くき》市の佐和子たちのマンション――離婚前から住んでいた２ＬＤＫの部屋を慰謝料として手に入れた――にも二、三度遊びに来ていた。

佐和子は、結婚して昇が生まれてからも悠子と親しく交際してきた。昇が小学校へ入学してからは、学校が夏休みや冬休みになると、司法試験受験予備校の講習に通うために昇を実家の両親に預け、悠子にも世話になった。だから、昇と文彦は歳は三つ違うが、母親同士と同様に幼馴染《なじ》みなのだ。

文彦の実家は河東市に代々つづく造り酒屋で、悠子はそこの跡取り娘。佐和子がもっとも信頼している友達だった。

佐和子は悠子の義父――文彦の父方の祖父――の仲根周三《なかねしゅうぞう》とも関わりがあった。五年前、司法修習が間もなく終わるというころになっても四十近いおばさんに「うちへ来ないか」と声をかけてくれる事務所がなく、佐和子は困っていた。そのとき、悠子の紹介してくれた仲根が、東京三鷹《みたか》の仲根・前沢《まえざわ》共同法律事務所に拾ってくれたのである。

仲根は呑《の》み込みの悪い佐和子に弁護士実務のイロハから教えてくれたが、佐和子が仲根から受けた恩義はそれにとどまらない。二年半余りして何とか一人で仕事ができるようになると、通勤の便を考え、さいたま市にある斉藤《さいとう》法律事務所――所長の斉藤肇《はじめ》と仲根は共に六〇年安保闘争を闘った仲間だという――への移籍を許ってくれたのだった。

「なーんだ。せっかく会いに行ったんなら、受験の先輩の文彦さんに話を聞いてくればよかったのに」

「聞いたって、何にもならないよ。勉強なんてみんなやり方が違うんだから」

「ろくに勉強しないで、わかったようなことだけは言うのね」

「結構やってるさ。週に二回、予備校の補習にだって行ってるし」

「お母さんには、それしかやっていないように見えるけど」

「ま、いいじゃない。お母さんがいつも言っているように、何事も本人がその気にならなきゃだめなんだから」

「何か変だけど……」

佐和子は首をひねった。

「考えない、考えない。お袋の頭で深く考えたってこんがらかるだけ」

「そうだね」

「そうさ」

「あ、で、文彦さん、元気だった？」

佐和子は、当然肯定の返事がかえってくるものと思って軽く聞いた。が、昇が考えるような目をして、「ウーン……」と返事を留保した。

「元気じゃなかったの？」

「あんまりね」

「どうしたのかしら？」

「俺の勘だけど、あれは恋愛の問題で悩んでいるんじゃないかな」

「昇が星野智美《ほしのともみ》さんに振られたときにでも似ていたの？」

「俺は振られたわけじゃないって何度も言っただろう。智美とは話し合って別れたんだって」

「はいはい」

「何だよ……」

「ま、ま、昇のことはいいから、文彦さんのことを話して。具体的に言うとどんな様子だったの？」

「具体的になんてわからないよ」

昇が唇を尖《とが》らせた。

「でも、あまり元気がなくて恋愛の問題で悩んでいるように感じたんでしょう？　昇がそう感じた理由……」

「何となく元気がなくて、どこかやるせないような目をしていたからかな」

「やるせないような目か……。国語の成績がぱっとしない割にはなかなか文学的な表現を知っているじゃない」

「お母さんは、自分の息子をバカにしているわけ？」

「ううん、褒《ほ》めてるのよ。それはともかく、女の子の前に出ると口もきけなくなるって悠子さんが言っていた文彦さんも、恋をするようになったか」

「そんなの昔の話だろう。文彦さん、いくつだと思ってんだよ」

「ま、そうだね。でも、悠子さんが知ったら、ちょっと複雑だろうな。私と違って、免疫がないから」

「どういう意味？」

「深くは考えない、考えない。あんたの頭じゃ、考えれば考えるほどこんがらかるだけだから」

「あ、仇《かたき》を取ったな」

昇が苦笑いを浮かべた。

「それじゃ、今日の闘いは引き分けということにして、ご飯にしようか」

「ああ」

「ステーキ早く食べたかったら、昇も手伝って」

部屋へ戻りかけた昇に言い、佐和子は買い込んできた食料を台所へ運び、冷蔵庫に収めた。

「俺、何すんのさ?」

後ろに、母親より二十センチも大きい息子がただ突っ立っている。

「まったく!　チンパンジーだって四、五回同じことをすれば学ぶのに」

「息子をチンパンジーと一緒にするわけ?」

「一緒になんかしてないよ。チンパンジーのほうが利口だって言っているんだよ。お母さんが着替えしてくるまでにお米を研《と》いで電気釜《がま》にセットしておけば、そのぶん早く食べられるでしょう」

佐和子は、猿より気の利かない息子をわざと邪険に押しのけてダイニングテーブルまで戻り、上に置いてあったアタッシェケースを取った。

おばさんにアタッシェケースなんて似合わないと笑う者もいたが、電車の中などでテーブル代わりになって便利なので、一年ほど前に鞄《かばん》から替えたのである。

自分の部屋へ入って一人になると、今日の失敗がまた思い出された。

昇の言うようにクビにはならなかったけど、こんなヘマばかりしていて弁護士をつづけていけるのかしら、と佐和子はちょっと自信が揺らぐのを感じた。

第一章　聖女もしくは娼婦

1

タクシーは、入口に細い丸太の外灯が一本ぽつんと立っている埋め立て地に頭を入れ、停まった。

鏑木恭一《かぶらぎきょういち》は降りる前に時刻を確かめた。

七時十分前。

夏ならまだ西の空に太陽が残っている時分だが、秋分の日を過ぎたいまはすっかり薄闇《うすやみ》が辺りを包んでいた。

タクシーはバックして道へ出ると、いま来た県道のほうへ走り去った。

鏑木の頭の上では、ジージーという蟬《せみ》の鳴き声のような音がしている。丸太のてっぺんから三十センチほど下に取り付けられた二十ワットの蛍光灯だ。いまにも切れそうな赤みがかった弱々しい光だが、近くに街灯がないからだろう、沢山《たくさん》の羽虫が飛び交っていた。

水田を埋め立てて道と同じ高さにしたらしい土地の広さは、小さな児童遊園ほど。その入口から四十メートルばかり入った奥にはスナックが一軒あった。店の名は「マキ」。早々に取り壊すのを見越して建てられたような安普請《ぶしん》の平屋だが、いまの時刻はそうした〝素顔〟は薄墨色のヴェールに隠され、ドアの斜め前に置かれた明るい電飾看板が鏑木を招いていた。

マキの裏側は、かつては耕地だったところが荒れ地化したらしい葦《あし》の茂みである。一方、道を挟んだ反対側は、道路のすぐ下を農業用水が流れ、水田が広がっている。その中にぽつんぽつんと人家が散っているが、集落の明かりは遥か彼方《かなた》だ。

鏑木は、マキのドアの前まで通じている砂利敷きの通路を歩き出した。

草を刈った右側の一帯は駐車場になっており、乗用車やワゴン車などが六、七台、無造作に駐《と》められていた。その中にリャンたちが乗せられてくる車があるかどうかは、鏑木にはわからない。が、たとえまだ来ていなくても、七時出勤だという話だから（来月十月から四月までは六時に早まるらしい）、もうじき着くにちがいない。

鏑木はそれを計算して、この時刻に来たのである。

早過ぎれば、待つ時間が長くなってそれだけ飲み代が嵩《かさ》むし、リャンが誰かと出て行ってしまった後では、せっかく来た甲斐《かい》がなくなる。

鏑木は店の前に着いた。

合成樹脂板の黒いドアが電飾看板の明かりを反射して白く光っていた。

鏑木がノブを握って引くと、紫色の光と煙草《たばこ》の煙が彼を迎えた。

つづいて、

「いらっしゃいませ」

という落ち着いたアルトの声とともに、すぐそばのカウンター席にいた黒いドレスの女が腰を上げ、満面の笑みを向けた。

この店のママである。

年齢は三十七、八歳。店名と同じ真紀という名前だとは聞いているが、姓までは知らない。ちょっと女優のAに似た、目の大きな痩《や》せた女だった。

芳沢市内に住んでいるという話だが、本当かどうか定かではない。一度だけ、情夫と思われる五十年配の目つきの鋭い男を見かけたことがあるが、いつもはチイママと呼ばれている妹が運転するアウディで通勤しているようだ。

ママにつづいて、奥からいくつもの「いらっしゃいませ」という妙なイントネーションの声が上がった。待機しているホステスたちである。照明が暗くても、リャンの顔がないことぐらいはわかった。

店の広さは十坪前後。カウンターの他《ほか》にテーブル席が五つあり、スナックとしてけっして狭いほうではない。が、そこにホステスが十人以上いた。それでも、まだ半数近くが出勤してきていないらしい。

このことから想像がつくように、マキはスナックの看板を掲げているが、それは表向きの顔にすぎない。本業は、タイ、フィリピン、コロンビアなどから来た女性を置いて男に提供している売春の斡旋《あっせん》だ。

鏑木ももちろんタクシー代をつかって酒を飲みに来たわけではない。この一カ月、酒代と食費を倹約してやっと自由になる五万円という金を作り、リャンと二人だけの時間を過ごすために訪れたのである。

「田宮《たみや》さん、お久しぶりね」

真紀が寄ってきた。

鏑木はここではフリーライターの田宮と名乗っていた。それはまったくの出鱈目《でたらめ》というわけではない。最近は小田丈児《おだじょうじ》の名で――ときには＊＊問題取材班とか××を告発する会とかを称することもある――主に実話誌やスキャンダル雑誌に記事を書いているが、以前はもっぱら田宮三郎《さぶろう》のペンネームをつかっていたのだから。田宮三郎は、高校生だったころ、家中で一緒に見ていたテレビドラマ「白い巨塔」で主人公を演じていた田宮二郎から拝借した名である。

鏑木が真紀に案内されてテーブルの一つにつくと、隣りと前に三人のホステスが来て座った。

客は、奥のテーブルで声高《こわだか》に話している職場の同僚らしい三人と、カウンターでビールを飲んでいる肉体労働者風の若い男がいるだけだった。三人はすでに相手が決まり、ホテルへ行く前の景気づけをしているらしい。

鏑木は、懐《ふところ》に余裕がないので、ビールを一本だけ注文した。リャンが出勤したらすぐに彼女とホテルへ行くつもりだから、それまでの出費は少ないほどよい。

リャンを店の外へ連れ出すには、マキに五千円支払わなければならない。勤務中のホステスを借り出すための料金というわけだ。そして本番代がショート（四十分）で二万円、時間（百分）なら三万円、他にホテル代と（車のない鏑木の場合は）交通費がかかる。だから、リャンと二人でホテルへ行って一時間四十分を一緒に過ごすためには最低限四万二、三千円……リャンに五千円のチップをやると五万円近くの金を用意しなければならない。

リャンたちホステスはマキに勤務しているはずなのに、給料は一円も支払われていないらしい。それだけではない。客と事が終わった後で支払われる三万円（時間の場合）のうち一万円はマキの取り分になっているのだという。

では、残りの二万円はホステスの収入になるのかというと、これも数少ないフリーのホステスを除いてはそうはならない。リャンを含めた大半のホステスには、彼女たちを日本へ送り込んだブローカーから彼女たちを「買い取った」人間、ボスがいるからだ。そうしたホステスたちは、一方的に背負わされた四百万〜五百万円という法外な「借金」――ボスがブローカーに支払った額に百五十万〜二百万円を上乗せした額――を払い終わるまで自由を奪われ、稼ぎは全額ボスに取り上げられてしまう。

客からもらったチップはホステスたちの手元に残るものの、家賃、食費、衣料費などの生活費は自分持ち。リャンの場合、ボスを含めた四人で住んでいるアパートの部屋代として月に五万円も払わされている。そのため足りなくなる場合が多く、そうしたときは高利でボスから借りることになり、実際に借りた金の二割増し三割増しの額が初めの「借金」に加算されていく。

というわけで、ホステスたちが毎晩自分の身体《からだ》を何人もの客に売って稼いでも、「借金」は容易に減らない仕組みになっている。

ボスには、暴力団員かその息のかかった者が多いようだが、中にはリャンたちのボスのメイのように元は娼婦《しょうふ》だった者もいる。金を貯《た》めて、「奴隷」から「奴隷を所有する管理者」に成り上がった者たちだ。

どちらにしても、そうしたボスの念頭には、大金を出して買った〝もの〟をつかっていかに効率よく金を稼ぎ出すかということしかない。だから、生い立ちや経歴にかかわらず、彼らの中に人間性を見出《みいだ》すのは難しい。彼らは、様々な方法で手持ちのホステスたちの自由を奪うだけでなく、「逃げたら必ず見つけ出して殺す」といった脅し文句によって恐怖心を植え付け、支配する。それでもホステスが逃げ出そうものなら、連れ戻して容赦なく暴力を振るい、時には見せしめのために嬲《なぶ》り殺しにしてしまうこともあるらしい。

鏑木は、リャンの話を聞いてから自分でも調べ、こうした事情を知った。そして、もうとっくに死語になったと思っていた「人身売買」「奴隷」といった言葉が生きているのに驚いた。それも、遠いよその国の話ではなく、この日本で――。

といって、鏑木には、それをどうこうしようといった正義感も情熱もない。かなり驚き、酷《ひど》いものだなと思ったが、それだけである。

いや、リャンについては違う。できれば、リャンだけはメイから解放し、自由にしてやりたい。

ただ、それには、リャンがメイに負っている「借金」――初めに背負わされたのは五百万円だというが、メイの許《もと》で十カ月余り働いて返済してきたので現在は三百万円弱――を肩代わりするか、リャンと一緒に逃げるか、どちらかしかない。

どちらにしても不可能に近かった。

三百万円を手に入れるには銀行強盗でもしないかぎり無理だったし、うまく逃げ出せたとしても金も持たずに逃げ切れるわけがない。メイが手配した暴力団に捕まれば、臓器以外に利用価値のない鏑木は確実に殺されるだろう。

と考えると、リャンを自由にしてやりたい、リャンともっと一緒にいたい、そう思っても、鏑木にできるのは、四、五週間に一度マキを訪れ、しばしの間リャンとホテルで過ごし、五千円か（余裕のあるときは）一万円のチップをやるぐらいなのである。

三人連れの客が大声で話しながらホステスたちを連れて店を出て行った。

ママの真紀も一緒だ。

といって、彼女は客の見送りに出たわけではないらしい。リャンによると、客がたとえ馴染みであってもホステスと駆け落ちのおそれがないとは言えないため、車のナンバーを控えておくのだという。

真紀が戻ってくるのとほとんど同時にフィリピン人の四人のホステスが、つづいてリャンたちタイ人のホステス、スー、リャン、ヌイの三人がボスのメイと一緒に出勤してきた。彼女たちは表のドアから入ってきたわけではなく、建物の裏に付いている従業員用の出入り口から入り、奥の扉から現われたのだ。店の用心棒を兼ねているらしい二人の若い男――たぶん暴力団員かその周辺にいる男たちだろう――が、彼女たちの住んでいるそれぞれのアパートまで迎えに行き、車に乗せてきたのである。

カウンターにいた客の目当てはフィリピン人のホステスだったらしい。入ってきたばかりのホステスの一人が彼の横へ行って座った。

つづいて、鏑木の姿を認めたリャンも嬉《うれ》しそうな笑みを浮かべ、彼のテーブルに近づいてきた。

ホステスたちを運んできた二人の男とメイは、すでに一番奥のテーブルに影のように収まっている。

男たちは、鏑木のように車で来ていない客をホテルまで送ったり、時間が来るとホテルまでホステスを迎えに行ったりするので、適当に席を外す。が、メイは……彼女も一応ホステスの一人だそうだが客は取らず、マキが閉店になる午前一時、二時まで、自分の所有するホステスたちが従順に働いているかどうかを店の奥から監視しつづけるらしい。

リャンが「タミヤさん、いらっしゃい」と言って、鏑木の横に掛けた。

「やあ、リャン、久しぶりだけど、元気だったかい？」

「私、少し元気。タミヤさんは？」

この冬、鏑木が初めて会ったころに比べると、リャンはだいぶ日本語が話せるようになっていた。

「俺《おれ》も元気、少しかな」

「タミヤさん、忙しい、来ない？」

「まあね」

忙しいわけではなかったが、鏑木は適当に応えた。

「タミヤさん、来る。私、嬉しい」

「ありがとう」

「もっと来る。とても嬉しい」

「それじゃ、もっと来るようにするよ」

鏑木とリャンがそんな言葉を交わしていると、カウンターの客がホステスを促して腰を上げた。

出て行くらしい。

鏑木が見るともなく二人の動きを追いながら、彼らが出て行ったら自分たちも……と思ったとき、外からドアが開き、ひょろりとした男が勢いよく店に入ってきた。

まだ二十歳《はたち》になったかならないかといった若い男である。

真紀が「いらっしゃいませ」と迎えた後、思わずといった感じで鏑木のほうを振り向いた。

いや、真紀は鏑木とリャンの二人を見たのかもしれない。

男がドアを入ったところで金縛りに遭《あ》ったように棒立ちになった。リャンに強い視線を注いだ。

リャンも小さく息を呑《の》んだようだ。

真紀、男、リャン……三人の様子あるいは反応に、鏑木はピンときた。

——こいつが、リャンの話していたフミヒコだな。

と、思った。

正確な氏名は知らないが、リャンに夢中になっている大学生だ。だいたい鏑木と同じ一カ月前後の間隔でマキへ通ってきているらしい。

リャンは、フミヒコが嫌いではないようだが、彼女の状況を理解していない一途《いちず》さ、性急さに危ういものを感じるのか、

——フミヒコ、私に好き。優しい。一緒、逃げる、言う。でも、私、困る。

と、鏑木に相談したことがあったのだ。

金もない大学生の言うことなんか聞いて逃げたってすぐに捕まり、大変な目に遭わされる、と鏑木はリャンに忠告した。無責任なことを言いやがって、この野郎！　とフミヒコに怒りを感じながら。が、同時に彼は、リャンが好きでも何もできないでいる自分と比べ、フミヒコの若さと情熱に嫉妬《しっと》を覚えたのだった。

真紀がフミヒコと思われる若い男に近寄り、話しかけた。

リャンには先客がいるが待つか、と聞いたのかもしれない。

男は何やら短く答えたようだったが、いきなり身体を回し、店を出て行った。

「フミヒコ……」

リャンが横に鏑木がいるのも忘れ、腰を浮かして低く呼びかけた。

視線を感じて鏑木が店の奥を見やると、薄暗がりのなかでメイが怒りの形相《ぎょうそう》も露《あら》わにリャンを睨《にら》みつけていた。

出て行きそびれていた肉体労働者風の男がフィリピン人のホステスと一緒に店を出て行き、真紀があとにつづいた。

鏑木はそれを見て気持ちを入れ替え、

「俺たちも行こうか」

と、リャンを誘った。

2

スーとリャンとヌイが起き出し、布団を上げながらお喋《しゃべ》りを始めた。

襖《ふすま》一枚隔てただけの隣りの部屋に寝ているメイには、彼女たちの動きが手に取るようにわかる。

朝食と昼食を兼ねた食事をした後、今日はアカギヤへ買い物に行かなければならないのに、あいつらときたら、いつまでもくだらない話ばかりしている。

メイは、起きて行って、お喋りの〝根性なしども〟に早く食事の支度をさせなければ……と思うのだが、身体《からだ》が重く、なかなか起き上がれない。四畳半の真ん中に敷いた薄い布団の上で、身体を少し丸めて毛布にくるまり、ぐずぐずしていた。

腕時計はバッグの中なので正確な時刻はわからないが、十一時前後にちがいない。きっと今日も秋晴れの良い天気なのだろう、ホームセンターで買ってきた安物のカーテンが白い磨《す》りガラスのように明るかった。

メイは、顔から六、七十センチ離れた汚れた壁に目をやりながら、自分は何か重い病気なのではないかと不安になる。こんなに怠《だる》いなんて……。

朝、起きようとしたら突然身体に鉛《なまり》でも埋め込まれたように感じた最初は、いつだっただろうか。

夏の盛りを過ぎてからだったのは、間違いない。マキのママに話すと、「そりゃ、夏ばてよ。もう少し涼しくなれば自然に治るわ」と言われたのを覚えているから。だが、九月を過ぎ、十月に入ったというのに、まだ治らない。その日によって多少の違いはあるし、起きて動き出すと忘れているときが多いのだが、今朝のような状態がもう何日もつづいている。最近は、深夜マキの店内に座っているとき、時々早く帰って横になりたいと思うから、少しずつ悪くなっているような気もする。しばらく前までのメイは、〝根性なしども〟がサボって早く切り上げようとしても絶対に許さなかった。が、最近は、午前一時を過ぎて三人の誰にも客が付いていないときは彼女たちを連れてアパートへ引き揚げる。店に残っているホステスが少ないときにそんなことをすれば、後でママにどんな仕返しをされるかわからないので、そういうときは辛《つら》くても我慢したが……。

調子が悪いんなら医者に行ったら、とママは軽く言うが、健康保険がないので、そう簡単には行けない。それに、医者に行って、悪い病気だと言われたら……と思うと怖かった。ただ、二年前にしたエイズ検査の結果は陰性だったし、その後メイは自分で客を取っていないので、エイズではないだろう。

メイは今年（二〇〇四年）の十一月十九日で三十四歳になる。初めて観光ビザで日本へ来たのは二十一歳のときだから、十三年前だ。そのときは一年もしないうちに不法残留で摘発され、強制送還された。その後は偽造パスポートによる入国・強制送還を二度繰り返し、現在は、三年半前やはり偽造パスポートで入国した通算四度目の来日中、ということになる。

この十三年間、メイは筆舌に尽くしがたい苦労を味わった。最初の来日は騙《だま》された結果だが、二度目以降は売春を目的に自分の意思で来日し、どんなに辛くても弱音を吐かず、歯を食いしばって耐えてきた。酒ばかり飲んでいる怠《なま》け者の父親と病弱の母親、それに歳《とし》の離れた弟妹たちを養うためには、自分が日本へ来て身体を売る以外に方法がなかったからだ。

その結果として、数少ない成功者の仲間入りをし、いまは「自分のホステス」を三人も所有する身になった。

そうした自分に比べると、いまの若いヤツらは根性がなさ過ぎる、とメイは思う。スーは二十六、リャンは二十二、ヌイは二十一だが、三人ともちょっと身体の調子が悪いと仕事を休みたがるし、客に酷い要求をされたと言っては帰ってきてメソメソ泣いている。日本へ来て四カ月足らずのヌイだけならまだしも、一年近くになるリャン、一年以上になるスーまでも。

そんな〝根性なしども〟に、どんなに泣いたって借金を返し終わるまでは逃げられないのだから、いい加減覚悟を決めて働け、とメイはことあるごとに言い聞かせている。一人でも多くの客を取って稼げばそれだけ早く自由になれるのだから、客に気に入られるようにサービスしなければいけない、と教えてやっている。それなのに〝根性なしども〟ときたら、メイの話をろくに聞かず、やれメイは自分たちから金を取ることばかり考えている、やれメイは帳面のつけ方を誤魔化《ごまか》している、と文句だけは人並み以上に言い立てる。そんなとき、口ではかなわないので、メイは半年ほど前に拾ってきて置いてある竹の棒で〝根性なしども〟に思い知らせてやる。

スーたちがやっと台所へ行って食事の準備を始めたようだが、お喋りは相変わらずつづいている。

　食事はファミリーレストランやマクドナルドへ行って摂《と》ることもあるが、だいたいは冷蔵庫に入れてある材料をつかい、自分たちでタイ料理を作る。各種カレーペーストやトムヤムペースト、ナンプラーなどが簡単に手に入るからだ。

　買い物は、以前はメイが三人のうちの一人か二人を連れて駅の近くのスーパーマーケットまで行っていたが、歩くのが辛くなった一カ月ほど前からは週に二回、〝根性なしども〟を二人交代で行かせている。その場合、買い物の数量によってかかる時間を計算し、帰りが予定より遅れた場合は罰金を取る。三人とも嘘《うそ》はお手のもので、メイの目を盗んでは寄り道をしたり、客にもらったテレホンカードをつかって客と連絡を取り合ったりするからだ。食事の材料費は、メイが直接支払いをしていたときは手数料を二割上乗せして帳面につけ、三人に対する貸し金に加えていた。が、いまは、自分たちで買い物に行っているのに手数料を取るのは不当だと〝根性なしども〟が文句を言い出したので、それができなくなった。

　三人の話し声を聞きながら、メイは早く起きて行かなければと思う。が、今朝はこれまでと少し違うようだ。一段と身体が重く、なかなか起き上がれない。

　それでも、毛布を剝《は》いで、右肘《ひじ》をついてまず上半身を半分起こし、布団の上に座った。

たったそれだけで胸から背中にかけて汗が噴き出た。

――病院へ行かなければいけないだろうか。

メイはそう思いながらも、病院へ行った結果もし……と想像すると、怖かった。悪性の病気だった場合は、病院へ行かなければ治らないし、放っておいたらますます悪くなるだろう。理屈ではわかっている。わかってはいるのだが、できれば逃げたいのである。悪い病気なんかじゃない、歳のせいで夏の疲れがこれまでより重く出ているだけで、いまに良くなるにちがいない、そう思いたいのだ。

メイは前に片手をついてもう一方の腕を伸ばし、枕元《まくらもと》に置いてあった黒革の小型バッグを引き寄せた。

メイにとってこのイタリア製のバッグは命の次に大事なもので、寝るときも仕事に行くときもけっして手元から離さない。現金は七、八万円しか入っていないが、金庫の鍵《かぎ》を入れてあるからだ。

以前、メイは現金をあまり手元に置かず、地下銀行を利用してタイの実家へ送っていた。が、送れば送っただけ父親が浪費してしまうとわかってからは、必要な金だけを送るように変えた。といって、偽造パスポートで入国し、不法に滞在しているメイには身分を証明するものがないので、銀行や郵便局を利用することができない。いや、たとえ利用できたとしても、自分の金がどうなるか不安で、預けられなかっただろう。というわけで、現在は、五枚の封筒に分けて入れた四百八十数万円の現金も、指輪やイヤリングなどと一緒に押し入れの中に置いてある金庫に収めてあった。

金庫は縦三十九センチ、横四十八センチ、高さ三十七センチで、重さは五十七キロある。購入するとき、ダイヤル式、ダイヤル&鍵式、鍵式のどれにすべきか迷ったが、できるだけ重くて価格が手ごろ——軽くては留守の間に金庫ごと盗まれる危険があった——という条件に合うものとして、いまの金庫を選んだ。ダイヤルが付いていたほうが開けられる危険は小さいが、自分が万一番号を忘れたら困るし、ダイヤルがなくても鍵を肌身離さず持っていれば安全だろう、と思ったのだ。

メイは、バッグの内ポケットのファスナーを開けて中を探り、携帯電話のストラップを付けた金庫の鍵を確認すると、「よっこらしょ」と言って立ち上がった。いつの間にか口をついて出るようになった日本語だった。

バッグを布団の上に置いたまま、一、二歩あるき、ダイニングキッチンとの境の襖を開けた。

アパートは、メイの居室である四畳半とスー、リャン、ヌイの三人が寝起きしている六畳、それにダイニングキッチンとトイレ、バスという、いわゆる2DKの造りだった。

襖を開けたすぐ先に古道具屋で買ってきた四人用のテーブルと椅子《いす》を置いてあるので、メイはそこに片手をつき、体重の何分の一かを支えた。

メイはべつに音をたてないようにしたつもりはないが、カレーペーストを炒《いた》めているらしい音がジージーうるさいこともあってか、こちらに背を見せてお喋りをしている三人はメイに気づかない。

自分の体調がすぐれないときなので、メイは、他人が明るくはつらつとしているのを見ると腹が立った。この〝根性なしども〟、仕事じゃないときはこんなに楽しそうにしていて……と思い、

「おまえら、お客さんの前に行っても、それぐらい楽しそうにやるんだよ」

と、皮肉を込めて言った。

と、三人がびっくりした顔を同時に振り向け、サ、サワッディー（おはよう）と慌《あわ》てて挨拶《あいさつ》した。

「あたしが寝ていると思って、おまえら、無駄口ばかり叩《たた》いていて……」

「そんなことないよ。いま、ご飯を炊《た》いているし、こうやって料理だって作っているじゃないか」

鍋をわざとがたがた揺すり、スーが反抗的な口調で応えた。

スーも一人のときは従順だったのだが、リャンが来て、さらにヌイが来ると、三人

のリーダー格になってメイに口答えするようになった。

「料理なんか、もうとっくにテーブルに並んでなきゃおかしいだろう。起きてからどれだけ経《た》っていると思っているんだい？」

「まだ十五分ぐらいだよ」

リャンが言った。

「あたしは、おまえらが起き出したのを知っているんだよ。もうとっくに三十分は経っているさ」

「そうかな」

と、リャンが首をかしげた。

こいつら、お喋りに夢中になっていて、どれぐらい経ったかも気づかないのだ。

「リャン、だいたい、おまえとヌイまでどうしてそこに突っ立っているんだい？　何もしないで……」

「リャンとヌイには、料理ができたらテーブルに運んでもらおうと思っていたんだよ」

スーが振り向いて言った。

「嘘をつくんじゃない！」

「嘘じゃないよ」

「おまえはいつもそうやってあたしに楯突《たてつ》くけど、あたしがいつまでも我慢すると思ってたら、大間違いだよ」

スーがメイの言葉を無視し、音をたてて鍋にココナッツミルクを入れた。

「ヌイ、おまえだけはあたしに嘘をつかないね」

と、メイは語調と表情をやわらげ、ヌイに呼びかけた。「おまえとリャンはそこに突っ立って、べらべらと無駄口を叩いていただけなんだろう？」

一番歳下で気の弱いヌイが、困ったように顔を俯《うつむ》けた。

「どうなんだい、ヌイ？」

「ち、がう」

と、ヌイがもそもそと答えた。

「違う？　嘘をついたら承知しないよ」

「嘘じゃないわ」

リャンが口を挟んだ。

「あたしはヌイに聞いているんだから、おまえは黙ってな」

メイはリャンを睨みつけて一喝した。

「ヌイ、どうなんだい？」

メイがなおもヌイを問い詰めると、スーがレンジの火を弱めて振り向き、

「ちょっと話をしていただけなのに、本当にしつこいんだから」

吐き捨てるように言った。

その手前でリャンも呆《あき》れたような顔をし、ちょっと肩をすくめた。

メイは、三人の中でこの女、リャンが一番好かなかった。

気が強くて、何かというと自分に反抗的な態度を取るスーは憎らしいし、甘ったれたヌイには苛々《いらいら》する。

その点、リャンには取り立ててこうだと嫌う理由はない。それでいて、メイはスーとヌイよりもリャンが嫌いなのである。

メイは、自分の心の内を分析するのは得意じゃないし、しようとも思わない。が、なぜ自分がリャンを好かないのかだけは薄々気づいていた。

リャンが魅力的な容姿をしているのが気に入らないのだ。

つまり、嫉妬である。

リャンは、かつてのメイに似ていた（いまは見る影もないが、メイもかつては美人だと言われた）。小柄ながら腰がきゅっとくびれ、胸のふくらみがスーとヌイより豊かだった。しかも目がくりくりっと大きく、男好きのする顔をしていた。

そのため、リャンを指名する客が多く、当然稼ぎもよい。リャンを所有しているメイにとって、それは好ましいことなのだが、それでいてメイはリャンが気に入らないのである。

メイは、トイレと洗面を済ませて自分の部屋へ戻り、パジャマをジャージーのスポーツウェアに替えた。

そうしているうちに怠さがだいぶ薄れてきたので、この分なら病院へ行かなくていいだろうと思い、少し明るい気持ちになった。

食堂へ戻ると、テーブルに炊きたてのご飯とグリーンカレーが用意され、三人が待っていた。

夜は食べる時間も食べるものもみなバラバラだが、昼食と合わせた朝食だけは特別の事情がないかぎり四人で一緒に食べる。

食事を終えると、スーたち三人に後片付けをさせ、メイは自分の部屋へ戻って布団に横になった。

食欲も普通にあったし、食べる前はこのまま良くなるかと思っていたのに、また怠さが戻ったように感じられた。

——このままだと、今晩マキに行ってずっと座っているのはちょっと辛いな。

メイがそう思ったとき、電話が鳴った。

バッグの中に入れてある携帯電話である。

部屋には電話を引いていないし、スーとリャンとヌイには携帯電話を持つのを禁じているから、アパートにある唯一の電話だ。

三人に電話を持たせないのは、ホステス同士で連絡を取り合ったり情報を交換し合ったりするとろくなことがないし、何よりも客と直接交渉するのを防ぐためである。電話を持っていなくても、客の携帯電話を借りたり公衆電話を利用することはできるが、そこまで規制するのは不可能だった。

メイは手を伸ばしてバッグを引き寄せると、中から電話を取り出してフラップを開き、「もしもし」と応答した。

「メイさんですか？」

と、相手が聞いた。

若い男のようだが、声も話し方もマキにいる男たちではなさそうだ。ママの指示でホステスの送り迎えなどをしている若い男たちは、ママの良い人であるウメハラ――ヤクザだという――の子分らしく、もっと乱暴な口をきいた。

メイは誰だろうと怪訝《けげん》に思いながら、「はい」と応じた。

メイは、場合によっては日本語がよくわからないふりをするが、日常会話ならほとんど不自由しない。

「僕はリャンさんの客のイシザキ・フミヒコと言います。メイさんにもマキで何度か会っていますが、覚えていませんか？」

と、男が言った。

メイの中に警戒心がふくらんだ。

フミヒコは、メイが気にし、用心しているリャンの客だったからだ。

が、そんな心の内を相手には気取《けど》られないように、

「覚えていません」

と、答えた。

「そうですか……」

「それで、私に用事、何？」

メイはわざとたどたどしい日本語で聞いた。

「リャンさんと話をさせてくれませんか」

「リャンと話す……それ、だめです」

「どうしてですか？」

「マキのママに話さないと、ママ怒ります」

客とホステスが直接交渉して会うことは、ママに固く禁じられていた。もしそれを破れば、マキへの出入りができなくなるおそれがある。

「もしリャンさんが今日これから僕と付き合ってくれたら、マキのママには後で話し、一万円払います。それなら、いいでしょう？」

客がマキでまったく酒を飲まずにホステスを外へ連れ出すときは、ママに一万円支払うことになっていた。

だから、ママには後で断わって一万円払えば、文句は言われないだろう。

そう思ったが、メイは、リャンに対するフミヒコの執心ぶりが気掛かりだった。

フミヒコは、この春ごろからだいたい月に一度ぐらいの割合でマキへ通ってきている。住んでいるのはここ芳沢市だが、さいたま市にある大学の学生だという。

客がどういう素性の人間であろうと、金さえきちんと払ってくれれば文句はない。ただし、それには〝揉《も》め事を起こさない〟という条件が付く。その点、メイはフミヒコという男に何となく危惧《きぐ》を抱いていたのである。

メイもかつて惚《ほ》れられた経験がないではないし、娼婦に惚れる客は結構いる。現に、マキにだって、特定のホステスに執心して通ってくる客が何人もいた。リャンにかぎって見ても、雑誌に記事などを書く仕事をしているらしいタミヤという男がそうだった。

だが、フミヒコの場合は、そうした客たちとはリャンに対する執心の度合が違うように思えた。惚れた女を見るときの男の目は多かれ少なかれ熱を帯びて見えるが、リャンに向けられたフミヒコの目はその程度が尋常ではなかった。何かを一途に思いつめている人間の危うさのようなものが感じられた。

「よくないです」

と、メイは答えた。

「どうしてですか？」

「どうしても、です」

「リャンさんと話をして、リャンさんがこれから夕方まで僕と付き合ってくれることになったら、メイさんにも一万円払います。もちろんリャンさんに払う料金とは別に。リャンさんを電話に出してもらえませんか」

相手の条件に、メイはちょっとぐらついた。が、だめだめ、と自分をたしなめた。一万円ぐらいもらっても、面倒な問題が起きたら、後悔しても遅い。

「できません」

と、答えた。

どうしてか、とまたフミヒコが聞いた。

「アパート、いま、リャンいません」

メイは面倒になって言った。

「嘘ですね」

「嘘、ないです」

「嘘ですよ。さっき、スーさんが窓を開けたとき、部屋の中で動いているリャンさんの姿がちらっと見えたんですから。その後、リャンさんは……リャンさんだけでなくスーさんもヌイさんも、アパートの階段を下りてきていない」

ということは、フミヒコはここ風見荘が見える場所から電話しているらしい。

メイは驚くと同時に腹立ちと薄気味の悪さを感じた。

「僕の話が嘘だと思うんなら、窓を開けて外を見てみてください。百メートルほど離れた畑の中の道で電話している僕の姿が見えますから」

風見荘の場所と二〇三号室に住んでいるということは、リャンが教えたにちがいない。

そう思うと、メイはリャンを怒鳴りつけてやりたかった。

布団の上に起き上がった。

頭に血が昇っているせいか、怠さを感じなかった。

電話が済んだら、自分の携帯電話の番号やアパートの場所を客に教えないよう、あの〝根性なしども〟に釘《くぎ》を刺しておかなければならない、と思った。

「メイさん、お願いします。リャンさんと話をさせてください」

フミヒコがそれまでの語調を変え、哀《あわ》れっぽい声で言った。

「だめです」

と、メイは撥《は》ねつけた。

「お願い……」

「リャンに会いたかったら、夜、マキへ来て。わかりましたか？」

「僕はリャンさんとホテルへ行きたいわけじゃないんだ。ちょっと話がしたいだけなんだ。それでも、お金は同じように払うし、マキのママとメイさんにも一万円ずつ払います。だから……」

メイは「失礼します」と言って、電話を切った。

よほど窓を開けて外を見てみようかと思ったがやめ、代わりに、フミヒコにはこれまで以上に注意しなければならない、と自分に言い聞かせた。

立ち上がって、壁に立て掛けてあった竹の棒を取り、〝根性なしども〟がまたお喋りをしているダイニングキッチンへ向かった。

3

「僕は気が変になりそうなんだよ。どうしたらいいと思う？」

石崎文彦が潔《きよし》に縋《すが》るような目を向けた。

埼玉県蕨《わらび》市にある羽佐間《はざま》家の二階、潔の部屋である。潔はベッドに腰掛け、文彦は机の前から引き寄せて向きを変えた椅子に座っていた。

部屋の広さは十畳分近くあるのだが、衣類、雑誌、CD、DVD、ゲームソフトなどが部屋中に雑然と積まれているので、フローリングの床が見えるのは二人が向かい合って座っている足元の周辺だけだった。

時刻は午後二時十二、三分。潔の両親は共働きだし、たった一人のきょうだいである姉は一年前に結婚して横浜に住んでいるので、ウィークデーの昼、家にいるのは潔だけだ。

文彦の言い方に、潔は苛々した。こちらは自分の問題さえうまく処理できないで毎日焦燥感《しょうそうかん》に苛《さいな》まれているのに……。文彦には〝ひきこもり〟は怠け癖《ぐせ》ぐらいにしか映らないのだろうか。

「そんなこと、俺が知るか」

と、潔はつい突き放すように言った。

が、文彦には応えないらしく、あくまでも真剣な表情で、

「そんな冷たいこと言わないで、一緒に考えてくれよ」

と、憐《あわ》れみを請《こ》うように言った。

女形《おやま》の格好をさせて、藤娘《ふじむすめ》だか何とか娘を踊らせたらさぞ似合うのではないかと思われる色白のほっそりした顔は、いまにも泣き出しそうに見えた。

彼はお坊ちゃんで、元々自分本位な人間だが（といっても嫌みはなく、優しい男で

はあったが)、いまは特に他人の心の内を思い量《はか》る余裕などないのだろう。

潔はちょっと肩をすくめ、

「だから、三百万だか四百万だか知らないが、早く金を用意して身請《みう》けしろ、とこの前から言っているだろう」

と、語調をやわらげた。

現在の潔にとっては、石崎文彦は外の世界へ通じている唯一のパイプである。両親が仕事に出ている昼、彼が時々訪ねてくるので、潔は辛《かろ》うじて外界と繋《つな》がっていられる。だから、相手の目的、思惑がどうであれ、潔はそのパイプをなくしてしまいたくなかった。

潔と文彦は……年齢は潔が二歳上だが、共にさいたま市にある協立大学社会学部の二年生である。ただ、潔はこの四月から一度も大学へ行っていない。明け方に寝て昼過ぎに起き出し、一日二十四時間ほとんどこの部屋で過ごす、というひきこもりの状態をつづけていた。

そこへ文彦――彼にも潔を除いて親しい友達はいなかった――が時折訪ねてきて、一、二時間話をして帰るのである。

「正確には二百七十数万円あればいいんだけど、それだけの金をおいそれと用意できるんなら、苦労しないよ。無理だから、困っているんじゃないか」

文彦がちょっと口を尖《とが》らせた。

「おまえのとこなら、それぐらいの金、右から左じゃないのか」

「そんなことないよ。うちだって、外から見るほど楽じゃないらしいから」

文彦の実家は山形県の河東市に代々つづいている石崎酒造という造り酒屋だった。

高校生の妹が一人いるらしいが、彼は跡取り息子である。

「それに、たとえ金は何とかなったとしても、親父《おやじ》とお袋が出してくれるわけがない」

「そりゃ、そうだ」

と、潔は文彦の言葉を引き取った。「息子が不法滞在している外国人売春婦に惚れて身請けしたいと言い出したからといって『うん、そうか、よしよし』と三百万近い金を出してくれるバカ親は、世の中広しといえども、いないだろうからな」

「売春婦という呼び方はやめてくれないか」

文彦が不快げに口元を歪《ゆが》め、怒りの眼差《まなざ》しを潔に向けた。

怒るんなら怒れ、と潔は思いながら、

「売春婦が嫌なら、娼婦か？」

わざと挑発するように言った。

文彦は顔を赤らめ、悔しそうに唇を噛《か》んだ。

「おまえだって、金で買いに行っているくせに」

「そうだが、それはリャンさんと会うためには仕方がないからだ」

リャンというのは、文彦が惚れているタイ人の娼婦である。

彼は今日、芳沢市の西の外れにあるリャンのアパートまで会いに行き、彼女と一緒に住んでいるメイというボスに追い払われてきたのだった。

「きみに話しただろう。僕は、最初の一回を除いて、リャンさんと寝ていない」

ホテルのベッドに並んで腰掛け、片言の日本語しか話せないリャンから身の上話などを聞いて帰るのだという。潔から見れば、高い金を払ってバカみたいな話だが、そういうことらしい。

「初めてのときだって、僕はリャンさんの身体を目当てにスナックへ行ったわけじゃない。どうしてももう一度彼女に会いたくて、何も知らずに行ったんだ」

文彦とリャンが初めて会ったのは、今年の三月、芳沢駅から南へ二百メートルほど行ったところにある「アカギヤ」というスーパーマーケットの店内だった。彼がコーヒーの棚に目をやりながら歩いていてリャンの提げていた買い物籠《かご》にぶつかり、中身を床に散乱させてしまったのだという。リャンはメイに連れられて買い物に来ていたのだが、一緒に来ていた仲間のホステスとメイは別の棚の陰にいたため、その出来事に気づかなかった。とにかく、文彦は慌てて謝り、屈《かが》んでカップラーメンやスナック菓子の袋を拾い、籠に戻した。そのとき、リャンの腕に手が触れ（彼によると）全身に電流が走ったように感じられた。彼はどきっとして顔を上げ、どぎまぎしながら謝った。と、漆黒《しっこく》の髪を肩の下まで垂らした愛らしい女性は優しく微笑《ほほえ》み、「いいです。大丈夫です」と片言の日本語で応じた。

彼女と同じ肌の色をした女性が棚と棚の間の通路に姿を見せ、近づいてきた。彼は屈んでいた腰を起こしながら急いで言った。

——僕は石崎文彦と言います。あなたの名前を教えてください。

これまで若い女性の前では満足に口もきけなかった文彦自身、どうしてそんなことが言えたのか、わからない。

——リャンです。

と、女性も腰を伸ばしながら答えた。

——また会ってくれませんか。

リャンが戸惑ったような顔をした。

近づいてきた女性はやはりリャンの仲間だったようだ。文彦にはわからない言葉でリャンに声をかけた。

——どこへ行ったらあなたに会えますか？

文彦はかまわずに聞いた。

――東新田、スナック「マキ」、私ホステス。

リャンはそう答えると彼に背を向け、近づいてきた女性と話し出した。

文彦がマキへ行ったのは数日後だった。彼はそのスナックが売春を斡旋していると は想像していなかった。が、ホステスのいる店など初めてなので、いくらかかるのか わからず、カードで十万円引き出して行った。

マキの薄暗い店内には薄い衣装をまとった外国人らしいホステスが沢山いて、びっくりしたが、リャンらしい女性の姿はない。ママと思われる女性にテーブルに案内されたので、とにかくビールを注文し、リャンさんに会いたいと言うと、リャンならじきに戻るが待つか、と聞く。

戻るというからにはどこかへ出かけているのだろうと思い、文彦は待っていた。

リャンは三十分ほどして現われた。ママに何か言われ、嬉しそうに彼のテーブルに近づいてきた。

文彦が店にいる間に四、五人の客がホステスと連れ立って出て行ったが、そこがどういうところなのか、彼にはまだわからなかった。

文彦がそれを知ったのは、リャンに「行きましょう」と誘われ、ママに五千円払って、店にいた男の車でラブホテルへ行ってからである。

ホテルの部屋に着くと、リャンは当然のように彼の衣服を脱がし始めた。

いくらウブな文彦でも、そのときはリャンが何をしている女性かわかった。といって、リャンを卑《いや》しい女だとは思わなかったし、不潔だとも感じなかった。むしろ逆で、リャンのリードで行なわれた初体験に感動し、事が終わった後のリャンの裸身に神々しささえ感じた。

そのため彼は、こんな大切な存在を金で買ってはならないと思い、次のときからリャンとホテルへ行っても手を握り合って話をするだけになったのだという。

「立派だよ」

と、潔は皮肉を込めて言った。

しかし、文彦には通じないらしく、

「身体を金で売っていたって、ソーニャのような女性もいる」

と、言った。

潔は中学、高校時代から本だけは結構読んだので、ソーニャがドストエフスキーの『罪と罰』に出てくる娼婦だということは知っていた。

文彦は、リャンという売春婦を、高利貸しの老婆とその妹を殺した主人公、ラスコーリニコフの魂の救済者になる聖なる娼婦と同列視したいらしい。

潔は呆れたが、指摘しても無駄なので、わかったよと応えた。

「じゃ、話を戻すけど、身請けがだめなら、残る手段は一つしかない」

「彼女と一緒に逃げろというんなら、前に聞いたよ」

「無理か？」

「うん。初めに話したように、メイが四六時中監視していて、電話にさえ出させないんだから」

「ラスコーリニコフの場合とはもちろん動機が違うが、おまえがどうしてもリャンさんを助けたかったら、そのメイとかいう因業婆《いんごうばば》ぁを殴り殺せばいいじゃないか」

文彦が息を呑んだような顔をし、まじまじと潔を見つめた。

「冗談、冗談だよ」

潔は笑いながら顔の前で手を振った。

文彦がほっと息を吐いた。

「おまえがソーニャなんか持ち出すからだよ」

「リャンさんもソーニャのように心が清らかなんだ」

「勝手にしろ」

「それから、メイはお婆さんじゃない。老《ふ》けて見えるけど、まだ三十代らしい」

「そんなことはどうでもいい」

「そうだけど……」

「とにかく、その婆ぁだって、ホテルまでは付いてこないだろう？　だったら、リャンさんとホテルへ行ったときに逃げればいいじゃないか」

「それも難しい。ホテルの周りにはマキの用心棒みたいな連中がいつもうろうろして目を光らせている」

「ふーん」

「それに、たとえ彼らを撒《ま》いてうまく逃げ出せたとしても、逃げ切れやしない。マキのママの後ろには暴力団がいるらしいから。捕まれば、たぶん殺される」

「それじゃ、しょうがない。諦《あきら》めろ」

「他人《ひと》のことだと思って……」

文彦が恨《うら》めしそうに上目遣いに潔を見た。

「方法がないんだから、仕方がないじゃないか」

「ないと決まったわけじゃない。きみが一緒に考えてくれれば、あるかもしれない」

「俺には思いつきそうもない」

「そんなこと言わずに考えてくれよ。このままだと、僕、頭がどうかなってしまいそうなんだ」

毎日、頭がどうかなってしまいそうな生活をしているのは俺のほうだ、と潔は怒鳴りたかった。

が、文彦に言ったところで無駄だろう。いまの彼には、他人の問題にまで想像をひろげる余裕はまったくないようだから。

　潔は、毎日何もしないで家にいるといっても、のんびりと暮らしているわけではない。毎日、このままではいけない、何とかしなければ、と焦《あせ》っている。

　が、どうにもならないのだ。

　他人の目には、ただ親に甘えて怠けているだけのようにしか映らないかもしれない。そして潔が抗弁しようものなら、

　――どうにもならない？　二十二にもなって、甘ったれるのもいい加減にしろ。自分の意思ひとつ、決断ひとつでどうにだってなるじゃないか。

と、言うかもしれない。

　しかし、他人にどう思われ、何と言われようと、いまの潔には文字どおり、どうにもならないのだ。

　潔にとって、〝ひきこもり〟の経験は二度目だった。中学時代、ホームルームの司会でミスをし、級友たちから責められたことが引き金になって、九カ月余り学校へ行かず、部屋に引き籠《こ》もっていたからだ。そのときは、半年ほどすると家を出て図書館にだけは行けるようになり、さらにしばらくすると不登校も解消した。かつての同級生たちに一年遅れて高校へ進学し、進級に必要なだけの日数は登校。卒業後は一年間予備校に通って大学へ進んだ。大学は楽しいところではなかったものの、講義はまあ

まあサボらずに出たし、石崎文彦という友達もできた。だから、自分がまたこんな状態になろうとは想像していなかった。

ところが、半年ほど前、春休みが終わって今日から二年の授業が始まるという日の朝、突然脳裏に自分に向けられる級友たちの目が浮かんできて、怖くなった。級友といっても、一緒に講義を受けるだけで、文彦を除いては口をきいたこともない者たちである。彼らがみな自分のほうにちらちら視線を向け、自分の悪口を言っているように感じられ、玄関で思わず両耳を塞《ふさ》いでいた。それでも、その日は何とか家を出て自転車で駅へ行き、改札口を通り抜けてホームまで上がった。だが、できたのはそこまで。電車が入ってきても、冷汗が噴き出て足が竦《すく》み、乗り込めなかった。ホームに立ったまま数本の電車を見送り、翌日からは家を出ることなく、ほとんど終日、自分の部屋で暮らすようになった。

潔が〝ひきこもり〟の生活になっても、両親は初め気がつかなかった。二人が勤めに出た後で大学へ行っているものと思っていたらしい。が、ゴールデンウィークが過ぎ、母親が休日出勤した代休を取って二日間家にいたとき、彼が昼過ぎまで寝ていて起きてこなかったことから、変だと思い出したようだ。「昨日、今日と休講がつづいたのだ」という彼の言い訳に、母親は納得したかに見えたが、どうも様子がおかしいと感じ始めたらしい。そうした目で見なおすと（これは母親の言葉だが）、冷蔵庫に買い置きしてある食べ物と飲み物の減り具合が速いし、彼の髪や服装がだらしなくなったように感じられた。そこで彼女は父親と相談し、潔に質《ただ》したのだった。

二人とも息子の〝ひきこもり〟がよもや再発するとは思っていなかったらしく、非常にショックを受けたようだ。といって、ここで父親が強圧的に出たり母親が哀願したりしても、何にもならないだけでなくむしろ逆効果なことは、過去の経験から学んでいた。かつて、父親が潔を殴り、母親が泣いて彼を学校へ連れて行こうとした後、彼は両親に暴力を振るうようになったのだから。そのため、二人は一種諦めの境地から、しばらく静観するしかないと判断したらしい。潔がその気になったらいつでも一緒に病院へ行くから、と言っただけだった。

それから間もなく五カ月になるが、潔の〝ひきこもり〟は良くなる兆《きざ》しが見えない。

――中学のときのようにまず図書館へ行ってみよう。そうすれば、いまの状態から抜け出せるかもしれない。

夜はそう思うのだが、翌日になると玄関から一歩も出られないでいる。

潔は苛々しながら頭を激しく振り、

「それなら、おまえ、銀行強盗でもやれよ」

と、言った。

「銀行強盗？」

文彦がぽけっとした顔をして聞き返した。

「親に金を出させることはできない。かといって、彼女と一緒に逃げる勇気もないって言うんだろう。だったら、銀行強盗でもやって、金を作るしかないじゃないか」

「そうか、銀行強盗か……」

文彦が本気で考え始めたような目をした。潔は腹立ち紛《まぎ》れに言っただけなのに。

「バカ！　本気にすることないだろう」

潔は慌てて、恋に狂っている男の思考に歯止めを掛けた。

「でも、きみが言うように、他に方法はなさそうだし……」

「いや、本当は良い方法があるんだ」

「え、あるの？」

「あるさ。簡単で百パーセント確実な方法がね」

「いったい、それは……」

「おまえが目を覚ましさえすればいいんだよ。そうすれば、万事解決する」

潔は自分でも不思議に思うが、他人の問題はよく見えるし、客観的に判断することができる。いや、自分の問題だって、見えないわけではない。見えてはいるのだが、いざ行動となると、理性による判断が無力になってしまうのである。

「リャ、リャンさんを捨てろというのか？」

文彦の色白の顔に朱が差した。怒ったようだ。

「捨てるとか捨てないとかという問題じゃない。頭を冷やせと言っているんだ」

「きみは本気で女の人を好きになったことがないから、わからないんだよ」

「失礼なことを言うね。俺だって恋ぐらいしたことあるよ。片思いだったが……」

「それなら、僕の気持ちがわかるはずじゃないか」

「わかるよ。おまえはいま、頭に血が昇っていて、冷静じゃないということが」

「僕は冷静さ。冷静に考えて、リャンさんを現在の奴隷のような状態から救い出してやりたいんだ」

「彼女がおまえにそうしてくれ、助けてくれ、と頼んだのか？」

「頼みはしないけど……」

「なら、余計なお世話だ」

「そんなことはない。リャンさんは現在の状態が辛くてたまらないと言っている。逃げ出したいと言っている」

「だが、国には家族がいて、困っているんだろう？　どうしても金を送らなければならないんだろう？　それで、客にもらったチップを貯めたり、高い利子を払ってメイに借りたりして、月に何万かは送っているんだろう？」

文彦が「うん」とうなずいた。

リャンの身の上については、潔も文彦から聞いていた。

「おまえが、リャンさんを現在の状態から解放してやれたとして、その仕送りの金はどうするんだ？」

「日本で別の仕事を見つければいい」

「不法滞在……この言い方も気に障《さわ》ると言うんなら、超過滞在《オーバーステイ》と言い換えるが、オーバーステイしている何の特技もない女に仕事などあるものか。たとえあったとしても、売春の収入に比べたら、何十分の一かだ」

文彦が唇を噛んだ。

「だいたい、おまえとの結婚はどうなるんだ？」

「わからない。それはリャンさんの自由だから。僕は結婚したいと思っているけど、リャンさんが望まなければ仕方がない。僕に強制する権利はない」

「それでもいいのか？」

「ああ。たとえ彼女と結婚できなくたって、彼女が自由になれるんならいい」

こりゃ、何を言ったところで無駄だな、と潔は思った。それなら、気が済むようにすればいい。しかし、俺は、もう降りた。

「頭が痛くなってきた。悪いが帰ってくれないか」

と、潔は言った。

「あ、ごめん」

と、文彦がハッとしたような顔をして謝った。「きみの調子を考えず、自分のことばかり話して……」

「いや、俺はべつに調子が悪いわけじゃない。少し疲れただけだ」

「それならいいけど……。そろそろ大学へ出てこられそうか？」

「わからない」

「じゃ、僕は帰るから」

文彦が椅子から腰を上げた。

「力になれず、すまなかったな」

「いや、きみと話して、よくわかったよ。リャンさんを助けるためには、とにかく金を作らなければならないんだということが」

「おいおい、間違っても銀行強盗なんて考えるなよ」

「うん。その心配は要らない。いくら考えたって、僕にはできっこないから」

「ま、そりゃ、そうだが」

潔は文彦を玄関まで送った。

ドアの鍵を掛けて自分の部屋へ戻りかけ、ふっと不安が胸に萌《きざ》すのを覚えた。

もし文彦が無謀な行動に走ったら……と想像したのだ。

潔は階段に掛けた足を止めた。

文彦は自分には銀行強盗なんてできっこないと言ったが、いまの彼は普通の状態ではない。女に狂って頭に血が昇り、冷静な判断力を失っていた。これからの状況によっては何をやらかすか、予想がつかない。

潔は頭を二、三度左右に振り、勝手にしやがれ、と思った。

「あいつが何をやらかそうと、俺の知ったことじゃねえや」

彼は口に出して言い、ゆっくりと階段を上り始めた。

4

どこか咎《とが》めるような「石崎さん」という声に、悠子はハッとして顔を上げた。

ベッドの頭側の下にシールの端をたくしこみ終わった三原治美《みはらはるみ》が、上体をちょっと捩《ねじ》って訝《いぶか》しげに悠子を見ていた。

「す、すみません」

悠子は慌てて謝り、シーツの反対側の端を引っ張り、ベッドの下に挟み入れた。

ぼんやりとしていたらしい。手が止まってしまっていたのだった。

ベッドから古いシーツを剝がしているときはそんなことがなかったのだが、治美と組んで新しいシーツをベッドに掛け始めてから、作業を促す声をかけられたのはこれで二度目だった。

悠子たちはいま、河東市内にある特別養護老人ホーム「朋寿園《ほうじゅえん》」でベッドのシーツ替えをしていた。

朋寿園には百床ほどのベッドがあり、週に一回――木曜日の午前中――シーツ替えが行なわれる。そのとき、職員だけでは手が足りないため、市の商工会婦人部の悠子たちがボランティアとして手伝っているのだ。

「大丈夫？」

隣りのベッドへ移る前に、治美が悠子の顔を覗《のぞ》き込むようにして聞いた。

彼女は駅前にある電器店経営者の妻だった。四十二歳の悠子より十ほど上で、ずっと婦人部の副部長をしていた。

悠子ははいと答え、

「すみませんでした」

と、もう一度謝った。

「何だか、疲れているみたいだけど」

「昨夜《ゆうべ》、ちょっと寝不足だったんです。主人の父親が山形まで来たついでに寄り、遅くまで主人とお酒を飲んでいて、今朝一番の新幹線で帰ったものだから」

寝不足は事実だが、それは義父のせいではない。布団に入っても、ある問題が強く意識に掛かっていて、眠れなかったのだ。

「ご主人のお父さんは弁護士さんでしたっけ？」

「ええ」

「じゃ、山形へはお仕事で？」

「そうみたいです」

義父の仲根周三は東京三鷹で友人と共同の法律事務所を開いている。住まいも事務所とさほど離れていない井《い》の頭《かしら》公園のそばにあり、妻の加代《かよ》と二人で暮らしていた。

義父母には二人の子供がおり、そのうちの一人が悠子と結婚して現在石崎酒造の社長をしている憲之《のりゆき》、そしてもう一人が証券マンと結婚して名古屋に住んでいる妹の久《く》里子《りこ》だった。

悠子は義妹の久里子と気が合い、電話でよく話す。久里子は来年中学生になる一人娘の遥《はるか》の対応に困ると、子育ての先輩である悠子――悠子には文彦、美希《みき》という大学生と高校生の二人の子供がいる――に相談してくるし、悠子は夫憲之についての愚痴を義妹に聞いてもらう。

悠子には佐緒里《さおり》という年子の姉がいたのだが、二十四年前、十九歳のときに交通事故で死亡した。それから十四、五年して父と母が相次いで亡くなったため、悠子には家庭内の愚痴をこぼせる相手が義妹を除いていない。周三も自分の息子のいい加減さ、女癖の悪さがよくわかっていて、今朝も帰りがけに、「悠子さんには苦労をかけてすまないが、よろしくお願いします」とそっと頭を下げて行った。といって、義父に夫の悪口を言うわけにはいかなかった。

悠子が佐緒里の友人だという憲之と初めて会ったのは姉の葬儀の日だった。その後、姉の法事や墓参りに何度か来てくれているうちに悠子は彼と親しくなった。

憲之は如才なく、人当たりが良かった。そのため、悠子の両親も憲之を気に入り、彼が石崎家の養子になってもいいと思っているのを知ると、彼の来訪をいっそう歓迎した。悠子は、姉と憲之の関係が気になった。とはいえ、面と向かって質すわけにはいかないし、たとえ聞いても、もし親密な関係にあった場合、彼がありのままを話すとは思えない。結局、二人の間に何があっても姉はこの世にいないのだし過去のことなのだ、と割り切り……多少無理して自分の気持ちを納得させ、彼との結婚に踏み切った。

憲之は頭が良く、経営者としてもなかなか有能だった。が、生き方の根本のところが場当たり的で、これといった信念のない薄っぺらな人間であることに、悠子はじきに気づいた。また、彼は道義心が薄く、妻を平気で裏切った。悠子の両親が生きているうちはこそこそやっていたのか、はっきりとはわからなかったが、母に次いで父が亡くなってからは、悠子が知っているだけでも三人の女性と深い関係を結んでいた。悠子が責めると、彼は神妙な顔をして謝り、もう二度としないと誓ってみせる。それでいて、その舌の根も乾かないうちに同じ裏切りを繰り返した。

義父が帰りがけに悠子に詫《わ》びたのは、そうした事情があったからである。

といって、昨夜悠子をあまり眠らせなかったのは憲之の問題ではない。憲之に対する不信、不満、さらには蔑《さげす》み、怒りといった感情は常に悠子の胸の底にわだかまっており、それらはときとして表出する。そうしたときは悠子は平静でいられなくなり、眠れなくなる。が、最近の悠子は、今更何をしたところで憲之という人間を変えることはできないのだと悟り、彼を見限り、諦め始めていた。そのため、いちじは精神安定剤や睡眠導入剤無しには暮らせなかったが、いまではそうした薬にほとんど頼らずに日常生活を送れるようになっていた。

そうなった主な理由は慣れと諦めのせいだと思われるが、長男・文彦の成長も関係していた。

それは、久里子に言われて思い当たった。

義妹は悠子と電話で話しているとき、

――お義姉《ねえ》さんにとっては、文彦ちゃんの存在がすごく大きいのね。

と、言った。

悠子が、どうしてそんなふうに思うのかと聞くと、

――だって、お義姉さん、二言目には文彦がこう言ったとか、うちの文彦は……だもの。可哀相《かわいそう》に、兄貴や美希ちゃんの名前なんか滅多に出てこない。

――そうかしら？

――そうよ。私は男の子がいないからわからないけど、母親にとって、長男て特別な存在なんですってね。

――私は文彦と美希を分け隔《へだ》てしたことはないし、自分ではそんなふうに思っていないつもりだけど……。

――そりゃ、愛情の度合に差はないと思うし、分け隔てはしてないかもしれないけど、どこかが完全に違うのよ。

そう言われれば、確かにそんな気がしないでもない。

――お義姉さんの気持ちの中で、文彦ちゃんはきっともう夫の代わりになっているのね。

――そんなことないわ。

――あるわよ。自分で気づいていないだけで。

――そうかな……。

――そう。妹の私が言うのも変だけど、お義姉さんは兄貴みたいないい加減な男を

立てて、よくやってきたと思うわ。だから、もう放っておいたら？　お義姉さんには、これからはどんどん立派になっていく文彦ちゃんがいるんだから、あんな亭主、もうどうだっていいじゃない。

いくら息子が成長しても、夫がどうだってよくはない。が、悠子は義妹のその言葉を聞き、肩から力が抜けたように感じたのだった。

というわけで、いまは夫の問題で夜眠れないといったことは滅多にない。

では、昨夜、悠子の眠りを奪ったのは何かというと、当の文彦の問題だった。

先月二十歳になった文彦は、小さいころから真面目《まじめ》で素直で優しかった。あのいい加減な父親からどうしてこんな純真な心を持った子供が生まれたのかしら？　と母親の悠子が首をかしげるぐらいだった。中学、高校と成績もだいたい上の部類――抜群というわけではなかったが――に入っていたし、教師や知り合いには「ほんとに良いお子さんですね」といつも褒《ほ》められた。このように、文彦はずっと悠子の自慢の息子であり、悠子に心配らしい心配をかけたことは一度もなかった。

ところが、その文彦が昨日の午後、〝三百万円貸してほしい〟と悠子に電話してきたのである。

悠子は驚き、何につかうのかと聞いた。

――いまは話せないけど、いつか話すから、何も聞かずに僕を信用して貸してくれないか。

文彦が悠子の問いには答えずに、言った。

——お母さん、文彦のことは信用しているわ。信用はしているけど、事情もわからずにそんな大金を貸すわけにいかないでしょう。

——大学を卒業して働き始めたら、必ず返すよ。だから……。

——そんな問題じゃないの。あなた、三百万円というお金の価値、わかって言っているの？　三万円じゃないのよ。

——それぐらいわかっているよ。わかっていて、頼んでいるんじゃないか。

文彦が少し怒ったように言った。

——だいたい、お父さんとも相談しなければ……。

——それだけはやめて！

文彦が強い調子で遮《さえぎ》った。

——だって、三百万円といったら、うちにとってだって大金よ。そんなお金、私一人の考えではどうにもならないわ。

——そんなことないだろう。お母さんには、お祖父《じい》ちゃんが遺《のこ》してくれたお金があるじゃないか。前にそう言ったじゃないか。お父さんが一週間ほどうちへ帰らなかったとき、そのお金を持って、文彦と美希と三人でどっかへ行っちゃおうか、って。そのお金を下ろして僕に貸してくれれば、お父さんにはわからないよ。

——そんなお金、もうないわ。

——嘘だね。そのとき、このお金だけは何があっても文彦と美希の将来のために取っておかなきゃね、って言いなおしたんだから。

——だったら、いま下ろすわけにいかないでしょう。

——僕の将来にとって重大な問題なんだよ。それなら文句ないじゃない。

——文彦の将来にとって重大な問題？　どういう問題？　話して。

悠子は強い不安にとらえられた。

——いまは言えない。

——何かの事件に巻き込まれたとか、それで困っているとか……？

——べつに事件になんか巻き込まれていないよ。だから、そういうことを心配しているんだったら、安心して。

——何も話してくれないんじゃ、安心なんかできないわ。

——僕を信用してよ。

——文彦こそ、お母さんを信用して。そして、事情を話してちょうだい。

——繰り返すけど、お母さんに何と言われても、いまは話せない。でも、絶対に悪いことにつかうわけじゃない。これは天地神明に誓って言えるよ。とにかく、明日のいまごろまた電話するから、それまでに考えておいて。

文彦はそう言って電話を切った。

文彦が三百万円もの大金を必要とする事情、そしてそれを母親に話せない理由——。

その問題は、文彦との電話を終えてからもずっと悠子の頭の中に居座り、彼女を解放してくれなかった。

夕方、義父の周三が訪れてからも同様だった。

だから、悠子は、こんなとき義父が来たのも何かの因縁かと思い、彼に相談しようかと考えた。

夫の憲之に話せば文彦が怒るだろうし、だいたい、夫では相談したところで何の解決にもならないにちがいない。頭ごなしに文彦を怒鳴りつけ、文彦は反撥《はんぱつ》していっそう口を固く閉ざすだけだろう。それでは、文彦がどうして三百万円もの金を必要としているのか、もっとも気になっている点を聞き出せない。その点、文彦が尊敬し、慕《した》っている弁護士の義父なら、文彦も事情を打ち明けるかもしれない。

しかし、そう考えながらも、自分が電話の件を他人に漏らしたと知ったときの文彦の反応を恐れ、義父に相談できないでいるうちに——二人だけで落ち着いて話す機会がなかったという事情もあるが——義父は帰ってしまった。

その後、悠子は予定どおり、老人ホームへ来てシーツ替えの仕事をしているのだが、自分では気づかないうちに文彦の問題を考えていたらしい。手が止まってしまっていたのだった。


悠子は老人ホームでの手伝いを終えて、一時過ぎに帰宅した。

住まいは酒造工場や倉庫と同じ敷地内に建っており、事務所とは棟続きだった。

夫の憲之は珍しく事務所にいて、悠子の車が帰ったのを窓から見ていたらしい。彼女が着替えをしていると顔を覗かせ、

「帰ったのか」

と、言った。

悠子は顔を振り向け、はいと答えた。

「昨日は親父が急に来て、すまなかったな。寄るんなら寄ると前もって知らせてよこせばいいものを……」

「私は全然気にしていないわ。お仕事が思ったより早く済んだから、急にあなたに会いたくなられたんでしょう」

河東市は山形市から北に三十キロほど離れた、最上川の東に位置する人口五万人余りの小さな市だった。

「いや、俺なんかじゃなく、親父はきみの顔を見たくなったんだよ。きみは親父のお

気に入りだから」

べつに自分の顔を見に来たわけではないと思うが、悠子も温厚な義父——かつては学生運動の闘士だったという話だが——が好きだった。

「話は違うが、どこか具合でも悪いのか？」

憲之が、悠子の顔に観察するような視線を向けた。

悠子は、夫がなぜそんな質問をするのかわけがわからず、

「べつにどこも悪くなんかないけど……」

首をかしげ、目顔で問い返した。

「それならいいんだ。今朝はバタバタしていて言いそびれたが、親父がちょっと心配していたんでね」

「お義父さんが私を心配？」

「昨日、最初にきみを見たとき、顔色が悪いのでびっくりしたんだそうだ。それで、俺にどこか悪いのかと聞いたんだが、俺がそんなことはないと思うと答えると、おまえは女房の顔を毎日ちゃんと見ているのかって怒られてね。病院で検査を受けさせたほうがいいんじゃないかって……」

「ありがたいお心遣いだけど、私はどこも悪くないわ。昨日の午後、ちょっと頭が痛かったから、お義父さんにはそんなふうに映ったのね」

「そうか。なら、よかった」

「それにしても、あなたとお義父さんとではずいぶん違うのね。あなたなんか、私がどんなに調子が悪くたって気がつかないのに」

悠子はつい皮肉を言った。

「毎日一緒にいればそんなものさ。親父がきみと会ったのは春以来だろう？　だから、おやっと思ったんだよ」

「そういうことにしておきましょう」

「実際にそうじゃないか」

「ま、そうね」

「何だよ、その言い方は。心配してわざわざ様子を見に来てやったのに……」

憲之が少し腹を立てたように言い、ここ数年で胴回りが一・五倍ぐらいになった身体を回した。

悠子は不満だった。昨日はどうして頭が痛かったのか、今日はもういいのか、と一言も聞いてくれなかったことが。

ただ、夫からもしそうした優しい言葉をかけられていたら、自分は文彦の電話の件を明かしてしまっていたかもしれない。どうしたらいいかと相談していたかもしれない。

そう考えると、悠子はこれでよかったのだと思った。

この後、文彦から二度目の電話がかかってくる。そうしたら、悠子は何としても昨日聞けなかった三百万円が必要な事情を聞き出すつもりでいた。が、もし憲之に話してしまっていたら、文彦の口を割らせるのは百パーセント不可能になるだろう。

それにしても、突然三百万円もの大金を貸してくれ、だなんて……。いったい何があったのだろう。時間が経てば経つほど悠子の胸で不安がふくらんだ。考えれば考えるほど尋常な事情ではないように思えた。

文彦は、自分の将来にとって重大な問題に関係しているが事件に巻き込まれたわけではない、と言った。また、絶対に悪いことにつかうわけではないから安心しろ、と。

悠子は文彦を信じている。文彦は母親に嘘をつけるような人間ではない。嘘の理由を口にできないから、いまは話せないと言ったのだろう。

その点は息子を信用しているのだが、だからといって安心はできない。安心などできるわけがない。

悠子が、有り合わせのもので遅い昼食を済ませ、三十分ほどしたとき、文彦から電話がかかってきた。

悠子が出ると、

「考えてくれた?」

と、いきなり問いかけてきた。

「もちろん考えたわ。朝までほとんど眠らずに」

と、悠子は答えた。

「じゃ、三百万、貸してくれるんだね？」

「貸してあげる」

「ありがとう」

と、文彦の声が明るく弾《はじ》けた。

「でも、それには条件があるわ」

悠子は急いで言い足した。

「どういう条件？」

文彦の語調が警戒するような色を帯びた。

「何につかうのかを聞いて、お母さんが納得できたら――」

「何だよ、それじゃ昨日と同じじゃないか」

「同じかもしれないけど、これがお母さんが考えに考えて出した結論なの。話してくれるわね？」

「話せないよ」

「悪いことにつかうわけじゃないんでしょう？　だったら、どうしてお母さんに話せないの？」

文彦は答えない。

「お母さん、文彦が言ったように、お父さんにも話さなかったわ。文彦がそうしてほしいって言うんなら、これからも黙っている。だから、お母さんにだけは事情を話してちょうだい」

「それなら、いいよ」

「それなら、いいって……？」

「お母さんに借りないよ」

「でも、どうしてもお金が必要なんでしょう？」

「そうだけど……」

「だったら、事情を話してみればいいじゃない」

「話せないって言っているじゃないか。だから、もういいよ。じゃ、ね」

文彦は苛々した口調で言うと、「文彦、待って！」という悠子の呼びかけを無視して電話を切ってしまった。

悠子は一旦《いったん》切ボタンを押してから、文彦の携帯電話――彼の部屋には電話がない――にかけてみた。

応答したのは留守番電話サービスの声だった。

悠子は、自分にもう一度電話するようにというメッセージを吹き込み、次いで携帯電話からメールした。

だが、それから夜まで、家の電話の子機と携帯電話を身近に置いていたが、文彦からの連絡はなかった。また、悠子のほうから何度電話しても彼は出なかった。

文彦は、悠子に味方して父親に反抗的な態度を取ることはあっても、悠子に対してこんな対応を見せたのは初めてだった。それだけに悠子の受けたショックは大きかったし、どうしたらいいのか判断がつかなかった。

埼玉まで行って文彦に会おう、とまず考えた。文彦が住んでいる芳沢市のワンルームマンションを訪ね、文彦と膝《ひざ》を交えてじっくりと話し合おう。そうすれば、文彦も心を開き、三百万円が必要な事情を話してくれるのではないか……。

しかし、そうするためには、憲之に事情を打ち明けるか、さもなければ嘘をつくしかない。

黙っているだけならまだしも、嘘の理由を告げて出かけるのには抵抗があった。それに、文彦と会っても自分一人では対処できなくなる場合だってある。そのときは夫に相談せざるをえないのに、悠子が嘘をついたと知れば彼は怒るだろう。

では、憲之に事情を話してから行ったらどうだろうか。

今度は文彦が怒って無謀な行動に走るおそれが出てくる。いや、その前に、憲之が自分で文彦に会いに行くと言い出すかもしれない。そうなったら、事態は収拾がつかなくなる。

と考えると、悠子は憲之に嘘をついて文彦に会いに行くことも、憲之に事情を打ち明けることもできなかった。

次に悠子が考えたのは、義父の周三か友人の村地佐和子に相談するという選択だった。周三か佐和子に事情を話し、自分の代わりに文彦に会ってもらうのである。

義父と一緒に佐和子を思い浮かべたのは、佐和子が周三と同じ弁護士で埼玉県に住んでいる、という理由からだけではない。悠子は佐和子を信頼しており、文彦を子供のころから知っている佐和子なら親身になって力を貸してくれるだろう、と思ったからである。

佐和子とは幼馴染みで、悠子がもっとも気の許せる友達だった。物事にあまりこだわらない性格で（悪く言う人は「鈍いだけじゃないの」とバカにするが）、自分で一度こうと決めたら他人がどう言おうと思おうとそれを貫徹する強さがあった。その点、憲之の浮気に苦しみながらも、世間体を気にしてずるずると今日まできた悠子とは大違い。夫が自分を裏切って同僚と不倫をつづけていると知るや、後の生活も考えずに離婚に踏み切り、働きながら一人息子の昇を育て、司法試験という難関を突破した。

といって、佐和子には強い女性といったイメージはないし、猪突猛進《ちょとつもうしん》といった形容もそぐわない。色白で、体付きはふっくらしているし、性格も穏やか。生き方も〝羊突柔進〟とでも表現したほうがふさわしい。本人は「これでも、もう必死で頑張っているのよ」と言うが、傍《はた》からは少しも思いつめているようにもガツガツしているようにも見えず、それでいて、いつの間にか自分の意思を貫徹しているのだ。

佐和子の実家（いまも両親共に健在だった）は畳屋で、父親は女が大学へ行く必要などないという考えの持ち主だった。だから、中学、高校と佐和子はあまり勉強せず、成績はずっと真ん中より少し上ぐらい。こつこつと結構頑張ってやっと上位のどん尻《じり》に付けていた悠子に、「ユッコちゃんとこは優秀な家系だけど、私のうちはお父さんもお母さんもあまり頭が良くないから」と、謙遜《けんそん》ではなく本気で言っていた。ところが、高校三年の秋になり、佐和子の母親が、これからは女の子だって短大ぐらい出ていないと良い縁談がこないからと夫を説得。佐和子はそれから受験勉強のスタートを切ったにもかかわらず、一月の最終模擬試験では学年で六番になっていた。

佐和子には一種、不思議な能力があった。幸運な巡り合わせを呼び込む力、とでも言ったらいいような。どういうことかというと、佐和子が困難に直面すると、必ず彼女に力を貸す人間が現われるのだ。離婚訴訟のときに出会った女性弁護士、長い受験勉強を支えた息子の昇、司法修習が終わることになっても就職口がなかった彼女を周三に紹介した悠子、そして、要領が良いとは言えない彼女に根気よく弁護士実務の手ほどきをした周三、と。だから、佐和子が今後難しい事件なり案件なりに関わるようなことがあっても、そのときはまた彼女を助ける人が現われるのではないか、悠子はそんな気がしている。

それはともかく、いま文彦の件を相談するとしたら、義父と佐和子のどちらがいいだろうか、と悠子は考えた。文彦は周三を尊敬していたし、佐和子のことも好きだった。とはいえ、母親にも話さない事情を文彦から聞き出すのは、周三にしても佐和子にしても容易ではないだろう。

三百万円が必要な事情について、文彦は二人のどちらのほうが話し易《やす》いだろうか。身内である祖父だろうか、それとも、他人ではあっても、子供のころから親しんできた「昇君ちのおばさん」のほうだろうか。

どちらが良いとも判断がつかないまま、悠子は周三に頼もうと思った。周三なら、孫の問題なので多少迷惑をかけてもかまわないが、親しい友人とはいえ、忙しい佐和子を煩《わずら》わせるのは申し訳ない。

しかし、そう結論したものの、結局、悠子は周三にも相談しなかった。電話の件を自分が他人に話したと文彦が知ったとき、どんな行動に出るか予測がつかず、怖かったからである。

悠子は、文彦の携帯電話に繰り返しメッセージを吹き込み、メールを送り、彼が連絡してくるのを待ちつづけた。

だが、それから二日経ち、三日を過ぎても文彦からの電話はかからなかった。

5

鏑木のアパートは芳沢駅の北口から歩いて七、八分のところにあった。

だが、彼は下りの電車から降りても、北口へ通じている地下道へは向かわず、そのまま南口の改札口を出た。

ちょっと足を速め、ごみごみした狭い商店街へ入る直前で男に追いついた。

「よおー」

後ろから肩をぽんと叩いて横に並ぶと、男が驚きの表情を浮かべて振り向いた。

身長は鏑木より十センチほど高い百七十七、八センチ。ひょろりとした体形で生白い顔をしているが、目元がすっきりしていて鼻が高く、なかなかの男前だ。

男は足を止め、訝り、警戒するような目で鏑木を見ている。誰なのか見当がつかないらしい。

鏑木にしても、昼の光——といっても夕方に近い時刻だったが——の下で男を見るのは初めてだった。が、人違いではない。電車の中で斜め前の座席に掛けた男を見かけたとき、鏑木はリャンに執心しているフミヒコという男ではないかと思い、さりげなく観察していた。そして、間違いないと確信できたので……はっきりとした目的があったわけではないが、芳沢駅で降りてから声をかけたのである。

「マキで二度ほど顔を合わせているんだけどね。きみはフミヒコ君だろう？」

鏑木が言うと、男が悪さを見つかった子供のような顔をして視線を下に逸《そ》らした。

鏑木との関わりについては、まだわからないようだ。

マキで見かけたとき、こちらは冷静な目で観察していたが、男のほうは頭に血が昇っていて、薄暗い店内にいた人間の顔など――リャンを除いては――目に入らなかったのだろう。

「きみの名前はリャンに聞いたんだが……」

男がハッとしたように目を起こし、まじまじと鏑木を見つめた。

「もしかしたら、タミヤさん……」

つぶやくように言った。当然リャンから聞いたのだろうが、彼女が「田宮」の名をフミヒコに話していたのは意外だった。

「そう。きみと同じようにリャンが好きでマキへ通っている……」

「そう言えば、お会いしたことがあるような気がします」

「本当かね」

「はい」

「リャンは俺のことを何て言っていたんだい？」

「嫌な客が多い中で、タミヤさんは良い人だって……」

「ふーん」

「僕のことは……？」

「一緒に逃げようと誘われた、と言っていたよ」

「そんなことまで！」

「リャンは困って、どうしたらいいかと俺に相談してきたんだ」

「そうですか」

「ところで、こんなところで立ち話もなんだから、どこかでちょっと話さないか」

鏑木は喫茶店か居酒屋を念頭に浮かべ、誘った。

「でも……」

「何か急ぐ用事でもあるの？」

「用事はありません」

「それなら、同じ一人の女に惚れている者同士、いいじゃないか。きみのほうが俺より真剣だし、俺の何倍もリャンを愛しているようだから、話の次第によっては力になってやってもいい」

「本当ですか？」

「もちろん本当だよ。俺だって、リャンがいまの状況から抜け出して幸せになれるんなら、大賛成だ」

それは嘘ではない。その結果、自分がリャンに会えなくなるぐらいは我慢する。といって、リャンがこの男と逃げたりしたら大変な目に遭う。

リャンと話したかぎりでは、リャンがそんな話に乗る気遣いはなさそうだが、当の男がどんなふうに考えているのかを知っておくのも悪くないだろう。

鏑木はフミヒコを促し、歩き出した。

通りにはマクドナルドやドトールコーヒーはあったが、落ち着いて話ができそうな喫茶店はなかった。また、居酒屋には「準備中」の札が掛かっていた。

「芳井川にでも行って歩きながら話すか」

鏑木が言うと、「僕はどこでもいいです」とフミヒコが答えたので、二人は商店街を突き抜け、国道を渡った。

荒川の支流の一つである芳井川までは、そこから四、五分だった。

芳井川の河川敷は雑草が繁茂しているので歩きにくいが、土手の上は遊歩道が整備されていた。ジョギングや散歩をしている人がちらほらいるが、歩きながら話すのに支障はない。

「きみの正確な名前を聞いていなかったけど……」

畑と水田の間を抜けて土手に登ったところで、鏑木は言った。

「石崎文彦と言います。石ころの石に長崎の崎、文彦は文章の文に彦根の彦です」

石崎――。

鏑木はその苗字《みょうじ》にちょっと引っ掛かった。が、まさか昔自分と関わりのあった石崎姓の女性に関係はないだろうと思い、

「俺は田宮三郎」

と、名乗った。リャンに田宮と言い、マキでも田宮で通してきたのに、ここで本名を教える必要はない。それに本名を名乗って「鏑」の意味について説明したところで、それがどういうものか知っている者はいまやほとんどいなかった。

「石崎君は大学生だってね」

「はい」

「どこの大学？」

「さいたま市にある協立大です」

「ほう、協立大といやぁ、一流大学だ」

「いえ、そんなことありません。僕もそうですが、どこかの大学を受けて落ちた者ばかりです」

文彦が憮然《ぶぜん》とした表情で言い、田宮はどういう仕事をしているのかと聞いた。

「俺は物書きだよ。上に『あまり売れない』という形容詞が付くね」

「どんなものを……」

「まあ、俺のことはいいじゃないか」

「すみません」

「それより、石崎君は埼玉の人？」

「いいえ、山形です」

鏑木は自分の顔色が変わるのがわかった。かつて車で撥ねて死なせてしまった石崎姓の女性も山形の人だったからだ。

そう思って文彦の顔を見なおすと、どこか似ているような気がした。

鏑木は胸が震え出した。

「山形が何か……？」

文彦が怪訝そうに鏑木の顔を見た。彼の変化に気づいたらしい。

「昔、山形に石崎という姓の知っている人がいてね。それで、もしかしたらきみの知り合いかと思ったんだ」

思い出したくない出来事だったし、思い出したくない人だったが、鏑木は事実を確かめたいという欲求に勝てずに言った。

「何という人ですか？」

「河東市にある石崎酒造という造り酒屋のお嬢さんで、石崎佐緒里という人なんだが……」

鏑木は佐緒里を撥ねた事実は隠した。

「えっ！」

と、文彦は素《す》っ頓狂《とんきょう》な声を出し、足を止めた。「石崎酒造なら僕の家です。石崎佐緒里は僕の伯母《おば》です」

やはり、と鏑木は思った。想像したとおりではあったが、驚いていた。佐緒里には妹が一人いるという話だったから、この男はその息子というわけだろう。

「伯母は僕が生まれる前に交通事故で亡くなったと聞いていますが、伯母とはどういう知り合いだったんですか？」

文彦が聞いた。自分がこの世に生を享《う》ける前に死んだ顔も知らない伯母についての知識は、その程度らしい。

「当時、佐緒里さんは東京八王子にある短大の学生だったんだが、そのことは知っているかね？」

「はい、母に聞きました」

「そのころ、ちょっとした付き合いがあったんだ」

事故の前に一、二度顔を合わせたことがあっただけなので、付き合いと言えるかどうかわからないが、そう言った。

「田宮さんも学生だったんですか」

「まあね」

中退だが、佐緒里が死んだときは柏葉《はくよう》大学経営学部の二年生だった。

「もしかしたら柏葉大ですか？」

鏑木はぎくりとした。文彦は、佐緒里を殺したのが柏葉大の学生だと聞いているのだろうか。

「いや、違うが、柏葉大がどうかしたのかい？」

惚《とぼ》けて聞き返した。

「伯母と知り合いだった大学生なら、もしかして父のことも知っているかと思ったものですから」

「お父さんは柏葉大なの？」

「はい。そして、母と知り合う前、東京で伯母と知り合いだったんだそうです」

「同じ山形の方？」

「いいえ、東京の出身です」

「そう。じゃ、大学を出てから山形へ行き、きみのお母さんと結婚されたわけだ？」

「はい。伯母が亡くなった後、法事などで何度か河東へ来ているうちに母と親しくなり、祖父の希望もあって石崎家の養子になったんだそうです」

鏑木はちょっと気になった。佐緒里の知り合い、柏葉大、東京出身……。まさかとは思うが、彼のよく知っていた男の条件に当てはまるからだ。

「ふーん。大学は違っても、もしかしたら佐緒里さんと一緒のときにでも顔を合わせているかもしれないな。結婚前の姓は何て言うんだろう？」

鏑木はさりげなく聞いた。

「仲根です。仲根憲之と言います」

文彦が、鏑木の念頭にあった氏名を口にした。

鏑木の胸はざわめき、複雑な思いが交錯した。

彼はそうした心の動きが顔に出ないように注意しながら、

「仲根さんね……」

記憶を探っているかのようにつぶやいた。

「ご存じありませんか？」

「覚えがないね」

佐緒里が死んだ後、鏑木は仲根憲之と一度も会っていない。だから、憲之がその後どういう人生を歩み、現在どこで何をしているのか、知らなかった。それが、よりによって佐緒里の妹と結婚し、石崎酒造の主《あるじ》におさまっていたとは！

俺とはずいぶんな違いだな、と鏑木は複雑な気持ちになった。

佐緒里を死なせたのは自分である。それは間違いない。だが、その因《もと》になった〝計画〟を考えたのは憲之だった。

事故とはいえ、鏑木は業務上過失致死罪に問われ、禁錮《きんこ》六カ月の実刑判決を受けた。執行猶予が付かなかったのはショックだったが、いつまでも裁判に関わりたくなかったので、彼はその判決を受け容《い》れ、出所したのは翌年の冬。雪の降る寒い日だった。

そのとき、憲之はアメリカへ行っていて、弁護士だという彼の父親が〝新しい生活を始めるための足しにでも……〟と五十万円の見舞金を持ってきた。見舞金とは名目で、憲之との手切れ金であると同時に口止め料でもあったのだろう。

もう二十三年も前の話で、憲之との関わりはそれきりだった。

有罪判決は受けても、故意の犯罪ではなかったため、大学の温情で鏑木は退学処分だけは免れた。が、復学してもほとんど大学へは行かず、酒とパチンコに明け暮れる日々を送った。そのうちにパチンコ店で知り合った男に誘われ、バカラ賭博《とばく》に手を染めた。こうなったら、あとは坂を転がり落ちるだけ。勉強する意欲を完全になくし、大学を中退した。だから、仲根がいつアメリカから帰って柏葉大に戻ったかも知らない。

「さて、それじゃ、肝腎《かんじん》の問題について話そうか」

鏑木は言った。「きみとはちょっとした因縁があることもわかったし、お互い腹を割って話そうじゃないか」

はいと答えた文彦の顔が少し緊張したように感じられた。さっき鏑木が「話の次第によっては力になってやってもいい」と言ったからかもしれない。

二人は再び並んで歩き出した。

「リャンと一緒に逃げるという考えには賛成できないが、その点、きみはどう考えているんだろう？」

「逃げるのは危険すぎるし無理だと僕も考えています。ですから、そうした方法を採るつもりはありません」

「そうか。しかし、そうなると、リャンを現在の状態から解放してやる方法はもうないように思えるが……」

「いえ、あります」

文彦が即座に応じた。

「ほう……」

と、鏑木は生真面目そうな若い男の顔を見上げた。

「ただ、その方法も壁にぶつかっていますが」

文彦の表情に翳《かげ》が差した。

「どんな方法だろう？」

「リャンさんの借金……といっても、大半は不当に背負わされている借金ですが、それをボスのメイさんに支払う方法です」

「そりゃ、そうできれば一番いいが、リャンの借金はまだ二百七、八十万円はあるらしいよ」

「知っています」

「きみには、それだけの金を用意できる当てがあるわけか」

「ありません」

「じゃ……」

「ですから、壁にぶつかっていると言ったんです」

「しかし、その方法にまだこだわっているということは、もしかしたらその壁を突破できるかもしれない？」

「ええ……いえ、たぶんだめですね」

「きみの前に立ち塞がっている壁というのは、具体的にどういうものなんだい？」

鏑木は強い興味にとらえられて聞いた。

が、文彦は話す代わりに「すみません」と小さく頭を下げた。

「ま、話したくないんなら、無理には聞かないけど」

「話しても、どうにもならないんです」

「確かに、百万単位の金など、俺にはどうにもならんわな」

「そういう意味じゃなく……。もし田宮さんが気にされたんなら話します」

「無理しなくていいよ」

鏑木は口先だけで言った。

「いえ、べつに隠さなければならないことじゃないんです。親……父は話にならないので母ですが、母に三百万円貸してくれと頼み、断わられた、それだけの話ですから」

「お母さんには事情を話したの？」

「まさか！　悪いことをするわけじゃないから僕を信じて、と言っただけです」

そりゃ、百パーセント断わられるだろう。もっとも、事情を説明したところで同じだっただろうが……。

鏑木はそう思ったが、

「そうか、それは残念だったね」

と、同情するように言った。

文彦がはいとうなずいた。

「で、いまはどう考えているんだい？」

「母から借りるのは無理でも、他にお金を手に入れる方法があるかもしれないと考えています」

「他に金を手に入れる方法か……。でも、大金だよ」

「わかっています」

文彦がちょっと苛々したような調子で応じた。言われるまでもないからだろう。

が、鏑木は無視し、

「例えば、どんな方法？」

と、聞いた。

「まだ思いつきません。でも、友達にも考えてもらっています」

「ほう、きみにはそんな問題まで一緒に考えてくれる親しい友達がいるんだ？」

「ええ、まあ……」

「巧《うま》い方法を思いつけばいいが」

「田宮さんに良い考えはありませんか？」

「うーん、そう言われてもな……」

「そうですね。すみません」

「でも、考えてみるよ。きみの話を聞いて、俺も力になりたいと思ったから」

といっても、それはあくまでもリャンのためである。これまでだってそうだったが、文彦が憲之の息子だとわかったいまや、彼のために何かしてやる気などさらさらない。

「ありがとうございます」

と、文彦が頭を下げた。

「それじゃ、巧い方法が浮かんだら知らせるから、電話を教えてもらおうか」

そうした方法が浮かぶかどうかはともかく、文彦に連絡を取る必要は生じるかもしれない。

「母と話したくないので電源を切ってあるんです。留守電にメッセージを入れておいてください。僕のほうから連絡します」

「ケータイね？」

「はい」

「ま、俺もケータイしかないんだが」

鏑木は文彦の電話番号を自分の携帯電話に登録し、ついでに住所も聞いた。

それから土手を下って国道まで一緒に戻り、左と右に分かれた。

文彦の住まいは左へ行って商店街のほうへ少し戻ったところに建っているワンルームマンション、一方、鏑木の住んでいるのはT線の踏切を渡り、北へ十分ほど行ったところだったからだ。

別れ際に、「田宮さんの住所も教えてくれませんか」と文彦に言われたが、鏑木は何となく文彦に自分の住まいを知られないほうがいいような気がして、

「いやぁ、恥ずかしくなるようなぼろアパートなんでね。ま、いつか教えるよ」

と、誤魔化しておいた。


鏑木の頭に〝文彦が大金を手にできるかもしれない方法〟が浮かんだのは、それから数日後だった。

6

S電器不当解雇事件の口頭弁論が午後一時半から東京地裁で開かれ、仲根周三は久しぶりに村地佐和子に会った。

学生時代からの友人で佐和子のボスでもある斉藤肇に頼まれ、仲根も二人と共に原告側の訴訟代理人になっていたからだ。

法廷が終わった後、依頼人と一緒に、歩いて四、五分のところにある弁護士会館へ移動するとき、

「村地さんの作成した今日の準備書面、とても良くできていたよ」

仲根は佐和子に言ってやった。

と、先生に褒められた小学生のように、佐和子は嬉しさを隠しきれない表情をした。歩道の真ん中に立ち止まり、スカートがはち切れんばかりの大きな尻を後ろに突き出し、ありがとうございますと礼を述べた。

五年前、仲根は、司法修習を終えたばかりの佐和子を仲根・前沢共同法律事務所に雇った。相棒の前沢健二《けんじ》に多少無理を言い、長男の妻である石崎悠子の頼みを聞いてやったのだが、仲根は一週間もしないうちに後悔した。

――この人は弁護士としてやっていけるだろうか。

という危惧を抱いた。

肥《ふと》った身体にエネルギーだけは有り余るほど蓄《たくわ》えているようだったが、呑み込みが悪く、ミスが多かったのだ。

が、仲根の心配は杞憂《きゆう》に終わった。

半年、一年と経つうちに佐和子はちゃんと要領をつかみ、簡単な事例は一人でこなせるようになった。ミスも……少なくはなかったものの、初めのころよりはずいぶん減った。

そうしてさらに一年半ほどしたころ、斉藤肇が自分の手助けをしてくれる弁護士をほしがっているのを知り、仲根は佐和子を彼の事務所に紹介した。〝厄介払い〟という言葉が脳裏をかすめたが、違う違う、と慌てて打ち消して。

斉藤と仲根は同じ大学で共に学生運動に打ち込んだ仲間だった。初めから弁護士志望だった仲根と違い、斉藤は卒業後一度民間会社に就職したものの、水が合わなかったらしくじきに辞め、アルバイトで数年食いつないだのち、弁護士になった。かつての正義感や反権力の牙《きば》がだいぶ磨り減ってしまった仲根と違い、斉藤はいまも社会の不正義や矛盾に怒りを以《もっ》て立ち向かう情熱を失っていない。今回も、一方的な賃金カットに抗議して解雇された原告のため、ほとんど手弁当で飛び回っていた。

弁護士会館の地下にあるレストラン喫茶では今後の裁判の進め方についての話し合いが行なわれたが、仲根は三十分ほどで中座した。四時に有楽町で依頼者と会う約束があったからだ。

会館前の通りを渡り、日比谷公園の霞《かすみ》門を入ったのは三時三十三、四分。園内の道をJR有楽町駅方面へ向かった。

公園の中ほどまで来たとき、ふと、法廷へ入る前に携帯電話の電源を切ったままだったことを思い出し、事務所から何か連絡が入っているかもしれないと思った。

植込みのある草地広場のほうへ寄って鞄《かばん》から携帯電話を取り出し、電源を入れると、案の定、事務員の大塚元子《おおつかもとこ》の声で、

――午後二時十五分、山形の石崎悠子様からお電話がありました。明日にでもまた

かけなおすということでしたが、何となくお急ぎの様子でしたので、お知らせします。

というメッセージが入っていた。

悠子が自宅ではなく事務所に電話してきたという事実に、仲根は少し引っ掛かった。佐和子が斉藤法律事務所へ移ってからは、悠子が仲根の仕事場に電話をかけてきたことはなかったからだ。

何か急ぎの用件があったというだけでなく、妻の加代がそばにいないところで自分と話したかったのではないだろうか。

仲根がそう思いながら河東市の石崎家に電話すると、

「はい、石崎でございます」

と、悠子がすぐに応答した。明日にでもまた……と元子に伝言したものの、仲根の電話を待っていたのかもしれない。

「仲根です。事務所に電話をくれたそうだけど、何かあったの？」

仲根が聞くと、悠子が「お仕事中にすみません」と謝った。

「それはかまわない。村地さんたちと一緒にやっている仕事の区切りがつき、移動中だから」

「佐和子さんと？」

「うん。村地さんとはいま別れた」

いつもの悠子なら、「佐和子さんはお元気でしたか？」ぐらいの反応を示しただろう。が、今日は何も尋ねず、元気のない声で「そうですか」と応じただけだった。

「どうしたのかな？　憲之のことで何か心配事でも起きたとか……」

仲根は頭に浮かんだ懸念を口にした。

悠子の様子から推し、それが一番可能性が高いように思えたからだ。

仲根と加代は共に二十歳のときに学生結婚し、翌年憲之が生まれた。二人とも親として未熟でも、一生懸命、愛情を込めて育てたつもりだが、憲之は彼らが望んだような人間にはならなかった。中学、高校のころからしょっちゅう問題を起こし、仲根は何度その尻拭《しりぬぐ》いをしたかわからない。憲之のガールフレンドだった石崎佐緒里が車に撥ねられて死んだときもそうだった。ただの交通事故にしては憲之の動揺が激しく様子がおかしいので、問い質すと、憲之は事故の裏に隠された事実を打ち明けた。事故は、憲之と佐緒里と鏑木恭一の三人で仕組んだ保険金詐取計画が失敗した結果だった、というのだ。

憲之によると、憲之と鏑木は同じ柏葉大学の学生で、憲之と佐緒里は互いの遊び仲間を通して知り合った（二人の間には肉体関係があったようだ）。佐緒里は、短大を卒業したら否応《いやおう》なく郷里へ帰って家業の酒造業を継がなければならないのが嫌でたまらず、半ば自暴自棄になり、奔放で刹那《せつな》的な生活を送っていた。そうした三人で、夏休みに海外へ行って遊ぶ金を手に入れようと、交通事故を装った保険金詐取計画を立てた。発案者は憲之だというが、彼はリーダーとして演出を担当し、加害者と被害者を演じたのはそれまでに一、二度会っただけの鏑木と佐緒里だった。二人の関わりは憲之しか知らないので、「事故」の後、彼らは初対面のふりをするつもりでいたらしい。ところが、計画は失敗。佐緒里が死亡するという最悪の事態になり、鏑木が逮捕されたのだという。

話を聞いて、仲根は青くなった。もしその事実が明るみに出れば、憲之が逮捕されるだけでは済まない。週刊誌やテレビは長男をそうした犯罪者に育てた仲根夫婦の過去と現在について、あることないことを興味本位に報じるだろうし、そうなれば弁護士としての仲根の評判と信用は失墜する。仲根はいわゆる人権派の弁護士と目されているが、日ごろから彼に反感を持っている連中はここぞとばかりに、「これが我が子の〝人権〟を認め、何をしても自由に育てた結果だ」と喧伝《けんでん》するにちがいない。

そうした事態を招かないためには、どんなことがあっても真相が表に出ないようにする必要があった。

警察に捕まった鏑木は、計画については刑事に一言も漏らしていないようだった。憲之によると、鏑木は他人を庇《かば》って何かをするような人間ではないというから、事実を明かしたら自分がいっそう不利になると考えてのことと思われた。それなら、鏑木の態度は裁判が始まった後も変わらないにちがいない。

その予測は仲根をひとまず安堵《あんど》させたが、将来どうなるかはわからない。憲之の名を出さなかったことを恩に着せ、あるいは握っている秘密をネタに憲之を脅し、金を引き出そうとするかもしれない。鏑木がたとえそうした行動に出なかったとしても、憲之にとって、鏑木との交際によって失うものはあっても得るものは何もないだろう。

仲根はそう考え、二つの手を打った。憲之を休学させてアメリカへ遣《や》り、その間に出所してきた鏑木に会って五十万円渡し、今後憲之とは関わりなく生きてほしい、そのほうがお互いのためだ、と諭《さと》したのである。

仲根の打った手は成功し、憲之がアメリカから帰った後も鏑木からの連絡はなく、二人の関係は切れたようだった。

仲根はその点ほっと胸を撫《な》で下ろしたが、しばらくして、憲之が突然、佐緒里の妹の悠子と結婚し、石崎家の家業を継ぎたい、と言い出した。聞いてみると、悠子を好きになってどうしても彼女と結婚したいと思ったわけではなく、しがないサラリーマンになるよりは一国一城の主になったほうがよいという打算から出た考えのようだった。

仲根は呆れた。憲之の神経を理解できなかった。憲之は、鏑木が自分の名を出すかもしれないと恐れながらも、佐緒里の死に関しては罪の意識をまったく感じていなかったらしい。だから、佐緒里の葬儀に彼女の友人として平気で参列し、その後も……渡米する前から何度か山形を訪れ、悠子と悠子の両親に取り入っていたのだった。憲之は佐緒里の死を意図したわけではないし、彼女の死に直接関わったわけでもない。とはいえ、普通の神経の持ち主なら、自責の念に苦しみ、できるだけ佐緒里の身内と接触したくないと思うはずなのに……。

当然、仲根は結婚に反対した。が、それなら勝手にすると憲之が言い出し、隠された事情を知らない加代も、「本人がこれだけ望んでいるのだから……」と息子に加勢した。そのため、結局仲根は折れた。

憲之の行状は悠子と結婚してからも改まらなかった。詐欺まがいの行為をして警察に逮捕されそうになったり、暴力団員の情婦に手を出して大金を強請《ゆす》られそうになったりし、その都度、仲根は悠子の両親に知られないように……ときには悠子にも気づかれないように、うまく処理してやったのだった。

「いいえ、違います」

と、悠子が答えた。

「憲之のことじゃない？　じゃ、どうしたんだろう？」

「文彦の問題でお義父さんにちょっとご相談に乗っていただけないかと……」

「文彦がどうかしたのか？」

仲根は、思わず自分の声が高くなったのに気づき、前から近づいてきた二人連れの男に背を向けた。

「携帯電話の電源が切れているらしく、連絡が取れないんです。留守電にメッセージを入れておいても何も言ってこないんです」

「いつから？」

「お義父さんがうちに泊まって帰られた日の午後からですから、今日で六日です」

「六日も！　それじゃ、病気にでもなって動けないでいるとか……」

「いえ、それはないと思います」

仲根の懸念を悠子がきっぱりと否定した。

「どうしてそう言えるのかね？」

「理由がわかっているからです」

「ほう……」

「文彦は私のことを怒っているんです。怒って、電話を通じないようにし、私の伝言を聞いても連絡してこないんです」

母親と仲の良いあの素直な文彦にしては珍しいな、と仲根は思いながら、

「喧嘩《けんか》でもしたのか？」

と、軽い調子で聞いた。理由がはっきりしているなら心配するに及ばないからだ。

「喧嘩というわけではないんです。私が文彦の頼みを聞いてやらなかったので、一方的に腹を立てているんです」

「何だ、そんなことか」

仲根は笑った。

その程度の問題で電話してきて、と非難されたと感じたのか、悠子が「すみません」と詫びた。

「謝る必要はないが……で、私に何をしてほしいのかね？」

「文彦のマンションへ行って、文彦と話していただけないかと……」

「それぐらいお安いご用だが、具体的に何を話したらいいのかな？」

「三百万円ものお金がどうして必要なのか、聞き出していただきたいんです」

「三百万円！」

仲根は、弛《ゆる》んでいた頬の筋肉が引きつるのを感じた。「その金は何だね？　文彦がくれとでも言っているのかね？」

「くれというわけではなく、貸してほしいと言うんです」

「つまり、文彦の頼みというのはその三百万円の件なのか？」

「はい。初めに説明しなくて申し訳ありませんでした」

「文彦から電話があったのは、私がお邪魔して帰った日なわけだね？」

「前日に電話してきて、私が考えておくと言ったので、またその日の午後にかけてきたんです」

「その金について文彦はどのように言ったのかね？」

「いまは理由を話せないが、けっして悪いことにつかうわけじゃない、僕を信じて貸してくれ、と……」

「しかし、悠子さんは断わった？」

「はい。私は文彦を信じているが、理由も聞かずに三百万円ものお金を貸すわけにはいかないと言いました」

「当然だな」

「でも、そうしたら、文彦は『じゃ、もういい』と言って電話を切ったきり、私が留守電にメッセージを入れておいてもメールをしても、連絡を寄越さないんです」

「そうか……」

「それでも、朝起きると、今日こそは文彦から電話があるのではないかと待ちつづけたんですが、心配で居ても立ってもいられなくなり、ご迷惑とは思ったんですが、お義父さんに……」

「迷惑じゃないよ。今日、これから人と会う用事を片付けたら、文彦のマンションへ行ってみる」

「よろしくお願いします。私が自分で訪ねようかと思ったのですが、私では文彦が何も話してくれないような気がして……。その点、文彦が信頼し、尊敬しているお義父さんなら、きちんと事情を打ち明けるのではないかと思ったんです」

「私も文彦を信用している。こんな言い方をして悠子さんにはすまないが、文彦は憲之とは違う。こちらが理を尽くして説得すれば、きっと話してくれると思う」

「はい」

「ところで、この件は憲之には？」

「まだ話していません。話せば自分が文彦に会いに行くと言い出すでしょうし、主人が行けば文彦がますます頑《かたくな》になってしまうでしょうから」

「うん。憲之にはしばらく黙っていたほうがいいかもしれないな」

はい、と悠子が答えた。

仲根は、文彦と会って話したらすぐに結果を知らせるからと言い、電話を終えた。

電話の途中から下に置いて脚で挟んでいた鞄を取り、歩き出した。

胸のあたりがざわめき、強い緊張を覚えていた。

悠子と話しているときから考えているのだが、学生の文彦が三百万円もの大金を必要としている具体的な理由については想像がつかない。が、何らかの好ましくない事情に巻き込まれているのは確実なようだ。その結果、文彦が自分の力だけではどうにもならない状況にあるのなら、と仲根は思う。お祖父ちゃんが助けてやるからな……。

その日の夕方、仲根は事務所へ帰らずに池袋へ直行し、文彦の住んでいる芳沢市へ向かった。

文彦が協立大学に入学した昨年の四月、加代と一緒に孫の住まいを見に行ったから、場所はわかっている。

仲根が芳沢駅で降りて南口へ出たときには日がすっかり暮れ、下町ふうの商店街は猥雑《わいざつ》な賑《にぎ》わいを見せていた。

文彦の住んでいるワンルームマンションは、商店街を二百メートルほど行き、国道へ出る少し手前にあるアカギヤというスーパーマーケットの角を左へ入ったところに建っていた。五階建てのこぢんまりとしたビルだ。

仲根は玄関を入り、まず文彦の部屋・3D室の郵便受けを覗いてみた。チラシやダイレクトメールなどが多少溜《た》まっていたが、文彦のボックスだけが特に多いとは思えない。

マンションにはエレベーターが付いていないので、階段を上って三階の部屋の前まで行き、インターホンのチャイムを鳴らした。まだ七時前なので帰っていないのだろう、応答がなかった。

仲根は一旦マンションを出て自宅に電話をかけ、これから人と会うので帰りがいつもより少し遅くなるかもしれない、と加代に連絡した。

加代に事情を話しても余計な心配をするだけなので、どういうことかはっきりするまで黙っていようと思ったのだ。

電話を終えると、仲根は国道へ出て、目に付いたファミリーレストランに入った。まだ空腹を覚えなかったから、コーヒーを飲みながら、今日会った依頼者が持ってきた資料を読んで過ごした。

八時になるのを待って再び文彦の部屋を訪ねたが、窓は暗く、応答もなかった。

仲根は少し心配になったが、携帯電話が通じないのでは待つ以外にない。

しばらく近くをぶらぶらしてまた来ようと思い、マンションの玄関を出て歩き出したとき、スーパーの角から入ってきた文彦にばったりと出会った。

文彦はびっくりした顔をしたものの、母親の差し金だとわかったのだろう、

「お母さんに頼まれたの?」

と、硬い声で聞いた。

「そうだ。お母さん、心配していたぞ」

仲根は、自分より頭半分ぐらい背の高い孫を見上げて答えた。

文彦が仲根の視線を外した。

「どうして電話を切っておくんだ？」

文彦は無言。

「それに、お母さんの伝言を聞いて、どうして電話しない？」

「電話したって、どうせ同じ話の蒸し返しだから、時間の無駄なんだよ」

文彦が仲根に目を戻した。

「三百万円が必要な理由を説明しろと言うだろう、ということか？」

「そう」

「お母さんがそれを知りたいと思うのは当然じゃないか」

「そうかもしれないけど……」

「けど、何だ？」

「いまは言えないんだよ」

「お祖父ちゃんにはどうだ？　文彦が困っているんなら、お祖父ちゃん、力になるぞ」

「じゃ、何も聞かずに僕に三百万円貸してくれる？」

「それはちょっと無理だな」

仲根が答えたとき、文彦と同年ぐらいの男が玄関から出てきたので、二人は端に寄って道を空けた。

「とにかく、おまえの部屋へ行こう」

文彦は部屋で話しても埒《らち》が明かないと思っているのか、何も答えない。

が、仲根が「立ち話で済むような問題じゃない」と少し強い調子で言うと、渋々先に立って歩き出した。

文彦の部屋は、トイレとバスの他に名ばかりの台所が付いた八畳ほどの広さのワンルームだった。

正面の窓に面して勉強机が置かれ、右の壁際にはシングルベッドが、反対側には本棚やワードローブなどが配されている。

仲根の頭にある男子学生の部屋のイメージは、昔、加代と結婚する前に入居していた寮の部屋がそうだったように「汚くて臭い」である。だから……入学して間もなかった前回来たときは綺麗《きれい》でも、今度は雑誌や汚れた下着などが山になり、足の踏み場もないような状態になっているのではないか、そして汗の臭いが充満しているのではないか、と想像していた。が、その想像は見事に外れた。仲根が何の予告もなしに訪れたというのに、文彦の部屋は男の一人暮らしの部屋とは思えないほど整然としていたし、若い雄《おす》の体臭もほとんどしなかった。

「何か飲む？」

中央の空いた場所に折りたたみ式の小さな座卓をセットしながら、文彦が聞いた。

「何があるんだ？」

「コーヒー、紅茶、緑茶、ウーロン茶、それに牛乳」

「何でもあるんだな」

「でも、ビールは置いてないけど」

「一番簡単なのでいい」

「じゃ、座っていて」

文彦が座布団代わりらしいクッションを置き、仲根に背を向けた。

台所へ行って、ウーロン茶の紙パックを冷蔵庫から出し、二つのコップに注いできた。

「どうぞ」

コップの一つを仲根の前に置き、自分の分は手に持ったまま膝《ひざ》を抱えるようにして床に座った。長い脚がテーブルとの間に収まらないからか、それとも自分の気持ちをそれとなく示すためか、仲根に対して身体を斜めに向けていた。

「部屋が綺麗なので驚いたよ」

仲根はあらためて室内を見回しながら言った。正直な感想ではあるが、文彦の気持ちをほぐそうと思ったのである。

文彦はウーロン茶にちょっと口をつけ、緊張した面持《おもも》ちで黙っていた。

「文彦の性格だな。お父さんやお祖父ちゃんの若いころの部屋とは大違いだ」

文彦は相変わらず何も言わない。

これではどうにもならないので、

「さっきの話だけど、文彦はどうして三百万円が必要なんだろう?」

と、仲根は本題に入った。

文彦は答えない。

「どんな事情があるのか、私に話してくれないか」

「お母さんにも言ったけど、いつか話すよ」

「それじゃ、心配でお金を貸すことなんかできっこない」

「だから、もういいんだ」

「いいって、誰かから三百万円借りられる算段でもついたのか?」

「つくわけがないよ」

「じゃ……」

「お母さんもお祖父ちゃんも貸してくれないって言うんだから、仕方ないでしょ」

「貸さないとは言っていない。事情を話してくれたら相談に乗る」

「だから、それはできないって言っているじゃないか」

「お母さんに話すなと言うんなら話さない。だから、私にだけでも教えてくれないか。お祖父ちゃんは文彦の力になりたいんだ」

「だったら、僕を信じてお金を貸して」

「私は文彦を信じている。だが、それとこれとは別だ」

「別じゃないよ。そんなふうに言うのは、僕を信じていないからだよ。お母さんもだけど口では僕を信じていると言いながら、本当は信じていないんだ」

「いや、違う。文彦のことを信じてはいても、三百万円という大金を貸すとなれば、事情を知らずに、というわけにはいかない」

そうだろう？　と聞いたが、文彦は答えない。

「文彦だってもう成人したんだし、それぐらいのルールはわきまえなきゃ」

「じゃ、いい」

「いいって……」

「それがおとなのルールだって言うんなら、もういいよ。誰にもお金を貸してくれなんて頼まないから」

「しかし、それじゃ困るんだろう？」

「困ってもいい」

「誰かに脅され、三百万円用意できないと危険な目に遭わされそうになっているとか

「……」

「そんなことはないから安心して。お母さんにはお祖父ちゃんからそう言っといて」

「それじゃ、いったい……」

「もう同じだよ。何度聞かれたって、僕には話す気がないんだから」

文彦がうんざりしたような調子で仲根の言葉を遮り、ずっと手に持っていたウーロン茶のコップを音をたててテーブルに置いた。

何を言ったところで、肝腎なことを聞き出すのは無理なようだった。母親には話せないことでも、自分が会って質せば打ち明けてくれるのではないか、仲根はそう考えていたのだが、甘かったらしい。

仲根はやむをえず、「そうか……」と引いた。

といって、このまま何もしないで放っておこうと思ったわけではない。

二十歳の大学生が三百万円を必要とし、その事情を母親にも祖父にも話せない――。

自分を信じてくれと言われても、拱手傍観《きょうしゅ》しているには気になりすぎた。

仲根は文彦のマンションを出ると、東京の中野区野方《のがた》にある清水《しみず》探偵事務所に電話をかけた。

不在なら所長の清水幸一《こういち》――所長といっても所員はパートの女子事務員がいるだけだが――の携帯電話にかけるつもりだったが、清水がすぐに出た。

仲根は、仕事を頼みたいので会いたいと言い、およそ一時間二十分後、JR中央線の中野駅から歩いて四、五分のところにある喫茶店で清水と落ち合った。

悠子には芳沢駅で電車を持っている間に電話を入れ、三百万円が必要な理由については自分にも明かさなかったが、危険な状況にあるわけではないらしい、と話した。探偵に調査を頼むなどと言えば不安がると思ったので、(自分が)時間を見つけて調べ、新しいことがわかったら知らせるから、あまり心配しないように、と言っておいた。

清水はだいぶ前に来たらしく、二杯目のコーヒーを飲んでいた。年齢は三十八、九。団子っ鼻をしたずんぐりむっくりの男だが、一度だけ彼の事務所で顔を合わせた奥さんは超の形容が付く美人だった。

探偵というと警察官上がりが少なくないが、清水はハードボイルド小説に出てくる探偵に憧《あこが》れ、大学を出てすぐに大手の探偵社に就職したという変わり種だった。そこで十年近い経験を積み、六、七年前に独立した。仲根が知り合ったのは、清水が独立して間もないころ。ある刑事事件で弁護側の証人になってもらったのが最初で、その後何度か調査を依頼していた。

仲根は清水にこれまでの経緯を説明し、孫が三百万円という大金を必要としている理由、事情を知りたいのだ、と調査の目的を告げた。

仲根の話が終わると、清水はいくつかの質問をした後で、
「まずは文彦君の行動を監視し、文彦君がどこへ行って誰と会っているのか、という
ことから調べてみます」
と、言った。

7

「タミヤさん、考える、フミヒコと私に？」

と、リャンはフミヒコの顔を見上げて聞き返した。

「そう。タミヤさんも、僕とリャンさんのために考えてくれることになったんです」

と、ベッドに並んで腰掛けたフミヒコが答えた。

彼は、リャンと知り合ってから勉強しているというタイ語を交えて話したので、リャンにもかなり理解できた。

フミヒコは、二度目にこのホテルへ来たときから、リャンを現在の状態から救い出したいと言っていた。そのときはもうセックスをせず、「リャンさんが好きだからセックスをしない」とリャンには理解できないことを言い、いまのようにベッドに腰掛けて話をした。リャンは戸惑い、料金がきちんと支払われるかどうか心配だったが、

規定の料金に五千円のチップを上乗せして払ってくれたので、三度目からは、なんておかしな人なんだろうと思いながらも、相手の言うとおりにした。セックスをしないで同じお金をもらえるなら、こんなに良いことはない。

フミヒコは初め、「大学をやめて働くから一緒に逃げよう」とリャンを誘った。が、リャンが、メイやマキのママの後ろにはヤクザがいるのだから逃げてもすぐに捕まる、捕まったらどんな酷い目に遭わされるかわからない、と話すと、フミヒコはその方法は諦めた。それからは、リャンがメイに不当に背負わされている、残高が二百八十万円近い「借金」を何とか返済できないか、と考えていたのだった。

その方法について、フミヒコの亡くなった伯母の知り合いだとわかったタミヤも一緒に考えてくれることになった。

今夜、フミヒコはそう言ったのである。

その話は理解できた。

が、話の意味はわかっても、リャンには疑問だった。タミヤが一緒に考えてくれたからといって、金持ちには見えないタミヤに三百万円近い大金を手に入れる方法などあるだろうか。

「でも、タミヤさん、貧乏。お金、ない。三百万円、とても沢山、お金……」

と、リャンは言った。

するとフミヒコが、

「そうだね」

と、リャンの言葉を引き取った。「三百万円は大金だし、タミヤさんにもそんなお金はないみたいだったよ」

それではどうするのか、とリャンは目顔でフミヒコに問うた。

「タミヤさんは、お金を貸してくれると言ったわけじゃない。お金を手に入れる方法を考えてくれると言ったんだ」

それは、リャンにもわかるが……。

「実は、タミヤさんはもうお金を手に入れる方法を思いついたらしいんだ」

「オモイ、ツイタ？」

「方法を見つけたんだよ」

「それ、どんな方法？」

「電話で話しただけなのでまだ教えてくれないんだが、とても巧い方法らしい」

本当だろうか。

「フミヒコ、お金、盗む？」

「違う。そんなことはしないよ」

フミヒコが語調を強めて否定した。「安全。危険ない。大丈夫。……わかる？」

「ダイジョウブ。わかる」

とリャンは答えたが、まだ半信半疑だった。危険を冒さずに三百万円近い大金を手に入れる方法など本当にあるのだろうか。

たとえフミヒコがどうなろうと、リャンに直接の関係はない。リャンが頼んだわけではないのだから。が、そう思っても、やはり少し気掛かりだった。自分のためにフミヒコを危険な目に遭わせたくはない。

フミヒコはリャンに親切だし、優しい。できればリャンと結婚したいと言う。

リャンはフミヒコが嫌いではないものの、特に好きというわけではない。好ましい客の一人ではあっても、結婚なんて考えたこともない。が、リャンのそうした本心をフミヒコが知れば、彼はリャンを自由にしてやろうなどと考えなくなるかもしれない。

それほど期待しているわけではないが、希望の灯《ひ》を消す必要はない。だから、リャンは、フミヒコと結婚したいともしたくないとも自分の意思は示さずにいた。

フミヒコは、タミヤと近々会うことになっているので、そのとき彼の考えた方法を聞いたらリャンにも教えるから、と言った。

「電話の話しぶりから想像すると、タミヤさんの思いついた方法は、ディー・マーク（とても良い）だと思うんだ。だから、僕は期待しているんだけどね」

フミヒコの明るい顔を見て、リャンも少し期待が胸にふくらむのを感じた。

もし……もしタミヤの考えついた方法がうまくいき、フミヒコが三百万円を手に入れられたら、と思う。自分は本当に自由になれるかもしれないのだ。

そうなったら、「借金」を払い終わるまで耐えるしかないと一度は諦めた現在の生活から抜け出せる。理不尽にメイに罵倒《ばとう》されたり、竹の棒――メイはどこかで拾ってきた直径三、四センチ、長さ一メートルほどの竹の棒を自分の部屋に置いていた――で家畜のように追い立てられたりせずに済む。メイから自由になっても、日本で働きつづけるには売春をする以外にないだろう。日本へ来る前に考えていたレストランのウェートレスになるなんて到底無理だ、といまは思う。が、同じ売春をするにしても、メイから自由になれば、病気や生理のときは休めるし、タイの母親と弟妹たちに沢山の金を仕送りできる。

これまでのリャンは、学生のフミヒコに三百万円もの大金を用意することは無理に決まっていると思い、フミヒコの話をあまり真剣に聞いていなかった。だが、今夜は、もしかしたら……と思った。リャンの心の中にこんなふうに希望の光が射し込んだのは、去年の秋に日本へ来て、それまで想像もしていなかった囚人のような生活に突き落とされてから、初めてだった。

リャンはタイ東北部のコーンケン県の小さな村で生まれ育った。両親は狭い土地で農業をしていたが、リャンが中学のとき、父が病気で死んだ。その後は長女のリャンが母を手伝って農業をし、他に近所の日雇い仕事などをして働いた。しかし、一家五人――彼女の下には弟が二人と妹が一人いた――が食べていくのは難しく、リャンは中学を卒業すると同時にバンコクへ働きに出た。バンコクでは、昼は電機部品会社の工員をし、夜はレストランの皿洗いをして働いたが、それでも家族が食べていくだけでやっと。中学二年生になった弟とまだ小学六年生の弟を将来高校へ進学させるのは到底不可能だった。妹はともかく、弟たちを高校へ……できることなら大学まで行かせてやりたい、と思っても、そのままではどうにもならなかった。

リャンは少しでも高い収入を求めて転職を繰り返し、上の弟が高校へ進学する前からホステスとしてスナックに勤め始めた。

ホステスといっても、マキのホステスとは違う。身体を売ることはなかったし、いくら家族のためとはいえ、そこまでする気はなかった。

だが、そのままでは、下の弟を高校へやるのは無理なので、どうしたらもっと高い収入が得られるだろうかと毎日考えていた。

そんなとき、日本へ行けばお手伝いでも工員でもウェートレスでも選《よ》り取り見取りの仕事があり、いまの給料の何倍にもなる、という話を同僚のホステスから聞いた。

リャンは、そのホステスの遠い親戚《しんせき》だという中年の女性、クーに会って詳しい説明を受け、自分は元々料理をするのが好きなので日本へ行ってタイ料理店で働きたいと思った。

郷里へ帰り、母にその希望を告げると、母は娘の身を案じて反対した。が、結局、自分が日本へ行って働かないかぎり弟たちを上の学校へやることはできないというリャンの説得に折れた。

それから日本へ来るまでのことは、クーに紹介されたダン――旅行業者という触れ込みだった――によってすべて取り計らわれた。ダンは、リャンがパスポートを作り、ビザを取得するまで手取り足取り援助し、さらにナリタまで同行した。それらの費用はすべてダンが立て替え、その程度の金は日本で働けばすぐに稼げるのでそれから返せばいい、という話であった。

しかし、クーとダン、そしてナリタでダンからリャンたちを引き取ったバサドは、にこやかな仮面の下に恐ろしい素顔を隠していたのだった。

メイがダンとバサドにいくら支払ったのか、リャンは知らない。が、人間である自分が物でもあるかのように取引され、売られたのは間違いない。

リャンは、メイに初めて「マキ」へ連れて行かれ、おまえは私に借金を返し終わるまでここで身体を売るのだと言われた晩、嫌だと言って抵抗した。他のことなら何でもして働くから売春だけは許してほしい、と懇願した。が、「身体を売る以外におまえに何ができる！」とメイに怒鳴られ、口汚《くちぎたな》く罵《ののし》られた。そして、メイが前もって声をかけておいたらしい客が来ると、アパートからリャンたちをワゴン車に乗せてきた男――ミシマという名だと後で知った――に半ば引き立てられるようにホテルへ連れて行かれた。

ホテルでは、客が自分の性器を口に含ませようとしたので、リャンは唇を固く閉じて拒んだ。と、それがすぐにメイに伝わり、「今度もしお客さんの言うことを聞かなかったら、ただじゃおかないよ」とさんざん殴られ、挙げ句はミシマに髪の毛を持って頭を押さえつけられ、彼の性器を何度も乱暴に口に押し込まれた。

リャンは、一晩に何人もの男とセックスを強要されるという、それまで想像したこともない理不尽な状況を容易には受け容れられなかった。客の中にはコンドームの使用を拒む者もおり、エイズや梅毒に感染したらと思うと怖かった。初めのうちは、何とかして逃げよう、逃げられないだろうか、とばかり考えていた。

だが、メイはそんなリャンの気持ちを見透かしたように、逃げたら見つけ出して殺す、と脅した。

――ママの良い人はヤクザだから、逃げたってすぐに捜し出してもらうよ。なにしろ、ヤクザは日本中に仲間や子分がいるんだからね。警察に助けを求めたって無駄さ。ヤクザは警察にも話をつけてあるから、もしおまえが交番に逃げ込めば、ママに連絡がくることになっているんだ。それでも、どうしても捕まらないときは、おまえの家に火を点《つ》けてやる。タイにだって日本のヤクザの仲間がいるから、それぐらい簡単なんだよ。

リャンは縮み上がった。特にメイが最後に言った言葉に。

たとえ自分はうまく逃げおおせたとしても、タイの実家に火を点けられたら、神経痛を患っている母は逃げ遅れて焼け死んでしまうかもしれない。

メイがどういう事情から日本へ来たのか、詳しくは知らない。が、自分と同じように家が貧乏なため、働いて家族に仕送りする目的で来たのは確からしい。二年ほど前までは自身も売春をしていたという話だった。そうした似たような境遇の同胞《どうほう》なら、少しは自分に同情してくれるものと思っていた。口ではきついことを言っても、家族を思う気持ち、家族を心配する気持ちはわかってくれるにちがいない、と。

しかし、実家に火を点けてやると平気で言うのを聞き、リャンは自分の考えの甘さを思い知らされたのだった。

メイが元々人間らしい心を持たない悪人なのか、それとも日本人に痛めつけられながら売春を強いられている間に良心が擦《す》り切れてしまったのか、どちらかはわからない。

どちらにしても、リャンは、これはどうあがいても逃げられないのだと観念した。家族に危害が及ばないようにするには、自分はどんなに酷い目に遭わされても耐えるしかないのだ、と。

そう覚悟を決めると、

――逃げようなんて気を起こさず、一生懸命働き、あたしに借金を返し終われば、あとはおまえの勝手だ。どこへ行って何をしたっていい。

というメイの言葉が俄然《がぜん》輝きを増した。いまは地獄のような生活でも、辛抱すればいつかはそこから抜け出せる、と思えるようになった。

リャンは現在、客からもらったチップを貯め、地下銀行と言われている闇のルートを介して母と弟たちに送金している。そのことはメイも知っているが、チップが少なくて生活費に消えてしまった月は彼女から高利で借りるため、文句を言わない。

リャンがスーに教えられた地下銀行は、噂《うわさ》によると、輸入雑貨の店を隠れ蓑《みの》に中国系タイ人が経営しているらしい。公衆電話から送金を申し込むと、こちらの指定した時刻に指定した場所までタイ人の男か女が金を取りに来る。後は、タイにいる仲間に連絡が取られ、母の口座――リャンが日本へ来る前に開いておいた正規の銀行口座――に金が振り込まれる仕組みになっていた。利用に際し、身分証明書などは一切必要ない。ただ、そのぶん手数料が高く、それを差し引くと、送金できるのは月に二、三万円にすぎない。

もし自由に稼げるようになれば、収入が格段に増える。そうなれば、送金の費用など問題ではなくなる。ざっと見積もっても、現在の十倍ぐらいは仕送りできるはずだから、弟たちを大学へ行かせ、いずれは母に新しい家を建ててやれるだろう。コーンケン市のレストランで調理の手伝い兼ウェートレスをしている妹にも、自分の食堂を開くという夢を叶《かな》えてやれるかもしれない。

そう考えると、リャンは何があっても耐えられるような気がし、その後は、見えなくても前方にあるはずの地獄の出口を頭に思い描き、一日一日と日を潰《つぶ》してきた。だが、メイが何かと名目をつけて「借金」に加算するため、出口はなかなか近づいてこなかった。そこに到達するためには、初めに考えた期間の二、三倍はかかりそうに思え、リャンは時々怒りと絶望で気が変になりそうになった。

そんなとき、リャンの前にフミヒコが現われた。

初めは一緒に逃げようなどと言われ、何も事情がわかっていない恵まれた日本人が勝手なことを……と思い、悲しく、腹が立った。

逃げるのが無理だとわかると、次にフミヒコは、リャンがメイに背負わされている「借金」を肩代わりしたいと言い出した。

日本人にだって三百万円が大金なことはリャンにもわかった。働いていないフミヒコに用意できるわけがない。そう思い、ほとんど期待していなかった。

ところが、今夜フミヒコは、タミヤが巧い方法を考えてくれたらしいので三百万円を手に入れられそうだ、と言ったのである。

その晩、リャンはフミヒコと別れてマキへ帰った後、二人の客を取らされた。

近いうちに自分は自由になれるかもしれないと思うと、これまでほど辛くなかった。

8

司会をしているタレントが、先生、この点はどうなんでしょう、と質問すると、

「実は、それについては、一月ほど前アメリカで発表されたばかりのほやほやのデータがあるんです」

一人の男が得意げな笑みを満面に浮かべて答えた。

今夜のゲスト、鹿島圭祐《かしまけいすけ》だ。

鏑木が知っている鹿島は遊び惚《ほう》けていてろくに勉強していたとは思えない学生だったが、いまや保健栄養学の権威だという。

「チィッ、気にくわねえ野郎が出てきやがったぜ！」

鏑木は舌打ちしてつぶやくと、見るともなく見ていたテレビの画面から目を逸らし、コップの冷や酒を呷《あお》った。

声が聞こえたらしく、別のテーブルでビールを飲みながら餃子《ギョーザ》とレバニラライスを

食べていた若い男がちらっと彼のほうを見たが、すぐにまた目をテレビに戻した。

芳沢駅の北口広場から四、五百メートル離れた県道沿いにある中華料理店だ。夕食時を過ぎ……といって、酒を飲んだ客が流れてくるには早すぎる時刻だからだろう、客は鏑木とその男の二人だけだった。

テレビは、漫画週刊誌が雑多に立てられたり積まれたりしている棚の一番上に置かれていた。油と埃《ほこり》で汚れた、よく映るなと思われるようなブラウン管式の十四インチテレビだ。

やっているのは、『聞いてビックリ、見てナットク！』という番組らしい。六、七人のタレントをスタジオに集め、視聴者の興味を引きそうな話題についてクイズ形式で話を進める番組である。

鏑木は、駅からアパートへ帰る途中にあるこの中華料理店へ来たとき以外はテレビをあまり見ない。が、視聴率の高いその番組名と売れっ子司会者の名前ぐらいは知っていた。

鹿島圭祐が、スタッフの用意したパネルをつかい、朝食の摂り方と糖尿病との相関関係について説明を始めた。

年齢は鏑木と同じ四十四歳。ブランド物らしい派手なジャケットを着て、フレームレスの眼鏡を掛けた姿は、カメラ写りを十二分に意識したものにちがいない。中年女性好みの甘いマスク、流暢《りゅうちょう》な話し口、そしてアメリカで〝最新の栄養学を研究してきた〟とくれば、タレント性十分だろう。そこに昨今の健康ブームが加わり、いまや各局のテレビ番組に引っ張りだこのようだ。

鏑木は、ついまた画面に目をやってしまっていた自分に腹を立て、

――フン、まるで幇間《たいこもち》みたいに揉み手せんばかりの格好しやがって。このキザ野郎が……。

と、口の中で毒づいた。

といって、彼は過去に鹿島に何か酷い目に遭わされ、恨んでいる、というわけではない。自分でもわかっているが、ただ妬《ねた》んでいるのだった。

二十四、五年前、一緒に酒を飲んだりディスコへ行ったりした遊び仲間――それも内心バカにしていた相手――が陽《ひ》の当たる場所で得意げに喋っているというのに、自分は場末の薄汚いラーメン屋でコップ酒を呷りながらそれを見ている……。惨《みじ》めだった。

鏑木が鹿島と知り合ったころ、鏑木は八王子にある柏葉大学の学生で、鹿島は日野《ひの》にある多摩農大の学生だった。

当時、鏑木は同じ大学の仲根憲之とたいがいつるんで行動していた。真面目な学生から見ればいわゆるワル仲間で、他大学の鹿島もそうした仲間の一人だった（鏑木た

ちの一年あとに八王子の短大に入学した石崎佐緒里も、東北の旧《ふる》い家と親たちから解放されて遊び回っていて、憲之と知り合った）。

そのころの鏑木は、一、二年のときは思い切り遊び、三年になったら猛勉強して、将来は公認会計士になりたいと考えていた。だから、憲之や鹿島たちと一緒にわいわい騒ぎながらも、俺はこいつらとは違うのだと思っていた。憲之は自分の将来に対して何のビジョンも持たず、刹那的《せつなてき》に生きていたし、鹿島は調子がよいだけの軽薄な男にしか見えなかった。

それだというのに、憲之は石崎酒造の社長におさまり、偏差値の低い「百姓大学」と鏑木が内心蔑んでいた鹿島は、いまやつくば市にある独立行政法人の研究所に勤める博士様……マスコミに引っ張りだこの有名人になっているのだった。

鏑木は、憲之の連想から彼の息子だとわかった石崎文彦を思い浮かべた。

文彦には、芳井川の土手を歩きながら話した数日後、三百万円を手に入れる巧い方法を思いついたと電話し、一昨日の夕方、もう一度同じ場所で会った。文彦は当然その方法を聞けるものと思って来たようだが、まだ検討を加えなければならない点があるので安全かつ確実だと結論できたら話すと鏑木は言い、文彦に祖父母がいるかどうかを質した。

文彦はちょっと不満そうな、また訝しげな顔をしたが、その方法には祖父か祖母の存在が不可欠なのだと鏑木が言うと、母方の祖父母は死んだが、父方の祖父母は東京三鷹で元気に暮らしている、と答えた。

――祖父は弁護士なので、いまでも仕事をつづけています。祖母は専業主婦ですが、週に何度かはカルチャーセンターなどに行っているようです。

自分が出所したとき、五十万円を持って訪ねてきた憲之の父親は、まだ弁護士をしているのか。鏑木はそう思いながら、

――へー、きみのお父さんの親父さんは弁護士なんだ。

と、惚《とぼ》けて言った。

――はい。実は、先日、田宮さんに会った翌日、僕を訪ねてきたんです。母に頼まれて……。

――そのとき、三百万円が必要な事情を話したわけじゃないだろうね。

――もちろん話していません。孫の僕から言うのも変ですが、祖父はとても立派な人で、僕は尊敬しています。だからといって、それとこれとは別ですから。

「ふーん、立派な人か」

鏑木は思わず皮肉な調子でつぶやいていた。

憲之の父親がどんな顔をしていたかはもう覚えていない。が、五十万円の見舞金を

届けにきた彼についても、それを受け取った自分についても、考えると鏑木の胸には苦々しい思いしか湧《わ》かない。

自分が何か言われたとでも思ったのか、若い男が咎めるような視線を鏑木に向けた。鏑木はそれを無視し、

「親父、お代わり！」

と、調理場に向かって怒鳴った。

店主が、油と煙で煤《すす》けたような顔を配膳口から覗かせた。歳は七十近いだろうか。若いころ何をしていたのか知らないが、肩から腕にかけて筋肉の盛り上がった男である。

ふだんは女房が注文を取って料理を運んでくるのだが、今夜は鏑木が来たときから店主一人のようだった。

鏑木はもう一度同じ言葉を繰り返し、空になったコップを目の前に上げて振った。

店主が配膳口から顔を引っ込め、なみなみと注いだコップを盆にも載せずに運んできた。口をきけば損だとでも考えているのか、黙ってそれを鏑木の前に置き、空のコップと替えた。

「親父、テレビを消してくれ」

戻りかけた店主に鏑木は言った。

店主が黙って、若い男に問うような目を向けた。

「見てるんだ」

男が答えた。

店主が無愛想な顔を鏑木に戻し、そういうわけだと言うようにわずかに顎《あご》をしゃくった。

「じゃ、チャンネルを換えてくれないか」

「俺はこの番組を見てるんだよ」

若い男がちょっと身体を回し、直接鏑木に言った。一本のビールがまだ残っているようだが、酒があまり強くないのか、目元のあたりが赤らんでいた。

店主は、自分はもう関係ないと言わんばかりに調理場へ戻って行ってしまった。

「あんた、いま喋っている鹿島って野郎が好きなのか？」

鏑木は聞いた。

「好きだって嫌いだって、おっさんに関係ねえだろう」

男の言葉遣いが荒くなった。ひょろりとしていて、あまり強そうな感じではないが、鏑木も腕力には自信がない。

「俺は、あいつの面《つら》を見ているだけで酒が不味《まず》くなるんだよ」

「じゃ、見なきゃいいじゃねえか」

「見なくても声が聞こえる」

「勝手にしろ！」

「じゃ、消していいんだな？」

鏑木は腰を浮かせた。

リモコンなどという上等なものはなさそうなので、テレビ本体のスイッチを切りに行こうとしたのだ。

「おっさん、俺に喧嘩売る気なのか」

男が気色《けしき》ばみ、がたんと椅子を鳴らして立ち上がった。

「いま、勝手にしていいって……」

「本気で言ってるわけ？」

男の目に凶暴な光が浮かんでいた。

鏑木は少し怖くなり、

「いや……」

と、曖昧《あいまい》に答えた。

「本気じゃなかったら、俺をおちょくってるのか」

「べつにそんな気はない」

「じゃ、しばらく目をつぶって耳を塞いでいな」

男が顔から怒りを消し、椅子の位置をちょっと変えて座った。「カシマだかカジマだか知らねえが、おっさんの嫌いな先生はじきに引っ込むから」

男が言ったとおりだった。

鏑木が腰を戻して間もなく鹿島圭祐のお喋りは終わり、次のクイズに移る前に画面はコマーシャルに変わった。

鏑木は、自分のこだわりが急にばからしくなった。昔ちょっとした知り合いだった男がテレビに出ていようと何をしていようと、関係ないではないか。自分とは何の関わりもないではないか……。

鏑木は残っていた酒を呷り、

「親父、勘定！」

と、立ち上がった。

鏑木が立て付けの悪いガラス戸を開け、「毎度ォ」という面倒くさそうな声に送られて外へ出ると、雨が降り出していた。

十月も二十日を過ぎたので、冷たい雨だった。

たいした降りではないものの、アパートへ帰り着くまでにはびしょ濡《ぬ》れになり、風邪を引き込むかもしれない。

と思っても、足元がふらついているので走るわけにはいかなかった。

どういう格好をして歩こうと濡れるのは同じなのに、なぜともなく肩をすぼめて歩き出した。

少し先で国道とX字状に交わっている県道なので、車の往来が結構あった。狭い歩道が設けられているが、ガードレールは付けられていない。歩いているすぐ横を、ヘッドライトをぎらつかせた車が雨をびしびしとタイヤで踏み叩きながら通り過ぎた。

百メートルほど行って、左（北側）の脇道《わきみち》へ入った。歩道のない住宅街の道だ。

車の音が遠ざかり、静かになった。
三、四十メートル行ったとき、背後から誰かの駆けてくる足音がした。やはり県道から入ってきたらしい。
鏑木は、自分と同じように雨に降られた人だと思い、先に行かせるために道の端へ寄った。

しかし、その人間はただでは横を擦り抜けなかった。鏑木を突き飛ばし、鏑木が倒れるや横腹を蹴《け》った。

「おっさん、邪魔だよ邪魔」

相手は言うと、ハハハ……と笑い声を残して走り去った。

顔を見たわけではないが、中華料理店にいた男にちがいない。テレビの件を根に持ち、意趣返しをしたようだ。

——畜生！

鏑木は手をついて上体を起こそうとし、ウウッと呻《うめ》いた。背中に鋭い痛みが走ったのだ。どうやら男は思いきり蹴ったらしい。

「クソ野郎！　車にでも撥ねられて死んじまえ！」

鏑木は起こしかけた身体を落とし、男を呪詛《じゅそ》した。

薄手のジャンパーとシャツを通してもう肌まで濡れていた。今更慌てたところで同じだった。そう思うと、痛みがやわらぐまでじっとしていようと、濡れたアスファルトの上で背中を丸めた。

「鹿島なんかにこだわって、こんな目に遭ってるんだから、ざまぁねえや」

顔を伝ってくる雨を舐《な》めながら、自嘲《じちょう》的につぶやいた。

いずれ俺はこうやってドブ鼠《ねずみ》みたいに道端でくたばるんだろうな、と思う。それもたいして遠い先じゃなく……。

——それなら、いっちょやってやるか。

と、鏑木はこのところずっと頭にある考えに意識を戻した。

鏑木は石崎文彦に恨みはない。親がかりの学生の分際で女を身請けしようなんて生意気な、と思っているだけである。が、文彦の父親と祖父に対しては割り切れない複雑な思いがある。恨みとまでは言えないまでも、自分だけが貧乏くじを引いたような、二人にしてやられたような……。

鏑木は現在、フリーのノンフィクションライターを名乗っている。が、実際に書いているものといえば、芸能界や政財界の誰彼についてのちょっとしたニュースや噂話をさも意味ありげな物語に仕立てる実話だけ。実話、つまりｆａｃｔｉｏｎ（fact + fiction）である。ただ、六、七年前までは、それは身過ぎ世過ぎであって、いつかは世間のヤツらをアッと言わせるようなノンフィクションを書いてやる、と思っていた。離婚したとき四歳だった息子に会うためにも。

しかし、そうした意欲が消えて久しい。いまは毎日酒を飲み（といってもリャンを知ってからは多少控えているが）、金を四、五万貯めてはマキへ行き、ラブホテルのベッドでリャンとのひとときを過ごす――それだけだった。

二十数年前、憲之の父親が持ってきた五十万円という思わぬ大金を手にし、酒とパチンコとバカラ賭博に明け暮れる生活に落ち込んだが、一度はそこから這《は》い上がった。このままでは自分は本当にだめになると思い、新聞広告で見た週刊誌の編集部に職を得た。女性のヌードグラビアの他はギャンブル情報、性風俗情報、有名人のゴシップ記事などで埋まっている雑誌だったが、文章を書くのが性に合っていたのか、仕事は結構面白く、そこに四年ほどいた。その後はフリーのライターになり、書く内容と媒体さえ選ばなければ何とか筆一本で食べられるようになった。結婚もし、長男が生まれた。そのころが鏑木の気持ちが一番上向いていた時期で、いつか大手出版社から注文がくるようなノンフィクション作家になりたいと思っていた。妻にも熱っぽくそう語った。というのも、初めて書いて懸賞に応募したノンフィクション作品が最終予選を通り、五編の候補作の中に残ったからだ。が、思ったようにはいかなかった。その後に書いた作品はいずれも一次予選か二次予選で落選。いつしか朝から酒びたりの生活を送るようになり、気持ちも荒《すさ》み出した。妻との喧嘩が絶えないようになり、妻は鏑木に愛想を尽かし、子供を連れて出て行った。

鏑木は雨を弾いているアスファルトに手をつき、再び起き上がろうとした。

そのとき、あたりが急に明るくなった。

車が角を曲がってきたのだ。

彼は逃げるために慌てて立ち上がった。

運転者は、雨の降っている路上に人が這いつくばっていようとは想像しなかったにちがいない。忙《せわ》しく警笛《ホーン》を鳴らした。

鏑木はできるだけ道の端に寄ろうとし、雨水をたっぷりと含んだズボンの裾《すそ》に足を取られ、前のめりに倒れた。

咄嗟《とっさ》に腕で庇ったので、顔から落ちるのだけは免れたが、右肘を思い切りアスファルトに打ちつけた。

車は停止しなかった。彼が痛みと痺《しび》れで起き上がれないでいる間に四、五十メートル先まで行ってしまった。

鏑木は顔をしかめてやっと立ち上がると、雨ににじんだ赤いテールランプが遠ざかるのを見やりながら、

「畜生……」

と、力なくつぶやいた。

そのとき彼は、いまひとつ踏ん切りがつかずにいた考えに結論をつけた。

よし、やってやろう。

9

冷蔵庫にあった残り物で簡単に昼食を済ませた加代は、後片付けを終え、ダイニングルームとひとつづきになった居間へ移った。

壁の掛け時計に目をやると、いつも見ているＮＨＫの連続テレビ小説の時間だった。

ソファに腰を下ろし、ローテーブルからテレビのリモコンを取る。スイッチを入れ、チャンネル１を押した。

十二時四十五分になり、綺麗な画面をバックにテーマ音楽が流れ始めたとき、電話の呼び出し音が鳴った。

——ちょうど始まるところなのに。

加代は思わず顔をしかめたが、無視するわけにはいかない。

リモコンのミュートボタンを押し、腰を上げた。ダイニングルームへ行き、食卓の充電器に収まっていた子機を取った。

親機は居間の電話台に置いてあるが、相手によってはソファに戻ってテレビの画面に目をやりながら適当に話をするため、子機を選んだのだ。

何かの勧誘なら、もちろんすぐに切るつもりだった。

加代はこちらからは名乗らず、テレビのほうに目を向けて「はい」と応えた。

「お祖母《ばあ》ちゃん？」

相手がいきなり聞いた。

加代はびっくりし、テレビから視線を外した。

「えっ、もしかしたら文彦？」

「そう、文彦だよ」

確かに、さいたま市の大学へ行っている文彦の声だった。

まだ六十五歳で元気な加代としてはお祖母ちゃんなんて呼ばれたくないが、相手が孫では仕方がない。

「文彦が電話してくるなんて、珍しいじゃない。どうしたの？」

「お祖父ちゃんは？」

文彦が加代の問いには答えずに聞いた。

「こんな時間にいないわよ」

「じゃ、お祖母ちゃん、お祖父ちゃんに僕のことで何か聞いている？」

「何かって？」

「何も聞いていなければいいんだ」

「何よ？　どうしたの？」

加代は気になった。

「ちょっと困ったことができたんだ」

「困ったこと？　お祖父ちゃんはそれを知っているわけね」

「いや、お祖父ちゃんも具体的な内容は知らない」

「どういうこと？　とにかく説明して」

加代の胸で不安が一気にふくらんだ。テレビを見ながら話そうなどという考えは跡形もなく消えていた。

文彦は答えない。話そうかどうか迷っているようだ。

「ね、話して」

加代は左手で握っていた子機に右手を添え、声に力を込めた。

「うーん……」

「お祖父ちゃんは、少しは知っているわけね？」

「まあね」

「どうしてお祖父ちゃんが……ううん、いまはそんなことより、文彦がどうして困っているのか、それを話して」

電話の向こうからは何も聞こえてこない。

「文彦、聞いている？」

「うん」

「じゃ……」

「やめとくよ。お祖母ちゃんに迷惑をかけるわけにはいかないから。それじゃ……」

「文彦！」

文彦が電話を切りそうになったので、加代は慌《あわ》てて呼びかけた。「話しなさい。お祖母ちゃんに話して」

文彦は迷っているようだ。

「お祖母ちゃんじゃ、文彦の力になれないの？」

「そんなことはないと思うけど」

「じゃ、話しなさい」

「ぼ、僕、友達の車を借りて運転しているとき、交通事故を起こしちゃったんだよ」

文彦が急に弱々しい声で言った。

「交通事故？　じゃ、怪我《けが》でも……」

「ううん、怪我はしなかった。僕も相手の人も」

誰にも怪我がなかったと聞き、加代は少し安堵した。

「相手ということは、別の車とぶつかったわけね」

「うん。一時停止している車に僕がぶつけちゃったんだ」

文彦が答えた。

加代には、いまにも泣き出しそうな文彦の顔が目に見えるようだった。

「でも、車は保険に……？」

「それが、友達は自賠責保険にしか入っていなかったんだよ。だから、修理代は全部、僕が払わなければならないんだ」

なんだ、そういうことか、と加代は了解した。文彦が話すのをためらっていたときは、もっと重大な問題に直面しているのかと心配したが、緊張が解けるのを感じた。相手の車がどの程度壊れたのかは知らないが、修理代ぐらいなら、どうにでもなる。

夫の周三が帰ってきたら相談し、さっそく文彦の口座に振り込んでやろう、と思った。

「つまり、文彦はそのためのお金が必要なわけね？」

「うん」

「で、お母さんとお父さんには……」

「言えないよ。言えないから困っているんじゃないか」

文彦が少し怒ったように言った。

「わかった、それなら、お祖母ちゃんが出してあげる」

「本当？」

「うん。いくら必要なんだい？」

「ほんとにいいの？」

「もちろんだよ。こう見えたって、お祖母ちゃんはお金持ちなんだから」

「ありがとう」

「で、いくらなの？」

「……三百万円」

加代は一瞬、自分の聞き違いかと思った。どんなに高く見積もっても四、五十万円だろうと想像していたからだ。

「車の修理にそんなにかかるのかい？」

自分の声が少し掠《かす》れていた。

「うん」

「どうして……」

「僕がぶつけたのはベンツ……すっごく高い外国の車なんだよ」

そこで文彦が急に声をひそめて、「それに、乗っていたのが暴力団だったんだ」

加代は、自分の顔から血の気が引くのがわかった。

「本当を言うとね、僕は脅されているんだよ」

文彦がなおも囁《ささや》くような声で説明を継いだ。「いまトイレに入ったけど、部屋に来ているんだ」

「文彦の部屋に？」

「そう。それで、今日中に三百万円払わなければ、代わりに僕の肝臓を売るって言うんだよ」

加代は身体が竦み、声が出なかった。

「だから、お祖母ちゃん、助けて」

「も、もちろん助けてあげる。お祖母ちゃんが助けてあげる。これからお祖父ちゃんに電話で相談し……」

「だめだよ！」

文彦が低いが強い調子で遮った。「弁護士のお祖父ちゃんに話せば、あれこれ言ってお金を払わないよ。その間に僕は殺されちゃうよ」

加代は空唾《つば》を呑んだ。

「お祖母ちゃんは僕が殺されてもいいの？」

文彦が殺されていいわけがない。いいわけはないが……。

加代がどうすべきか迷っていると、

「警察になんか知らせたら、だめだよ」

文彦が加代の心の内を読んだようにぴしりと言った。「後でどんな酷い仕返しをされるかわからないから」

「それじゃ、お祖母ちゃんはどうしたらいいの？」

もう答えは一つしかないのがわかっていたが、加代は聞いた。

「もし三百万円無いんならどうにもならないけど、もしあるんなら、これからすぐに銀行へ行って僕の口座に振り込んでほしいんだ」

「それぐらいなら、お祖母ちゃん名義の預金があるわ。お祖母ちゃんの母さんが亡くなったとき、静岡の家《うち》を売って、兄さんと妹と三人で分けたから」

「じゃ、お願いだよ。お祖母ちゃん、僕を助けて。僕の命を助けて」

悲鳴のような声――。

もちろん助けてあげる。

加代がそう答えるより早く、

「あ、トイレから出てきた」

文彦が早口で囁いた。

と、ほとんど同時に、

「おい、いつまで喋ってるんだ？」

怒気を含んだ濁声《だみごえ》が電話の奥から聞こえた。

文彦の心臓を鷲《わし》づかみにしたにちがいない恐怖――。それが電波を通して自分の内にも流れ込むのを加代は感じた。

「はい、いますぐ……」

「俺に貸せ」

男が携帯電話を文彦の手から奪い取ったようだ。

「おい、婆さん」

と、男がドスの利いた声で加代に呼びかけた。

「は、はい」

「聞いたと思うが、ま、そういうわけだ。もしあんたが誰かと無駄なお喋りでもしていて、孫が今日中に車の修理代を払えないっていうんなら、俺《おれ》は孫の身体で払ってもらうからな。いいな?」

「わ、わかりました。こ、これからすぐに銀行へ行き、文彦の口座に三百万円振り込みます。ですから、ですから、どうか文彦には……」

「あんたがそうするって約束するんなら、俺は孫の身体に指一本触れない」

「お願いします。どうか、どうかお願いします」

加代は電話の子機を耳に押しつけたまま何度も頭を下げた。

と、

「お祖母ちゃん」

という声。

また文彦に代わったらしい。

「ああ、文彦!」

「ごめん。お祖母ちゃん、ごめん」

「いいんだよ。文彦のためなら、お祖母ちゃん、これぐらい何でもないんだから。あと三十分もしたら、お金を振り込むから、もう文彦は心配しなくていいよ」

「ありがとう。じゃ、銀行の口座番号を言うから、メモして」

「ああ、そうだね」

加代は子機に添えていた右手を離し、充電器の横に置いてあるボールペンとメモ用紙を取った。

文彦が銀行名と口座番号を告げ、加代は書き取った。

間違ったら大変なので、読み上げて確認した。

「お祖母ちゃん、ごめんね」

文彦がまた謝った。

加代もまた「いいんだよ」と答えて電話を切った。

電話の子機を充電器に戻して居間へ戻ると、無音のテレビ画面で連続テレビ小説の主人公が笑っていた。

加代はテレビのスイッチを切って自分の部屋へ行き、急いでスカートを綿パンツにはき替え、Tシャツの上にブルゾンを羽織った。

自分名義になっているM銀行の預金通帳の記載内容を確かめる。

普通預金の残高は四十数万円しかなかったが、総合口座の定期預金は七百万円と二百万円の二口あった。その合計の九十％までは自動的に融資されるはずだから、三百万円なら問題なく引き出せる。また、M銀行の場合、ATMをつかった一日の引き出し限度額と振り込み限度額は共に五百万円なので、その点も三百万円なら何の支障もなかった。

「よし、大丈夫」

加代は声に出して確認すると、キャッシュカードをウエストポーチの内ポケットに入れ、玄関を出た。

車庫から自転車を出し、三鷹駅前にある銀行へ向かって漕《こ》ぎ出した。

途中の十字路で信号が青に変わるのを待っていると、「お祖母ちゃん、助けて」という文彦の声がよみがえった。

加代は焦った。早くしなければ、早く三百万円振り込まなければ、と。

が、そうした気持ちの間隙《かんげき》を縫うように、もしかしたら自分は騙されているのでは……という疑いがふっと萌した。

最近、新聞やテレビで騒がれている〝オレオレ詐欺〟の話が頭にあったからしい。悪いヤツが突然電話してきて「オレオレ……」と言い、電話を受けたほうが「××かい？」と息子や孫の名を口にして問い返すと、「そう、×××だよ」と答え、泣き声で窮状を訴え、金を騙し取る犯罪だった。

――でも、さっきの電話は違うわ！

加代は頭をブルブルッと振り、疑いを払いのけた。

自分と話したのは正真正銘の文彦だった。それに、これから三百万円振り込もうとしている銀行口座も文彦の口座なのだ。それなのに、詐欺であるわけがない。

信号が青に変わるのを待ち、加代は勢いよく横断歩道に自転車を乗り出した。

第二章　被告もしくは証人

1

二〇〇五年二月二十四日——。

佐和子はいま、これまでの四十三年近い人生の中で（たぶん）もっとも緊張していた。離婚訴訟で生まれて初めて裁判所へ行ったときはかなり硬くなっていたし、司法試験の最後の関門、口述試験の初日も口の中が渇《かわ》いて最初の言葉がうまく出ないほどだった。それでも今日ほどではなかったように思う。

朝、昇から、

——お袋の場合、落ち着こうとか、緊張しないようにしようとか、思っちゃだめだよ。そう思えば思うほどこちこちになるんだから。

と注意され、わかっているわよと応えた。だが、いざそのときになってみるとそんな忠告は無力で、佐和子はさっきから「落ち着け、落ち着け」と口の中で呪文のように繰り返していた。

——お母さんは、よその人からは肝っ玉おっかあみたいに思われているけど、本当は気が小さいんだからね。

というのも昇が以前口にした言葉である。それを言うなら、「繊細でナイーブ」と言ってほしかったが……。

それはともかく、息子の観察はかなり当たっている。佐和子は他人の目には神経が太そうに見えるらしいが——離婚して形振《なりふ》り構わず働いてきたからだろうか、それとも体形のせいだろうか——、胴回りほどには太くない。だから、検事や被告人より一足先に法廷に入り、開廷を待っているいま、隣りに掛けている所長の斉藤肇に聞こえるのではないかと思うぐらい、心臓が強い鼓動を打ちつづけているのだった。

現在、時刻は午前九時四十六分。あと十数分して午前十時になると、ここ、さいたま地方裁判所本館三階・三〇×号法廷において、昨年十月二十七日に芳沢市のアパート風見荘二〇三号室で起きた「タイ人女性殺害ならびに窃盗事件」の第一回公判が開かれる。

佐和子は、これまでにも刑事事件の弁護を務めた経験は何度かある。とはいえ、殺人事件は初めて。しかも、これから殺人と窃盗の罪で裁かれようとしている被告人は親友の長男であり、昇の幼馴染《なじ》みでもある石崎文彦なのだ。

それだけではない。斉藤は依頼人である文彦と彼の両親の承諾《しょうだく》を得て、佐和子を主任弁護人に指定していた。当然ながら、二人で力を合わせてやっていこうと斉藤は言っているし、文彦の祖父である仲根も全面的なバックアップを約束していたが。

佐和子は、読んでもいない書類から顔を上げ、ちらっと傍聴席のほうを見やった。と、悠子と目が合った。さっき廊下で悠子は佐和子の右手を両手でしっかりと握りしめ、「サワちゃん、お願いね」と縋《すが》るような目を当ててきたが、そのときと同じ目だった。

もしかしたら悠子はずっと佐和子のほうを見ていたのかもしれない。

佐和子は、もとより自分の持てる力のすべてをつかって文彦を弁護しようと思っている。できるだけ軽い刑で済むように。が、文彦が被害者の女性を殺したという点に関しては、文彦自身が認めているし、争う余地がない。それだけに、佐和子は悠子の顔を見るのが辛《つら》く、傍聴席のほうへ目を向けないようにしていたのだった。

悠子が座っているのは、最前列に設けられた記者席――まだ空《あ》いていた――のすぐ後ろである。彼女の横には、憲之と仲根周三・加代夫妻の彫像のような白い顔があった。それほど世間の耳目を集めている事件ではないが、初公判だからだろう、五十以上ある座席は八割がたが埋まっていた。

佐和子たちの背後のドアから二人の検事が入ってきて、証言台を挟んだ対面の検察官席へ進んだ。一人は岸田誠二《きしだせいじ》という四十年配の男、もう一人は三十を一つ二つ出たばかりと思われる正木英夫《まさきひでお》という男だ。身長は正木のほうが四、五センチ高いが、二人とも腹が出ているという点は共通していた（佐和子に他人の体形をあれこれ言う資格はないが……）。

検事の登場を廊下で待っていたのか、記者たちも後ろのドアから入ってきた。五人のうち二人が女性だった。

検事たちが腰を下ろして間もなく、彼らの斜め後ろのドアが開き、手錠と腰縄を付けられた文彦が、二人の刑務官に伴われて現われた。裁判官と被告人だけは、廊下を通らずに法廷へ出入りできるようになっているのだ。

悠子が差し入れたのだろう、文彦は暖かそうなジャケットを着て身綺麗《みぎれい》にしていた。が、元々色白の顔は青ざめ、血の色が感じられなかった。入ってきた瞬間、ちらっと傍聴席に視線をやったように見えたが、あとは目を上げない。検事たちの背後を回り、傍聴席との境の柵の前を通ってこちらへ歩いてくる間、ずっと顔を俯《うつむ》けていた。文彦は、佐和子が接見に行くたび、父と母と妹、それに祖父母には迷惑をかけてしまい、本当にすまないと思っている、と繰り返した。だから、彼らの顔を見るのが辛いのかもしれない。

弁護人席の前に配置された被告人席まで来ると、文彦は手錠と腰縄を外された。刑務官に左右から挟まれて腰を下ろした。

「文彦さん」

佐和子が後ろから小声で呼びかけると、文彦が首を回して佐和子を見た。わけのわからない場所に引き出された動物のように脅えた目をしていた。

佐和子はその目をじっと見つめ、何も言わずにうなずいて見せた。気休めの言葉をかけても何にもならないので、あなたは一人ではないのだということを伝えたのである。

このころには佐和子もだいぶ落ち着き、

——もうやるっきゃないんだから。

と、腹が据わってきていた。

誰であっても、人を殺したのが事実なら、相応の罰を受けなければならない。被告人の依頼を受けた弁護士といえども、殺された被害者と被害者の身内の立場、心情を思いやらなければならない。弁護士が被告人の権利と利益を擁護するために働くのは当然だが、そこには「正当な」という条件が付く。また弁護士には、真実の発見に努め、社会正義を実現する、という使命がある。

といって、佐和子はそうした崇高な使命を知って弁護士になろうとしたわけではない。また、金がほしかったからでもない。離婚訴訟のとき、右も左もわからない無知な自分を助けてくれた弁護士のように、自分も法律に疎《うと》い弱い人たちの相談に乗り、そうした人たちの権利を守るために働けたらどんなにいいだろう、と思ったからにすぎない。だが、現実に弁護士になった現在は少し違う。弱い人たちの味方になりたいという気持ちは変わらないが、そこに法律の専門家としての使命感が加わっていた。弁護士になったからには不正義だけは働きたくない、という。

だから、佐和子は、文彦の正当な権利と利益を守るために全力を尽くすが、黒を白と主張するような弁護はしないつもりだった。自分が事実を曲げて主張すれば文彦の刑を軽くできるとわかっていても、そのために殺されたタイ人の女性、メイ・ウェーチャヤイを貶《おとし》めたり彼女の家族を傷つけたりするようなことはしたくない。

佐和子のこのスタンスは、文彦の弁護人を引き受けた当初から意識されていたわけではない。地裁の東側にある川越少年刑務所さいたま拘置支所――所管は少年刑務所だが少年犯と拘置所は関係ない――に何度も文彦を訪ね、斉藤、仲根と協議を重ねるうちに、佐和子の中で次第にはっきりとしてきた。ただ、そうはいっても、実際にどちらかを選択しなければならない立場に立たされたとき、恩人である仲根の意思や親友である悠子の希望、願いに反した行動を取れるかどうか、いまひとつ自信はなかったが……。

主任弁護人といっても、佐和子は半ば斉藤と仲根のコントロールの下《もと》にあった。これは、佐和子の経験と実力から、やむをえない。佐和子は、自分一人では文彦にとって最善の弁護をする自信がなかったし、斉藤と仲根が全面的な協力、援助を約束したので主任弁護人を引き受けたのである。

文彦の弁護人は初めは斉藤だけだった。

文彦が警察に逮捕されるや、仲根が斉藤に電話してきて弁護を依頼した。文彦は一緒に逃げていたリャン・ピアンチョンと共に芳沢警察署に出頭する前、仲根に電話をかけていたからだ。

弁護士の身内が刑事事件の被疑者、被告人になった場合、当の弁護士が弁護人になってはならない、という規定は弁護士法のどこにもない。とはいえ、当人が身内の弁護に当たると何かと支障の生じるおそれがあり、有利になるよりも不利になる可能性のほうが高い。

そのため、仲根も文彦の両親に連絡を取り、二人の諒解《りょうかい》のもとに信頼のおける斉藤に依頼したのだった。

斉藤はすぐに芳沢署を訪ね、半日以上待たされた末、留置場の文彦に接見。文彦から事情——といっても仲根を通して聞いていた話とほとんど同じだったが——を聞いた。

事件は殺人事件として報じられ、文彦も殺害を認めていたため、大きな争点はないように思えた。だから、斉藤がそのまま一人で弁護人を務めるはずだった。ところが、二度、三度と文彦に接見して話を聞くうちに、これは傷害致死ではないかと斉藤は考えた。そうなると、殺人罪で起訴するであろう検察側と真っ向から対決することになり、一人で対処するのは物理的に難しい。斉藤は佐和子の二倍以上の案件を抱え、特別の事情がなくても忙しいのに、そのときは過労自殺した元証券会社社員の死を労災認定させるための訴訟がちょうど山場に差し掛かろうとしていた。

斉藤は仲根に事情を話し、仲根もよく知っている別の事務所のベテラン弁護士に依頼するように勧めたらしい。佐和子にはそうは言わなかったが、たとえ自分がバックアップしても彼女では心許《こころもと》ない、と判断したからにちがいない。

ところが、仲根は斉藤の提言を受け容《い》れなかった。それなら自分が全力で外部からサポートするので佐和子に頼んでほしい、と言ったのだという。

仲根の真意がどこにあるのか、佐和子にはよくわからない。大切な孫の一生を左右すると言っても過言ではない重要な役を、これまで一度も殺人事件の弁護に関わった経験のない佐和子になぜ託そうとしたのか——。

悠子がそれを強く望んでいるからと仲根は言った、というのだが……。

別の弁護士を頼むようにと斉藤が仲根に勧めたとき、確かに悠子は、

——私はサワちゃんにお願いしたいの。

と、佐和子に電話してきた。

それに対して佐和子が、私には荷が重すぎると応えると、

——そんなことない。サワちゃんには特別の能力があるんだもの。

と、妙なことを言った。

——私は、サワちゃんに弁護士としての実力がないって言っているわけじゃないのよ。ただ、サワちゃんには、それだけじゃなく、困ったときに力を貸してくれる人を呼び寄せる能力が具《そな》わっているような気がするの。そして、その力をつかって困難を乗り越える能力が……。

そう言われれば、佐和子はこれまで、大きな困難にぶつかるたびに誰かに助けられてきた。といって、それはたまたま幸運が重なっただけであって、能力と呼べるようなものではない。

佐和子がそう言うと、

——ううん、能力よ。

と、悠子が真剣な調子で否定した。

——私はそう思う。それはサワちゃんの能力だって。だから、今度だって、サワちゃんにお願いすれば、きっと文彦を助けてくれると思っている。困難にぶつかれば、

サワちゃんなら、必ずそれを乗り越える力を持った人を呼び寄せ、その力をつかって誰もできないようなことをしてくれるって私は信じている。

悠子がそんなふうに自分を見ていたなんて、佐和子は意外だった。それとも、最愛の息子が殺人犯として逮捕され、悠子は〝神〟でも創り出さないといられないということだろうか。

もしそうなら——悠子にそこまで買い被《かぶ》られるのは大きな重圧だったが——彼女のためにできるかぎりのことをしてやりたい、と佐和子は思った。もし仲根から話があったら、全力を尽くしてやってみよう、と。

とはいえ、仲根が自分を指名してくる可能性はほとんどないだろう、と佐和子は一方で考えていた。佐和子に言ったようなことを悠子が仲根と憲之の前で話したとしても、二人は一笑に付し、

——村地さんでは力不足だ。大事な文彦のためにそんな危険は冒せない。

と言うだろうし、仲根にそう言われれば、悠子だって自分の希望を引っ込めざるをえない。

ところが、佐和子のこの予想は外れ、

《佐和子が中心になって弁護活動を進め、共同の弁護人である斉藤と依頼者の代理人である仲根が佐和子を支える》

という方法を仲根は選択したのだった。

その後、悠子に聞いたところによると、佐和子の特別な能力云々《うんぬん》といった話を悠子がするまでもなく、仲根は彼女の希望を容れ、憲之を説得したのだという。

佐和子は、弁護士としての自分の能力がどの程度かわかっているつもりなので、いまひとつしっくりこなかった。

そのため、どうしてかな？　と昇に疑問を漏らすと、

――お袋は経験が浅いし、まだ十分に力を発揮していないけど、潜在能力はある、そう仲根先生は見ているんじゃないかな。そして、自分が援助すればお袋からその力を引き出して文彦さんに有利に闘える。そう考えたんじゃないかな。

と、母親を舞い上がらせるようなことを言った。

――ウーン……。

――だって、他《ほか》に考えられないじゃない。

――そうだね。もっと優秀な弁護士を頼む道があるのに、仲根先生は私を選んだんだものね。

――そうだよ。お袋はヘマが多いけど、結構力はあるんだよ。お袋に対する仲根先生の評価はお袋が自分で思っているほどには低くないんだよ、きっと。

何というありがたいご託宣だろう。チンパンジーより学ばないと思うときもある息

子だが、いまは母親の気持ちを読み取り、胸の中のもやもやを吹き飛ばしてくれようとしているらしい。

そう思うと、佐和子は涙が出るほど嬉《うれ》しかった。もやもやが完全に消えてすっきり、というわけにはいかなかったが、自分を選んだ仲根の真意がどこにあろうとそんなことはどうでもいいではないかと思えるようになった。自分としては、斉藤と仲根の力を借りて全力で文彦の正当な権利と利益を守るために闘い、できるかぎり軽い刑を勝ち取る、それしかないのだから。

——じゃ、お袋、今日は頑張らないでね。

今朝、学校へ行くのを玄関まで見送ったときの昇の生意気そうな顔が浮かんだ。目を笑わせ、小鼻をぴくぴくさせた……。

佐和子は、我知らず胸のあたりに温かいものを感じ、アイツめ……と口の中でつぶやいた。

そのとき、「起立」という廷吏の声が響き、法壇《ほうだん》の上に黒い法服をまとった三人の裁判官が現われた。

佐和子は現実に引き戻され、身体《からだ》に巻きつけられた太いベルトを引き絞られたような緊張感を覚え、立ち上がった。

2

裁判長が石崎文彦の氏名、生年月日、住所などを尋ね終わると、文彦は弁護人席の前の被告人席へ戻り、腰を下ろした。

文彦が逮捕、起訴されてから、潔はまずインターネットで刑事裁判について調べ、それから裁判ウォッチングの本と刑事訴訟法の解説書を一冊ずつ読んだ。そうして得た知識によると、この手続きは、出廷しているのが起訴状に記載された被告人本人に間違いないことを確かめるためのもので、人定質問《じんてい》と言うらしい。

人定質問の後は検事による起訴状の朗読があり、その後、被告人に対する黙秘権の告知、事件に関しての被告人の陳述（罪状認否）、弁護人の陳述、とつづく。

罪状認否というのは、検事が読み上げた公訴事実について被告人はどう思うか、つまり有罪と思うか無罪と思うかと裁判長が尋ね、被告人がそれに答えるのである。初めになぜこんなことをするのかというと、証拠調べの前に裁判の争点を明らかにしておくのが目的らしい。

ここまでを審理の冒頭手続きと言い、次に行なわれる検察官による冒頭陳述からは証拠調べ手続きに入り、証拠調べが終わったところで弁論手続きとなり、審理は終了。

あとは判決を待つばかりとなる。

審理の中心は言うまでもなく証拠調べだ。そこで検察側、被告・弁護側の双方が証拠、証人を繰り出して、それぞれの正当性を主張し合う。そして最後にそれらの主張をまとめて述べ、裁判官の判断、つまり判決を求めるのである。

潔は傍聴席の中段、傍聴人入口のドアに近い端の席にいた。

そのため、被告人席の文彦は俯き加減の横顔しか見えない。

文彦は法廷に入ってきたとき、ちらっと傍聴席に視線を向けたが、あれは家族の姿を確認したのだろう。潔の顔を認めたようには見えなかった。その後、裁判長に促されて証言台へ進むときも、証言台から被告人席へ戻るときも、文彦はこちらへ目を向けなかった。だから、彼は潔が来ていることには気づいていないのではないか。

潔が〝事件〟について最初に知ったのは、

——（文彦から聞いていた）メイというタイ人の女性がアパートの部屋で殺され、彼女に自由を奪われて売春を強いられていたらしい三人のホステスが行方をくらましている。

というニュースサイトの報道からである。

潔はすぐに文彦に事情を尋ねようとしたが、携帯電話は通じなかったしメールにも返事がなかった。そのため、まさか文彦が事件に関係していることはないだろうと思いながらも、もしかしたら……と危惧《きぐ》していた。

事件は昨年十月二十七日の午後に起きた。メイの死体を発見し、警察に通報したのは、三人のホステスを雇っていたスナック「マキ」の経営者、森山《もりやま》真紀。夕方七時ごろ、真紀がメイたち四人の住んでいたアパート・風見荘二〇三号室を訪ねると、メイが頭から血を流して死んでおり、三人の姿がなかったのだという。

駆けつけた刑事たちが調べたところ、押し入れに置かれた鍵《かぎ》式金庫の錠は掛かっていたものの、鍵がどこにも見当たらない。そのため彼らは、メイを殺した犯人が金庫を開けて中に入っていたもの——真紀によるとメイは相当額の現金を貯《た》めこんでいたらしい——を盗み、再び錠を掛けて鍵を持ち去ったのではないか、と考えた。

その後、金庫を開けて調べると、中に指輪やネックレスはあったが、現金はなかった。といって、そこにあった金が盗まれたという証拠はなく、それがはっきりしたのは事件の三日後、行方のわからなかったホステスのうちスーとヌイが見つかってからだった。「金庫には指輪などの貴金属類の他に複数の封筒に入った五百万円近い現金があったはずだ」と二人が言ったからである。

スーとヌイによると、彼女たちがメイに言いつけられてスーパーマーケットへ買い物に行って帰ると、メイが死んでいて、部屋に残っていたもう一人のホステスの姿がなかった。そこで二人は、彼女がメイを殺して逃げたにちがいないと思い、このままでは自分たちが犯人にされてしまうと怖くなり、逃げたのだという。

もう一人のホステスとは、文彦が夢中になっていたリャンである。その時点でリャンの名が報じられたわけではないが、他にいないので潔にはわかった。そして、ひょっとしたらリャンと文彦は一緒なのではないか、と思った。

しかし、そう考えても変だった。文彦はリャンをメイから解放してやるため、祖母を騙して三百万円を手に入れたはずなのだ。だから、文彦にしてもリャンにしても、メイを殺す必要も動機もなかったはずなのである。

スーとヌイが見つかった四日後、文彦とリャンは警察に出頭した。十月二十七日の午後、風見荘を訪ねた文彦はメイと争って彼女を殺してしまい、やはりリャンと一緒に逃げていたのだ。

そう報じられても、潔の疑問は消えなかった。

三百万円について、文彦は初め口を噤《つぐ》んでいたらしい。が、警察が文彦の銀行口座を調べ、事件前日の二十六日、三百万円という大金が入・出金されていた事実をつかんで質《ただ》すと、彼は次のように述べた。

自分は、リャンがメイに負わされている借金を肩代わりしてリャンをメイの束縛から解放するため、祖母から三百万円借りた。祖母は自分を信用し、理由を深く穿鑿《せんさく》せずに自分の口座に金を振り込んでくれた（たぶん警察へ出頭する前に祖母と口裏を合わせていたのだろう、彼女も刑事に同じように述べたようだ）。ところが、ＡＴＭでその金を引き出し、人通りのない道まで来たとき、自転車であとを尾《つ》けてきたらしいマスクとサングラスをかけた男に引ったくられてしまった。メイに金を支払う約束をしていたのは翌日の午後三時だったので、それまで、犯人の男が消えたあたりを中心に男が乗っていた自転車を捜し回った。しかし、自転車は見つからず、警察に届け出ようかどうかと迷ったが、届け出たところで犯人が捕まるとは到底思えなかったので、金は初めからなかったものと諦《あきら》めた――。

また、金庫の金については、自分たちは金庫にも金庫の鍵にも触れていないと文彦は述べ、リャンも同様の供述をした。

三百万円の行方に関しては、事件に直接の関係がないと見たのか、警察は文彦を厳しく追及しなかったようだ。

一方、メイの金庫にあったと思われる四百数十万円――金の存在に関してはリャンもスー、ヌイと同じ供述をしたというから疑いないだろう――については、文彦とリャンが口裏を合わせて嘘《うそ》をついているにちがいない、と疑った。芳沢署へ出頭する前に文彦が誰かに預けるか、どこかに隠したのではないか、と考えたらしい。

だが、潔は違う。〝三百万円を引ったくられた〟という話を、どうしても信じられなかった。いや、初めは、そんなハプニングがあったのか……と驚いたが、だんだん信じられなくなった。どういう事情なのかは想像がつかないが、何か警察に言えない事情があるにちがいない、と考えるようになった。

ただ、警察とは逆に、金庫の中にあったという金については文彦の言葉を信じた。クソ真面目で融通の利かない文彦が——成り行きからメイを殺してしまったとしても——他人の金に手を付けたとは考えられなかった。だから、その金と金庫の鍵に関しては彼とリャンが供述したとおりにちがいない、と思った。

潔がどう思い、考えようと、警察、検察の捜査とは関係ない。

彼らは初め、文彦とリャンの二人を単なる殺人よりも刑が重い〝強盗殺人の罪〟で立件しようとしたらしい。正犯と共犯で。ところが、二人を取り調べるうちに、リャンは殺人にタッチしていないことが明白になり、文彦も金庫の金を強奪する目的でメイを殺したわけではないと考えざるをえなくなった。

そこで検察は、金庫の金の持ち逃げは殺人の目的ではなく殺人の結果だったと考え、文彦を「殺人と窃盗」の容疑で、リャンについては「窃盗と入管法違反（超過滞在）」の容疑で、別々に起訴したのだった。

「検察官、起訴状を朗読してください」

と、藤巻《ふじまき》という裁判長が促した。

彼は縁なしの眼鏡を掛けた四十代半ばぐらいの長身瘦軀《そうく》の男だった。横に並んだ右陪席判事は四十歳前後の鼻のつんと尖《とが》った女、左陪席判事は猿のように赤い顔をした三十になったかならないかといった若い男だ。

二人の検事のうち歳上《としうえ》のほうが立ち上がり、大きな腹を心持ち前へ突き出し、

「起訴状――」

と、読み始めた。「左記被告事件につき公訴を提起する。平成十七年二月二十四日。さいたま地方検察庁　検察官　検事　岸田誠二」

岸田検事は、被告人の本籍、住居、職業などが記されているらしい一は飛ばし、二の公訴事実の朗読へと進んだ。

公訴事実は、起訴状の中核とも言うべき、検察官が裁判官に処罰を請求している〝主張〟の部分である。

「二、公訴事実

被告人は、

第一　前記住居からさいたま市の大学へ通っていたが、平成十六年三月ごろ、タイ人のホステス、リャン・ピアンチョン（当二二年）と知り合い、次第に親しくなると、どうしても結婚したいと思うようになった。そこで、借金でリャンを縛り付け、支配していた同じくタイ人のメイ・ウェーチャヤイ（当三三年）に交渉し、リャンの借金

を肩代わりすることを条件に身請けする約束を取り付けた。ところが、祖母から借りた三百万円が引ったくりに遭って支払いが叶《かな》わなくなり、同年十月二十七日午後三時三十分ごろ、埼玉県芳沢市畑中二丁目七番地アパート風見荘二〇三号室を訪ねて、メイに支払いを延期してほしいと申し入れたが、メイに拒否されただけでなく、口汚く罵倒《ばとう》され、手にした竹の棒を振って帰れと威嚇《いかく》されたため、これはメイを殺す以外にリャンと結婚する道はないと考え、同室食堂のテーブルにあった鉄製の筒状花瓶（直径六・三センチメートル、長さ二十四・五センチメートル）でメイの頭を複数回殴り、脳硬膜外出血死させ、

第二　リャンと一緒に逃げるには金が必要だと考え、前同日同時刻ごろ、同所において、メイの居室にあった黒革のバッグから金庫の鍵を取って金庫を開け、中に入っていた現金四百数十万円を窃取したものである」

岸田検事は、次いで、

「三、罪名および罰条

第一事実　殺人　刑法第一九九条

第二事実　窃盗　刑法第二三五条」

と、読み上げた。

起訴状というのはこのように簡単なもので、検事が事件について詳しく述べ、立証

方針を明らかにするのは、証拠調べの最初に行なわれる冒頭陳述においてらしい。

岸田検事が腰を下ろすのを待って、

「被告人は前へ出なさい」

裁判長が文彦を促した。

文彦が再び立ち上がり、証言台へ進んだ。

同時に刑務官の一人も彼の背後の椅子に移動した。被告人が暴れたり逃げようとしたりした場合に備えたらしい。

「この法廷では、被告人は、たとえ質問されても、言いたくないことは言う必要がありません。ただし、陳述した以上は、それが被告人にとって有利な内容であれ不利な内容であれ証拠として採用されることがありますから、注意するように。いいですね？」

裁判長の言葉に文彦が「はい」と答えた。

「では、被告人に尋ねます。いま検察官が読み上げた公訴事実について、自分が有罪だと思うか、それとも無罪だと思うか、意見があったら述べなさい」

「メイさんの頭を花瓶で殴ったことは認めます。ですが、目についた花瓶を取ったのは、竹の棒で殴りかかってきたメイさんの攻撃を防ぐためで、メイさんを殺そうとしたわけではありません」

文彦が殺意を否認した。「また、メイさんが倒れて動かなくなった後はお金のことなど思いもよらず、金庫はもとより金庫の鍵にも手を触れていません」

文彦の罪状認否が済むと、裁判長が二人いる弁護士のほうへ顔を向け、

「弁護人の意見は？」

と、尋ねた。

すると、さっきから何度もハンカチで顔の汗を拭《ぬぐ》っていた肥《ふと》った女性弁護士が立ち上がり、

「公訴事実に関しては被告人の申したとおりです。したがって、第一事実については殺人罪ではなく傷害致死罪を、第二事実については無罪を主張します」

と、述べた。

殺人であれ、傷害致死であれ、文彦が無罪になる可能性はほとんどゼロと見ていいだろう。が、どちらの罪に認定されるかで、量刑に大きな違いが出てくる。殺人罪の刑は三年以上の有期懲役から無期懲役、死刑まであるが、傷害致死罪の場合は二年以上の有期懲役に限定されるからだ（注・二〇〇五年一月一日以後に起きた犯罪については、殺人罪は五年以上の懲役に、傷害致死罪は三年以上の懲役に、刑の下限が引き上げられた）。

裁判はいよいよこれから検察官対被告・弁護側の本格的な対決、証拠を挙げての論

戦に移るわけだが、文彦と弁護人に勝算はあるのだろうか。殺人ではなく傷害致死だ、と認定される見込みはあるだろうか。

これまで裁判など関心の外にあった潔には、裁判官たちがどのような判断を下すのか、予測がつかない。

ただ、楽観はけっして許されないだろう。

事件を報じたマスコミは――事実関係の大部分を捜査側の発表に拠《よ》っているからだろうが――みな文彦の殺意は既定の事実であるかのように扱い、彼とリャンが逮捕された翌週、新聞に載った週刊誌の広告には、

《幼稚な大学生、タイ人娼婦《しょうふ》との恋に狂い、殺人！》
《大学生、恋路の邪魔とタイ人売春婦のボスを殴り殺す！》

といった見出しが躍っていた。

潔が他の誰よりもよく知っているように、文彦が恋に狂っていたことは事実である。とはいえ、そこにいかなる事情が絡もうとも、文彦には人を殺そうとして殺すことはできなかった、潔はそう信じている。しかし、いくら潔が信じ、文彦と弁護士が「殺意はなかった」と主張しても、証明ができなければ裁判はどうにもならない。

去年の四月からひきこもりをつづけている潔は、まだ大学へ行っていない。が、文彦が逮捕されて間もないころから、新聞や週刊誌を読むために市立図書館、コンビニ、書店へは行けるようになっていた。そして今日は、約十一カ月ぶりに電車に乗り……ホームに立っているとき背中に冷汗が噴き出して脚が震えたが、大学のあるさいたま市まで裁判の傍聴に来ることができた。

この分なら近々復学できるかもしれないが、文彦のことを考えると、潔の気持ちは複雑だった。喜んでいいのか悪いのか、わからなかった。きっかけが何であれ、ひきこもりが治りつつあるのはもちろん喜ぶべきことだが、拘置所にいる文彦を想像すると、後ろめたさを感じた。自分がもう少し親身になって相談に乗ってやっていたら、と後悔した。そうすれば、彼が今度の事件を引き起こすことはなかったにちがいない。それなのに、自分は……煽《あお》りはしなかったものの、文彦の行動を面白がるような対応をしてしまったのだった。

しかし、いまだからそんなふうに思えるが、あのときはどうしようもなかった。自棄的になっていたし、自分の問題で頭がパンクしそうで、娼婦に惚《ほ》れた〝お坊ちゃん〟の問題にまで真剣に関わり合う余裕はなかったのだから。

証言台から被告人席へ戻るとき、文彦が傍聴席のほうを見た。潔に気づいたかどうかはわからないが、初めて顔を上げてまともにこちらへ目を向けたのだった。殺人を否認して気持ちが少しは軽くなったのかもしれない。顔に多少赤みが差していた。

「それでは、検察官、冒頭陳述を行なってください」

文彦が着席するのを待って、裁判長が言った。

3

佐和子が名前を呼ばれて接見室へ行くと、待つ間もなく、仕切り壁の向こうの狭い部屋に文彦が現われた。

今日の文彦はジャージーのズボンと深緑色のジャンパー姿だった。

「どう、元気？」

ぽつぽつと孔《あな》のあいた透明なアクリルボードを挟んで腰掛けた文彦の顔に視線を当て、佐和子は言葉をかけた。

文彦が「はい」とうなずいた。

「今日はどうしても話してもらいたいと思って来たの」

佐和子が言うと、文彦には彼女の意図がわかったようだ。視線を下へ逸《そ》らした。

第一回公判から四日経《た》った翌週の月曜日、さいたま拘置支所の接見室である。

時刻は午後二時を十分ほど回ったところだった。

佐和子が聞きたいのは、事件の前日に文彦が手にした三百万円の件である。

文彦は、金は祖母の仲根加代から借りたと刑事と検事には話した。芳沢署へ出頭する前、仲根周三に電話したとき、そう言うようにと教えられたからだ。一方、斉藤と佐和子には、振り込め詐欺まがいの手口で加代を騙して振り込ませた事実を明かしていた。

ところが、文彦は、金の行方に関しては佐和子たちに対しても〝引ったくりに遭って奪われた〟と言っていたのだった。警察に届けても戻ってこないと思ったので諦めた、と。

警察と検察は、金は不法な手段で手に入れたのではないかと疑い、そのため引ったくられても届け出られなかったのだろう、と考えたようだ。が、金の入手方法は事件に直接の関係はないと見て、不問に付すことにしたらしい。

四日前、検事たちは、冒頭陳述とそれにつづいて行なわれた埼玉県警・上杉義郎《うえすぎよしろう》警部に対する証人尋問によって、

――被告人はせっかく祖母から借りた三百万円を失って絶望的になり、メイの束縛からリャンを解放するためにはメイを殺すしかないと考えるに至った。

という筋書を描いてみせた。

だが、佐和子は、〝引ったくりに遭った〟という文彦の話に納得していなかった。

文彦が三百万円を失った事情は他にあったのではないか、彼が警察に届け出なかったのも祖母から騙し取った金だからという理由だけではなかったのではないか、と疑っていた。

加代によると、文彦からの電話を受けて話しているとき話に割り込んだ男がいたという。それに関して文彦は、〝あの電話は自分の一人芝居で、祖母の言うような男はいない〟と釈明した。が、佐和子が加代にこの話を伝えると、

――一人芝居だなんて嘘よ。あのときのドスの利いた声は絶対に文彦の声じゃなかったわ。

と、断言した。

加代の言うことが正しければ（正しい可能性が高いと佐和子は思った）、文彦の振り込め詐欺には共犯者か協力者がいた、という結論になる。

そのため佐和子は、その共犯者か協力者が、文彦が三百万円を失った事実だけでなく、彼がそのことを警察に届け出なかった理由にも関係しているのではないか、と考えたのだった。

佐和子のこの推理が当たっていたとしても、メイが殺された事件とは直接の関係はないかもしれない。とはいえ、三百万円さえ失っていなければ文彦がメイを殺すことはなかったはずであり、その金に絡んだ事情は裁判を有利に展開させる材料になる可

能性はある。

こう考えると、事実をはっきりさせないで済ますわけにはいかなかった。

しかし、佐和子がいくらそう説明しても、文彦はこれまで〝自分は本当のことを話している〟と繰り返していたのだった。

「正直言って、このままでは不利な展開は免れないと思うの。だから、どうしても新しい材料がほしいの」

佐和子は文彦の顔をじっと見つめ、言葉を継いだ。

が、文彦は視線を上げない。

「文彦さんの話を聞いて、もし裁判に関係ないとわかれば、誰にも話さないわ。お母さんにも、仲根先生にも」

約束するから、話してほしい――。佐和子がそう言って懇願しても、文彦は何も応えなかった。

こうなったら、やむをえない。佐和子は一つの想像を口にした。

「三百万円は、加代さんに電話したときの協力者に持ち逃げされたんじゃないかしら？　でも、あなたはその人を庇《かば》い、お金は引ったくられたと嘘をついた……」

「僕は誰も庇ってなんかいません」

文彦が目を上げて否定した。「何度も言っているように、僕には協力者なんていませんし」

協力者による金の持ち逃げ――。

ありうることだとは思う。ただ、その場合、リャンを身請けするための大事な金を持ち逃げした人間を文彦がどうして庇うのか、理解できない。また、そうした事情なら、警察には明かさなくても佐和子には話してもよさそうなものである。

そう考えられるため、佐和子はこれまで自分の疑念を口にしないできた。

が、このセンがないとなったら、どういう事情か、まったく想像がつかない。

「お金は、僕の不注意で本当に引ったくられてしまったんです。そのため、お金を持たずにアパートを訪ね、メイさんの命を奪うという結果になってしまいました。でも、事件と三百万円との間にはそれ以上の関係はないんです。ですから、おばさんが……す、すみません」

文彦が慌てて謝り、村地先生と言いなおしてつづけた。「村地先生が僕のために一生懸命に考えてくださっているのは感謝しますが、このことはもう忘れてください」

「私はおばさんでいいけど、文彦さんが本当のことを話してくれるまでは、忘れるわけにはいかないわ」

文彦がまた口を噤んだ。

「おばさんを信用して話して」

文彦は応えない。

「お願い……」

「すみません」

と、文彦が弱々しい声で謝った。「僕は本当のことを話しているんです。ですから、これ以上は話しようがないんです」

「そう」

文彦が、黙ってもう一度頭を下げた。

「今日は話してもらえると思って来たんだけど……文彦さんはおばさんが信用できないのね」

文彦が佐和子から目を逸らした。辛そうだった。それでも彼は話そうとはしなかった。

佐和子は捨て台詞《ぜりふ》のような言い方しかできない自分に腹が立ったが、どうにもならない。

今後の裁判の進め方について二、三点確認し合い、本当の事情を話してくれるまで何度でも来るからと言って接見室をあとにした。

4

その晩、佐和子は夕食の後で文彦に接見したときの模様を昇に話した。もしかしたら参考になる意見を言ってくれるのではないか、と期待して。

だが、佐和子が話の最後に、

「どう考えても文彦さんは嘘をついていると思うんだけど、三百万円はどうしちゃったのかしら？　また、それをどうして弁護士の私にまで隠しているのかしら？」

と聞いても、昇は何も答えなかった。しばらく真剣な顔をして考えていたものの、

「そんな難しい問題、俺に聞くなよ」

と少し怒ったように言い、自分の部屋へ引き揚げてしまった。

佐和子は食事の後片付けを済ませ、夕刊を読んでから風呂に入った。

温《ぬる》めの湯にゆっくりと入る――。それが佐和子の愉《たの》しみであり、健康法であり、また一日のうちでもっともリラックスできるひとときでもあった。

佐和子はいつものように、身体を洗ってから浴槽に移り、底に置いた専用の低い椅子に掛けた。

こうして腰まで湯に浸《つ》かったまま新聞や雑誌を読むこともあるが、その晩は何も持

ち込まず、目を閉じて裁判の今後について考えた。

来週の木曜日に開かれる第二回公判では、前回の上杉警部につづいて、検察側が請求したスー、ヌイ、リャンの証人尋問が行なわれる。そして次の第三回公判からは弁護側が請求した証人尋問に移る予定になっている。

だが、いまのところ佐和子たちには、検事の描いている犯罪の構図を覆《くつがえ》すだけの証拠、証人を用意できる当てはない。

メイの金庫から盗まれた金は見つかっていないし、文彦とリャンが金庫の鍵を持ち去ったという証拠もない。だから、窃盗に関しては無罪にできる可能性が十分あるが、問題は〝殺人〟である。文彦に殺意がなかったと信じ、それを立証したいと考えても、方途がまったく見えてこないのだった。

佐和子は、検事の主張の欠陥、矛盾を見つけるため、事件の経緯——といっても文彦から聞いた話以外はほとんど警察、検察側からの情報だが——をもう一度初めから順に思い起こしてみた。


事件は、昨年の十月二十七日、芳沢市のアパート風見荘二〇三号室で発生した。

警察がそれを知ったのは、同日午後七時八分。部屋の住人であるメイというタイ人の女性が頭から血を流して死んでいる、と一一〇番通報があったからである。

メイの死体を見つけて一一〇番したのは芳沢市東新田にあるスナック「マキ」の経営者、森山真紀（三七）。真紀が風見荘を訪れたのは、メイの同居人であるスー、リャン、ヌイといういずれもタイ人の女性をホステスとして雇っていたからだった。

真紀の話によると、彼女が一一〇番した経緯は次のようなものだった。

マキでは、通常はホステスたちを迎えにワゴン車を風見荘まで遣《や》っていたが、その日は運転手の都合がつかなかったので、メイがホステスたちを連れてタクシーで出勤することになっていた。

ところが、出勤時刻の六時を二十分ほど回ってもメイたちは現われないし、真紀がメイの携帯電話にかけても、呼び出し音が鳴っているのに応答がない。

真紀はちょっと不審に思いながらも、さらに二十分ほど待ってみた。

が、メイたち四人は来ないし、電話にも出ない。

時々タクシーで出勤するときはあったが、こんなことは初めてだった。

真紀は心配になり、一緒に働いている妹に店を任せ、従業員の一人に車を運転させて風見荘へ行ってみた。

アパートの南側にある庭に着いたのは七時ちょっと前。

車から降りて上の部屋を見ると、二〇三号室の窓は灯《あか》りが消え、しんとしていた。

どうしたのだろうと真紀はいよいよ心配になり、運転手を車に残し、建物の東側に付いている階段を二階へ上がった。何度か来ていたので、勝手はわかっている。北側の外廊下を二〇三号室の前まで行き、ドアをノックした。応答がないので、ノブを引くと、鍵が掛かっていなかった。

「入るわよ」と声をかけて玄関へ入り、スイッチを探して灯りを点《つ》けた。

部屋はいわゆる2DKの造りで、六畳と四畳半の和室に六畳分ほどのダイニングキッチン、他にバスとトイレが付いている。六畳がスー、リャン、ヌイの部屋、四畳半がメイの居室だ。玄関の右手がダイニングキッチンで、そこに四人用のテーブルとテレビが置かれていた。

玄関とダイニングキッチンの間にはドアもカーテンもないので、玄関の灯りを点けた時点で真紀は異変に気づいた。椅子が倒れ、花瓶やら何やらが床に散乱していただけではない。テーブルと流しの間に女が倒れ、その周辺に血液の跡らしい汚れが認められたからだ。

真紀は息を呑《の》み、一瞬怯《ひる》んだ。が、もしかしたら何か起きているのではないかと思っていたので、すぐに気を取りなおした。呼吸を整えて上がり、ダイニングキッチンの灯りを点けた。

右の頰《ほお》を床に押しつけ、長い髪を乱して倒れていたのはメイだった。

真紀は床の汚れを踏んだり擦《こす》ったりしないように注意しながら、「メイ、メイ」と呼びかけた。が、反応はない。髪にこびりついている血の様子から見て、頭を殴られるか切られるかしたようだが、傷口はわからなかった。衣服や床に飛び散ったり流れ出た血は乾いて黒っぽく変色していた。顔を近づけて確かめてみるまでもなく呼吸が止まっているのは明らかだった。

それなら、どこにも触れないほうがいいだろう。真紀はそう判断し、部屋を出て急いで車へ戻り、一一〇番した。

•

真紀から警察に通報が入った時点では、殺人かどうかはまだはっきりしなかった。が、その疑いが濃厚と思われたため、所轄の芳沢警察署の刑事と鑑識係が、次いで県警本部の検視官が、現場へ急行。

――正確な死因は解剖を俟《ま》たないとわからないが、死体から五十センチほど離れた床の上に転がっていた鉄製の筒状花瓶で頭を複数回殴られたことがメイの死を引き起こしたのは間違いない。

と判断され、芳沢署に捜査本部が開設された。

現場の状況には気になる点がいくつかあった。

その主なものは、

①　メイの同居人のタイ人女性、スー、リャン、ヌイの三人が部屋におらず、どこ

へ行ったのかわからない点。

②　メイの居室だったらしい四畳半の中ほどに放置されていた黒革の小型バッグから財布がなくなっていた点（真紀によると、バッグはメイがいつも持ち歩いていたもので、そこには鰐《わに》皮の財布が入っていたという）。

③　押し入れに置かれていた鍵式金庫は、錠が掛かっていたにもかかわらず、鍵がどこからも……バッグの中だけでなく部屋に置かれたトランクやメイが着ていた衣服のポケットからも、見つからなかった点。

④　鍵師を呼んで金庫を開け、中を調べたところ、指輪などの貴金属類は何点か入っていたが、現金や預金通帳は見当たらなかった点（真紀によると、メイは預金しないかわり、相当額の現金を金庫に保管していたらしいという）。

⑤　凶器の花瓶はもとより、死体のそばに転がっていた竹の棒と椅子、テーブルの表面、メイのバッグ、金庫の外側、玄関ドアのノブには指紋が拭《ふ》き取られた跡があり、ドアノブには死体発見者の真紀の指紋しか付いていなかった点。

――以上である。

これらの状況から想像されるのは、

《犯人はメイを殺した後、金庫の鍵を捜し出して金庫を開け、中に入っていたと思われる現金と、さらにメイのバッグに入っていた財布を奪い、自分の指紋が付いた可能

性のあるところをすべて拭いてから、金庫の鍵を持ったまま逃走した》

という構図だった。

そのため、警察は〈強盗殺人〉〈殺人ならびに窃盗〉の二つの可能性を念頭に置き、本格的な捜査を開始した。

捜査の重点は、捜査本部が設けられる前から行なわれていた風見荘の住人と近所への聞き込みを強化し、事件に関係がありそうな情報を収集すること、それに、県内と近隣都県の警察署に事件手配し、行方がわからなくなっているスー、リャン、ヌイの三人を捜し出すこと、の二点だった。

ホステス（の一人または複数）が犯人だった場合、部屋のドアノブまで指紋を消している点は不可解である。だから、彼女たちは犯人ではないかもしれない。が、たとえ犯人ではなかったとしても、事件に関係した事実を知っているのは確実と考えられたため、三人の発見と身柄の確保が捜査の重点の一つに据えられたのだ。

遺体の解剖の結果、メイの死亡時刻は十月二十七日の《午後二時～五時》と推定された。そのため、聞き込みは、その時間帯に風見荘の二〇三号室に出入りした者を見なかったかどうか、人の争うような声や物音を聞かなかったかどうか、さらには近辺で不審な人物、ふだん見かけない人物を見なかったかどうか、といった点を中心に進められた。

風見荘は、市街地から西に外れた畑の中に建っていた。アパートの北側は百二、三十メートル先が雑木林の小高い丘で、丘の手前の農道脇に小さな物置小屋が一軒あるものの、人家はない。南側は、正面に二軒、右手に数軒の家が建っているが、どちらもアパートの庭から七、八十メートル離れており、正面の一軒は生垣に囲まれた空き家だった。

アパートの部屋は上下三室ずつで合計六室。事件のあった二〇三号室を除くと、住人はすべて単身者か若い夫婦で、昼はほとんど仕事に出ていた。

そのため、聞き込みは思ったようには進まず、翌日の夜になっても、事件に関係があるかもしれない情報として次の二点が得られただけだった。

〈二十七日午後三時十分ごろ、風見荘の南側、空き家の前で黒っぽいコートを着た六十年配の男を見かけた。似た男は、三、四日前の夕方、同じ道を自転車で通ったときにも生垣のそばに立っていた〉

〈同三時半ごろ、風見荘の北側、農道沿いに建っている物置小屋の横でグレーのジャンパーを着た四十代ぐらいの男と擦《す》れ違った〉

このうち前者は近所の若い主婦から、後者はやはり近くに住んでいる元公務員の老人から聞き込んだ話である。二人によると、男はどちらも中肉中背で、これまでこの近辺で見たことのない人間だった。

警察は前者の話に着目した。主婦の見た男が同一人物なら、その男が事件に関係しているのではないか、と疑ったようだ。

だが、彼らの疑いは、翌日、新たな事実が判明するに及んであっさりと消えた。

耳寄りな情報をもたらしたのは、それまで刑事たちが訪ねても不在で会えなかった風見荘一〇三号室の住人、佐橋勇一《さはしゆういち》（四十九歳）だった。

独身のタクシー運転手である佐橋によると、事件の日は夜勤明けだったので、午後一時過ぎまで眠った後、しばらくテレビを見てから国道へ出たところにあるコンビニエンスストアまで買い物に行った。帰ってきたのは三時二十四、五分ごろ。それから湯を沸《わ》かして茶を淹《い》れ、買ってきたご飯と総菜を電子レンジで温めていたとき、天井から罵《のの》り喚《わめ》くような女の声が聞こえてきた。こうしたことはこれまでも時々あり、珍しいことではない。上の部屋に住んでいるタイ人の女性たちがまた喧嘩《けんか》でも始めたらしいと思い、気にかけずに食事を始めた。と、怒声と喚き声がさらに大きくなり、それに交じってガタンガタンと椅子でも倒れるような音がし、床を踏み鳴らすような音も響いてきた。これまでと少し違うため、もし長くつづくようなら注意してやろうと、彼は箸《はし》を止めて様子を窺《うかが》っていた。が、文句を言いに行くまでもなく、じきに静かになったので（といっても最初に罵り喚く声がしてからだと七、八分経っていただろうか）、彼はやれやれとつぶやき、食事に戻った――。

佐橋が刑事たちに話したのはそれだけではなかった。

彼は、自分が買い物から帰って玄関の鍵を開けているとき、帰り道の途中から自分の四、五十メートル後を歩いてきたひょろりとした体形の若い男――はっきりと顔を見たわけではないが風見荘の住人ではない――が階段を上って行った、と言ったのだ。

佐橋の証言につづいて、風見荘の一・五キロほど東、芳沢駅南口商店街の外れにあるスーパーマーケット「アカギヤ」の店員から、

〈時々見かけるタイ人の若い女性二人――市内畑中のアパートに住んでいると以前話していたというから三人のホステスのうちの二人だった可能性が高い――が、事件の日の午後、三時ごろから四時二、三十分ごろまで店内で食料品や日用雑貨などの買い物をしていた〉

という情報が得られた。

その後、風見荘から南に五十メートルほど離れた畑で草取りをしていた七十代の女性からも情報が入った。

その話は時間的に見て事件と直接の関係はないと思われたが、女性がそろそろ仕事を切り上げて家へ帰り、お茶でも飲もうと思っていた三時ごろ、外国人が住んでいると聞いていた風見荘の二階、西端の部屋から、意味のわからない言葉で怒鳴り、罵るような声が聞こえてきた。と思うと、開いていた窓辺に色の黒い女が立ち、中に向か

ってひときわ大きな声で怒鳴り、乱暴に窓を閉めた――。

事件発生から三日後の十月三十日には、スーとヌイが横浜駅の構内で見つかり、出入国管理及び難民認定法（入管法）違反で逮捕された。

スーの知り合いがいる小田原《おだわら》へ行こうとしてラブホテルに泊まりながら横浜まで来たが、そこからどうやって行ったらいいのかわからず、通りがかりの人に尋ねているところを警官に見咎《みとが》められたらしい。

スーとヌイが捕まると、メイを殺したのはリャンである疑いが濃くなったが、警察は、リャンには共犯者がいたのではないかと考えた。佐橋の話した、二階へ上って行った若い男の件があったからだ。事件の起きた日の午後、二階の二〇一号室と二〇二号室には誰もいなかったことがわかっており、佐橋の見た男は二〇三号室を訪ねた可能性が高い。しかも、調べると、その男の年齢と容姿は、リャンに対して異常とも思える執心ぶりを示していたマキの客、フミヒコという大学生に符合していた。

ここで埼玉県警は、フミヒコのフルネームや身元に関しての調べを進めながら、リャンとフミヒコの二人を事件の重要参考人として全国の警察署に手配した。

一方、芳沢署へ連行されてきたスーとヌイの話により、事件の起きた日の午後、アカギヤへ買い物に行っていたのは彼女たちだったことが判明した。

二人がメイに言いつけられて買い物に出たのは二時半ちょっと過ぎだった。いつもは早く帰ってこないと承知しないと脅すメイが珍しく五時までに帰ればいいと言ったので、帰ったのは四時四十五分ごろ。玄関の鍵が掛かっていなかったので、用心深いメイが変だなと思いながら中へ入ると、メイがダイニングキッチンの床に血まみれになって倒れていた。呼びかけても返事がないし、二人が買い物に出かけるとき部屋にいたリャンの姿もない。てっきりリャンがメイを殺して逃げたにちがいないと思い、このままでは自分たちが犯人にされてしまうと怖くなり、自分たちも逃げようと相談した。が、金がなくてはどこへも行けないので、金庫の金を拝借しようと、メイのバッグを開けて鍵を捜した。金庫に五百万円近い現金——百万円ずつ入った封筒四個と百万円に少し足りないと思える枚数の一万円札が入った封筒一個——が保管されていることは、一カ月ほど前、メイが下痢と腹痛のためにトイレで唸《うな》っていたとき、リャンと三人で調べたのでわかっていた。ふだんのメイならトイレに行くときもバッグを携帯するのだが、そのときは余裕がなかったのだろう、部屋に置いたまま駆け込んだのだ。それはともかく、バッグの中にあるはずの金庫の鍵が見つからない。これはリャンに先を越されたか、と二人で話しながら金庫を調べると、施錠されていた。リャンが中の金を盗んでからまた鍵を掛けて行った可能性もあるが、メイが鍵の保管場所を変えた可能性もあった。いずれにしても、ゆっくりと鍵を捜している時間はない。

二人は金庫の金は諦め、バッグから鰐皮の財布を抜き取った。ざっと数えると八万円余り入っていたので、これだけあればしばらくは何とかなるだろうと話し合い、それぞれの荷物をまとめて芳沢駅まで急ぎ（部屋を出たのは五時十五分ごろだった）、ホームに入ってきた上りの電車に乗った――。

警察は初め、スーとヌイが財布だけでなく金庫の金も盗み、そのうえで指紋を消して逃げたのではないかと疑い、追及した。

もし二人の話のとおりなら、犯人は彼女たちが買い物から帰ってくる前にメイを殺し、指紋を消して逃げたはずである。とすれば、その後でメイのバッグ、金庫、ドアノブに触れたスーとヌイ、あるいは二人のどちらかの指紋が残っていないとおかしい。ところが、それらのどこからも彼女たちの指紋が検出されなかったからだ。

しかし、スーとヌイは、指紋を消そうなどという考えは頭に浮かびもしなかった、と主張。二人がそれぞれ見せた戸惑ったような顔にも、供述にも、口裏を合わせたような不自然さは感じられなかった。

また、二人が逮捕されたとき、所持金は三万数千円に過ぎず、小田原へも行けずに横浜駅でうろうろしていた彼女たちに四百数十万円もの大金を隠す場所や方法があったとも思えなかった。そのため、警察はじきに二人に対する疑いを解いた。

ただ、そうなると、指紋に関して大きな疑問が生じた。

死体のそばにあった花瓶や竹の棒などの指紋は、メイを殺した犯人が拭き取ったのだろう。さらに犯人は、メイのバッグ、金庫、ドアノブに付いた可能性のある自分の指紋も消して行ったかもしれない。

が、たとえそうだったとしても、その後でバッグ、金庫、ドアノブに付いたはずのスー、ヌイの指紋は誰が消したのか、という疑問である。

それを消したのは、スーとヌイが風見荘二〇三号室を出て行った後、部屋に入った人間であるのは間違いない。

では、スーとヌイが出て行った五時十五分ごろから森山真紀が部屋を訪ねたと言っている七時ごろまでの間に、誰かが風見荘二〇三号室を訪れ、それらの指紋を消したのだろうか。

その可能性もゼロではないが、警察は真紀が嘘をついているのではないかと考えた。というのも——それまではあまり重視していなかったらしいが——彼女が乗ってきたと思われるブルーのドイツ車が六時四十分ごろ風見荘のほうへ曲がって行くのを見た、という目撃証言が寄せられていたからだ。

もしそれが真紀を乗せてきた車だったとしたら、彼女は六時四十四、五分には風見荘に着いていたはずである。とすれば、それから階段を上って二〇三号室へ行き、再び車に戻ってから電話したとしても、六時五十二、三分には「人が死んでいる」という報が警察に入っていなければおかしい。ところが、実際に一一〇番通報が入ったのは七時八分だったのだ。

警察は、金庫に入っていた金を盗んだのは真紀ではないか、という疑いを強めた。

スーとヌイがメイのバッグの中を捜したとき、金庫の鍵は見つからなかったという。が、二人は慌てていて見落としたのかもしれないし、鍵は別の場所、例えばメイの衣服のポケットに入っていたのかもしれない。それを真紀が見つけ出し、金庫を開けた可能性は十分考えられる。盗んだ金は、車を運転してきた男にどこかへ運ばせ、隠したのだろう。それから一一〇番通報したために、実際の時刻より十数分遅く風見荘を訪れたように装ったのではないか。その場合、メイのバッグと金庫の指紋は自分が触れたので拭いたにちがいない。一方、ドアノブの指紋は、メイを殺した犯人が金庫の金を盗んで指紋を消して逃げたと思わせるために、一度拭ってから、あらためて自分の手を押し付けたのではないか――。

警察がそう考え、真紀を呼んで追及しても、彼女は初め否認した。

だが、捜査への協力を条件に目溢《こぼ》しされていたと思われる売春防止法違反等の容疑で逮捕するとでも脅されたのだろうか、彼女は指紋を消した事実を認め、次のように述べた。

――自分はけっして金を盗《と》ろうとしたわけではない。メイが金庫にどれぐらい貯めこんでいたのか興味があったので、ちょっと見てみようと思っただけである。が、口が開いたまま四畳半の中ほどに放置されていたメイのバッグの中を捜しても鍵は見つからず、金庫を叩《たた》いてみても、扉は開かなかった。そこで、これはメイを殺した犯人が金庫を開けて金も盗んだにちがいないと思い、自分が触れたバッグや金庫の表面をハンカチで拭った。ドアノブについては、車に戻ってから一一〇番しようと部屋を出るとき、そこも拭いておかなければ不自然だと気づき、ノブの外側と内側を拭いてから握りなおした。

指紋は消したが、金庫の金は盗っていない――。

真紀のこの供述も、刑事たちは初め信用しなかった。肝腎《かんじん》な点を否認し、ほとんど罪にならない部分だけ認めていたからだ。

が、今度は刑事たちが何と言おうと真紀は頑強に供述を変えなかったらしい。そのため、彼らは、彼女の話は事実かもしれないと考え始めた。そして、金庫に入っていた金を盗んだのはやはりメイを殺した犯人と見るのが妥当なようだ、と再び判断の舵《かじ》を元のほうへ切ったとき、文彦がリャンと共に芳沢署に出頭したのだった。

文彦とリャンは、一緒に風見荘を逃げ出した後、求人誌で仕事を探しながら、夜は新宿や渋谷のラブホテルに泊まっていた。が、文彦の銀行口座にあった金も間もなく底をつきそうになり、逃げ切るのは難しいと思い始めた。そんなとき、スーとヌイが逮捕されたと新聞で知り、しばらく迷った末に出頭を決意した——。

これは、文彦（とリャン）が警察で話した出頭までの経緯である。が、事実は違う。実際は仲根に相談した結果だった。〝成り行きからメイを殺してしまったが金庫の金は盗っていない〟、文彦が仲根に電話してそう話すと、それならこれ以上逃げ回らずに警察へ出向いて事実を話すように、と仲根に勧められたのだ。

——ただし、三百万円については、加代はおまえに貸したと言っているから、刑事に聞かれた場合はそう答えなさい。また、私に電話して相談した事実は黙っているように。

この仲根の助言を受け、事件から一週間後の十一月三日、文彦は「メイを殺したのは自分だ」と名乗り出たのだった。

文彦によると、彼は何度も電話を切られながらメイと粘り強く交渉し、十月二十二日、〝リャンがメイに負っている借金を五日以内に全額支払えばリャンを自由にしてやる〟という約束を取り付けた。そして、祖母から三百万円借りられる目処《めど》がついた二十六日、〝金が用意できたので明日持って行く〟とメイに電話した。

するとメイが〝それなら午後三時に来い〟と言い、翌二十七日、彼女はスーとヌイを買い物に遣り、リャンと二人で待っていた。

しかし、文彦は、前日メイに電話した後で銀行から引き出したばかりの三百万円を引ったくられてしまい、何とかして金を取り戻そうと犯人を捜し回ったが、午後三時近くになっても見つからなかった。彼は途方に暮れながらも、これから行くからと、とにかくメイに電話し、約束の三時に二、三十分遅れて風見荘を訪ねた。ちょっとした手違いが起きたのであと二日だけ金の支払いを待ってほしいとメイに頼み、その間にまた祖母から借りようとして。

だが、文彦が金を持ってこなかったとわかるや、メイは罵り、喚き出し、話を最後まで聞かずに竹の棒で殴りかかってきた。彼はテーブルの上にあった花瓶を取って防いだが、メイは顔を真っ赤にしてますます怒りを募らせ、攻撃はエスカレートするばかり。腕や肩を何度も打《ぶ》たれた。そのため、彼は相手の攻撃を止めようとし、手にしていた花瓶でメイの頭を殴ってしまった。

といって、殺そうという気はなかったし、メイが倒れて動かなくなっても死んだとは思わなかった。

だから、隅で震えていたリャンのところへ行って一緒に逃げようと誘い、彼女が着替えたり荷物をまとめたりしている間に花瓶や竹の棒——何度か素手で受け、つかんだ——をハンカチで拭き、メイが息を吹き返さないうちに二人して部屋を出た。

磨《す》りガラスの嵌《はま》った浴室のドアがとんとんと軽くノックされ、

「お袋、生きてる？」

という昇の声がした。

佐和子はぎくりとし、反射的に両手で胸を隠した。昇がドアを開けるわけがないのに。

「な、なーに？」

「いつまでも風呂から上がってこないから、脳出血でも起こして死んじゃったのかと思って」

ガラスの向こうで昇の影が言う。

「死ぬわけないでしょう。裁判のことを考えていただけよ」

「それならいいけどさ」

「お母さんだって立派な女なんだからね。不意に入ってこないでよ」

考えに夢中になっていて、昇が脱衣所を兼ねた洗面所に入ってきたのに気づかなかったのだ。

「何だよ！　血圧が高いっていうから、人が心配して見にきてやれば……。それから、さっきの三百万円の話、思いついたことがあるのでそれも話そうとしたのに」

「え、どんな話?」

「でも、迷惑なんだろう?」

「ううん、迷惑じゃない。ごめん。ちょっとびっくりしただけ」

「聞きたい?」

「うん、聞きたい。焦《じ》らさないで話して」

佐和子は浴槽の縁に腕を掛け、身を乗り出した。

「三百万、さっきは、文彦さんがお祖母さんを騙すときに協力した人間が持ち逃げした可能性について考えたわけだけど」

と、昇が話し出した。「ただそれだと、そのことを文彦さんがどうしてお袋や仲根先生に話さないのかが、わからなかった……」

「そう」

「で、俺は、三百万は引ったくりにも遭わず、持ち逃げもされなかったんじゃないか、って考えてみたんだ」

「えっ、じゃ、三百万円は……?」

「当然、文彦さんが持っていたんだよ」

「文彦さんは三百万円を持ってメイさんを訪ねたっていうの?」

「ああ」

「どういうこと？」

「文彦さんはメイさんに約束していた三百万円を持って行ったのに、メイさんは何だかんだといちゃもんをつけ、リャンさんを自由にできないって言ったんじゃないかな。金額を吊り上げようとして」

「それで？」

「二人は争いになり、こうなったらリャンさんと一緒に逃げるしか方法がないと文彦さんは思い、メイさんの頭を鉄の花瓶で殴った――」

「でも、その場合、三百万円はどこへ消えちゃったの？　当然持ち帰ったというか、持って逃げたと思うんだけど」

「出頭する前に預けたんだと思う」

「預けたって、誰に？」

「三百万円を手に入れるときに文彦さんに力を貸した人……協力者だよ。たぶん、文彦さんが信用している友達だと思うけど。そう考えれば、三百万円は引ったくられたって文彦さんが言い張っている理由がわかるじゃないか」

佐和子は首をひねった。昇が言っていることは半分はなるほどと思うのだが、あとの半分がわからない。文彦はいったいどういうつもりで振り込め詐欺の協力者に三百万円を預けたのか？　人を殺した彼は、これから何年も自由になれる見込みがないのに……。

佐和子がその疑問を述べると、

「お袋には想像力っていうものがないの？」

昇がバカにしたように言った。

佐和子はカチンときたが、まだわからない。

「私にだって想像力ぐらい……」

あるわよ！　と言葉だけで反論しかけ、やっと気づいた。

「そうか！　リャンさん……リャンさんのためね？」

「当たり前だろう。文彦さんがお祖母さんを騙して三百万円を手に入れたのは元々リャンさんのためじゃないか。だから、三百万円はリャンさんのために残しておいたのさ。リャンさんは、殺人にノータッチならじきに釈放され、自由になれる。でも、そのときお金がなかったら、また売春の仕事に戻らなければならないだろう。そうしなくても済むように、文彦さんは三百万円がリャンさんの手に渡るように友達に預けておいたんだよ」

「さすがは私の息子！　と褒めてやりたいところだけど、残念ながら、そうは問屋が卸《おろ》さないわ」

「どうしてだよ？」

「リャンさんが窃盗の罪で無罪になっても……というか、無罪になった場合、入管法違反で退去強制されるからよ」

「退去強制？」

「新聞なんかには国外強制退去とか本国への強制送還とかって載っているけど……行政処分の一つで、タイへ強制的に送り返されるわけ」

「それって百パーセント確実なの？」

「百パーセントじゃないけど、九十九パーセントは確実ね。リャンさんの場合、入管法違反で有罪になるのは確実だし、その場合、執行猶予が付くのもほぼ確実だから」

「執行猶予が付いたら、自由になれるはずじゃん」

「他の罪だったらね。ところが、入管法違反の場合、それまで入れられていた拘置所か留置場から入国管理局が管轄する別の収容施設へ移され、自由を奪われたまま強制送還されてしまうのよ」

「へー、そんなふうになっているのか……」

　厳しい現実の仕組みを知ったからか、昇はちょっと複雑な思いにとらわれたようだ。

「そう」

「それじゃ、どうにもならないね。俺がいま言ったように考えれば、文彦さんが三百万円は引ったくられたって言い張っている理由だけじゃなく、お祖母さんに電話したときの協力者なんかいないと言っている理由もすっきりすると思ったのに」

確かにそのとおりだったが……。

「あ、でもさ」

と、昇が言葉を継いだ。「強制送還なんてこと、俺と同じように文彦さんも知らなかった可能性はないかな」

「文彦さんはともかく、リャンさんが知らなかったということはありえないわ」

佐和子は答えた。「日本にいるオーバーステイや資格外就労者の外国人にとっては、それはもっとも重大で深刻な問題だから。リャンさんは初めての来日だから強制送還された経験はなくても、メイさんや他のホステスさんたちに当然聞いていたと思うわ」

「やっぱりだめか……」

「ただ、こういうことなら考えられるけど」

「どんなこと？」

昇が飛びつくように聞いた。

「文彦さんがリャンさんからタイの住所を聞いて、それを三百万円を預けた友達に教えておくの。そうすれば、リャンさんが強制送還されても、その友達がリャンさんに連絡を取り、お金を送ってやれるわ」

「そうか！　じゃ、そういうふうにしたんだよ、きっと」

「うーん……」

「うーんて、何だよ、自分で言っておいて」

「そこまでするかなって……」

「文彦さん、リャンさんにぞっこんだったんだろう。だったら、それぐらいしてもおかしくないと思うな」

「それからね、昇の話でもう一つ引っ掛かっているところがあるの。聞いたときは、そうか、なるほど、と思ったんだけど」

「どこさ？」

「文彦さんが三百万円を持ってメイさんのところへ行った、というところ。昇が言ったように考えれば、確かに、文彦さんが私や仲根先生にまで本当の事情を隠している理由の説明はつくわ。でも、文彦さんが三百万円を持って行った場合、メイさんが金額を吊り上げようといちゃもんをつけたとしても、適当なところで妥協したんじゃないかしら？　文彦さんにしても、多少の増額なら呑んだんじゃないかしら？　リャンさんと二人で逃げた場合、メイさんの手配した人間に捕まったら酷《ひど》い目に遭わされるって文彦さんだってわかっていたはずだし……。それでもメイさんを殴って逃げたということは、お金を持っていないので、リャンさんを自由にするにはそれ以外に方法がなかったからじゃないかしら？」

　昇は考えているのか、黙っている。

「どうお？」

「確かにお袋の言うとおりかもしれないけど、ただ、その場合、三百万円はやっぱり引ったくられたか協力者に持ち逃げされたか、って考えるわけ？」

「それが納得できないから、困っているわけだけど」

「結局、リセットか……」

　それを言うなら〝振り出し〟だと思うが、昇の世代の若者にとっては双六《すごろく》も振り出しもすでに死語なのだろう。

「ううん、そうでもないわ。この問題を解く鍵はとにかく文彦さんがお祖母さんに電話したときの協力者にあるんじゃないか、っていうことはほぼ見当がついたわけだから」

「で、どうするわけ？」

「その協力者を捜してみるわ。これまでは、気にはなっていても、裁判に直接の関係がなさそうだったので何もしないできたけど。もし会って話が聞ければ、事件に関しても何か新しい事実がわかるかもしれないでしょう」

「じゃ、俺の話も役に立ったんだ？」

「大いに立ったわ。感謝、感謝。だから、早く向こうへ行って」

「何だよ。用が済んだからって……」

「そうじゃないの。このままだと、茹《ゆ》でお母さんになっちゃうのよ」

「あーあ、ヤダヤダ。これが血を分けた実のお袋かと思うと、こっちが死にたくなっちゃうよ」

えっ、血を分けたって、そのつかい方でいいの？

佐和子がこだわっている間もなく、昇が磨りガラスの向こうで身体を回した。

佐和子は、ドアが音をたてて閉まるのを待って立ち上がり、ふーっと大きく息を吐いた。

私、あんたに血を分けてやった覚えはあるけど、分けてもらった覚えはないわ。それとも。「分けた」は他動詞ではなく、自動詞かしら？

佐和子は頭の隅でまだこだわりながら、仲根と悠子に相談して文彦の交遊関係を当たってみよう、と思った。

ただ、そうして文彦の協力者を突き止められたとしても、裁判に役に立つという保証はなかったが……。

5

「タイ人女性殺害ならびに窃盗事件」の第二回公判は、三月十日の午後一時半から開かれた。

今日、尋問が予定されている証人は、メイと同居していたタイ人のホステス三人。そのうちの一人、スー・アピンヤポンは、女性の刑務官に伴われてすでに入廷していた。

潔が掛けているのは、前回と同じく傍聴人入口のドアに近い席である。そのため、首をちょっと左へ回せば傍聴席の全体を見渡せるが、記者席に座っているのは二人だけだし、一般の傍聴人も前回の半分ぐらいだった。裁判の山場であるリャンに対する証人尋問が行なわれる予定になっているのに、傍聴人が少ないのは、検事が冒頭陳述で述べた以上の事実は出てこないと思われているからにちがいない。

証人尋問に先立ち、正面の雛壇《ひなだん》——法壇と言うらしい——のすぐ下、書記官の並びに掛けていた小柄な女性が立ち上がり、宣誓した。前回はいなかったので誰だろうと思っていたら通訳人だった。年齢は五十歳前後。色が黒く、タイ人のようにも見えたが、日本人のようだ。

次いでスーが証言台に呼ばれ、裁判長が氏名などを聞く人定尋問が始まった（被告人の場合は人定質問と言うのに、証人の場合は人定尋問と言うらしい）。

通訳人が、正面に立ったスーに裁判長の問いをタイ語に訳して伝え、スーの返答を今度はちょっと顔を後ろに振り向け、日本語で裁判長に返す。

その三者の遣り取りを見るともなく見ていた潔の頭に、ずっと解けずにいる疑問が浮かんだ。祖母から「借りた」三百万円を引ったくられた、と文彦が言っている件である。引ったくられたなんて嘘だと思うのだが、〈では、どうしたのか？〉と考えても、見当がつかないのだ。

人定尋問につづいてスーの宣誓が済むと、裁判長が言った。

「証人は、自分が刑事訴追を受けるおそれのあることは証言を拒否できます。ですが、何事についても虚偽の陳述をした場合は偽証罪で罰せられることがありますから、注意してください」

この〝証言拒絶権の告知〟と〝偽証の警告〟は、自らもメイの財布を盗んだ窃盗の罪と入管法違反に問われているスーにとっては非常に重要な意味を持っているからだろう、通訳人がタイ語に訳し終わるのを待って、「わかりましたか？」と裁判長が確認した。

「はい」

と、スーが日本語で答えた。

いまは後ろ姿しか見えないが、彼女は瘦《や》せて背が高く、狐《きつね》のような目をしていた。

裁判長がスーを証言台の椅子に掛けさせ、検事の尋問を促した。

スーは検察側が請求した証人なので、検事が先に尋問（主尋問）し、その後で弁護人が尋問（反対尋問）するのである。

検事席から立ち上がったのは、前回、起訴状の朗読と冒頭陳述を行なった岸田検事ではなく、上杉という警部に尋問した若い正木検事のほうだった。

正木はスーに、日本へ来た経緯、風見荘二〇三号室でどういう生活をしていたかといったことなどを簡単に尋ねた後、事件の起きた昨年十月二十七日の行動に質問を進めた。

スーの答弁には重要な点がいくつかあったが、ほとんどはマスコミで報じられるか、前回の証人尋問で上杉警部が話した内容だった。

午後二時半ごろ、メイに言われてヌイと二人でスーパーマーケット「アカギヤ」へ買い物に行ったこと、自分たちが出かけた後でフミヒコが訪ねてくるという話は聞いていなかったこと、四時四十五分ごろアパートへ帰ってくるとメイが頭から血を流して死んでいた（確かめたわけではないが生きているようには見えなかった）こと、リヤンが殺して逃げたのだろうと思い、このままでは自分たちが疑われて捕まるので逃げようとヌイと相談したこと、逃げるには金が必要だと考え、メイの居室の四畳半に入り、鏡台の上にあった、メイが大事なものを入れている黒革のバッグを取って二人で代わるがわる中を捜したこと、が、金庫の鍵は見つからず、金庫の扉は開かなかったこと、そのため、金庫に入っている金は諦め、メイのバッグから財布を抜き取り、バッグは畳の上に放置して逃げたこと……。

スーに次いでヌイ・マリチャバンに対する証人尋問が行なわれたが、その答弁内容はスーの場合とほぼ重なっており、大きな食い違いはなかった。

そのため、検事の主尋問はあっさりと済み、村地弁護士も、

――メイが大事なものをいつも黒革のバッグに入れていたといっても、スーやヌイにそう思わせておいてズボンのポケットに入れていた可能性もないではない。

という証言を引き出し、〝スーとヌイがバッグの中を捜したとき金庫の鍵が見つからなかったからといって文彦とリャンが鍵を持ち去ったとは言いきれない〟ということを示し、反対尋問を終わるかに見えた。

しかし、終わらなかった。

買い物に行くとき、あるいは買い物から帰ってきたとき、風見荘の近くでふだん見かけない人を見なかったか、と尋ねたのに対し、スーは見なかったと答えたが、ヌイは「タミヤさんじゃないかと思った人なら見た」と答えたからだ。

　ヌイがタミヤという初めて聞く名を口にしたとき、文彦の横顔がびくっと小さく痙《けい》攣《れん》したように潔には感じられた。

と、文彦の後ろに立ってヌイに尋問していた村地弁護士が、思わずといった感じで視線を下に向けた。彼女も文彦の反応に気づいたらしい。

が、彼女はすぐにヌイに目を戻し、

「タミヤさんというのはどういう人ですか」

と、質問を継いだ。

〈リャンのお客様です〉

と、通訳人を介してヌイが答えた。

ヌイはスーより背は低いが、女性にしては肩幅が広く、がっしりとした体付きをしていた。

「リャンさんの客ということは、マキに来て、リャンさんを指名していた客、ということですね？」

〈はい〉

「タミヤさんじゃないかと思った人を、いつ、どこで見たんでしょう？」

〈アカギヤから帰ってきたとき、途中で見ました〉

「途中ということは、風見荘から離れた場所ですか？」

〈いえ、あまり離れていません。両側に家が並んでいる道をスーパーからずっと歩いてきて、畑や空き地の多い右の道へ入ってからです。左の斜め奥に風見荘が見えました〉

「そこから風見荘までは、歩いて何分ぐらいでしょう？」

〈五分ぐらいです〉

　ということは、ヌイの目撃は四時四十分ごろになるようだ。

「道で出会ったんですか？」

〈いいえ、違います〉

「では、どういう状態で見たんですか？」

〈スーと私が風見荘のほうへ歩いてくると、少し先で右に分かれている畑の中を歩いて行くところでした〉

「ということは、その人は風見荘のほうから歩いてきて、ヌイさんたちと出会う前に左へ折れた？」

〈そうだと思います〉

「そのとき、その人とヌイさんたちの距離はどれぐらいですか？　何メートルかわからなかったら、この部屋の一番前から後ろまでと比べて答えてください」

〈メートル、わかります。六十メートルか七十メートルぐらいです〉

「その人はヌイさんたちに気がつきましたか?」

〈わかりません〉

「では、ヌイさんたちのほうを振り向きましたか?」

〈いえ、振り向きませんでした〉

「それでも、タミヤさんじゃないかと思ったわけですね?」

〈はい〉

「それはどうしてですか?」

〈年齢の感じと体付きがタミヤさんにそっくりだったからです。それに、横顔も似ていました〉

「その人について、スーさんと何か話しましたか?」

〈いいえ、話していません〉

「どうしてでしょう?」

〈私は、「あれ、タミヤさんじゃないかしら?」って言おうとしたんですが、スーが夢中で別の話をしていたからです。スーはそっちのほうをあまり見なかったので、気がつかなかったんだと思います〉

「あなたが見た男の人の体付きとおよその年齢を教えてください」

〈体付きは沢山《たくさん》いる日本人の男の人とだいたい同じです。歳は四十と五十の間ぐらい

です〉

　つまり、中肉中背の四十代の男ということらしい。

「服装を覚えていますか？」

〈地味な色のジャンパーだったような気がしますが、はっきりとは覚えていません〉

「タミヤという人は、それまでに風見荘へ来たことがありますか？」

〈私のいないときに来たのかもしれませんが、わかりません〉

「ヌイさんは、いまの話……メイさんが殺された日の午後、アカギヤから帰ってくる途中でタミヤさんじゃないかと思った人を見た、という話を警察でしましたか？」

〈いいえ、していません。刑事さんはそんなこと聞きませんでしたから〉

　と、ヌイが答え、村地弁護士の反対尋問は終わった。

　その後、正木検事が再度の尋問――再主尋問と言うらしい――に立ち、六、七十メートルも離れたところから横顔と後ろ姿を見ただけで誰々と特定するのは難しいはずだという返答をヌイから引き出そうとした。

　だが、ヌイは、〝でも、自分が見たのはタミヤさんだったと思う〟と言い張った。

「それじゃ、あんたは、タミヤという男が昼間、歩いている姿を見たことがあるのか？」

〈……ありません〉

「それなのに、そんなふうに言い張るのは、思い込みの結果じゃないのかね？」

正木検事が責めるように質問を継ぎ、ヌイが不満そうに返答を渋っているのを見て、

「結構です。尋問を終わります」

と、腰を下ろした。

ヌイの見たのがたとえタミヤという男に間違いなかったとしても、その男が事件に関係していたのかどうかはわからなかった。


ヌイが退廷すると、二、三分してリャンが入ってきた。

スーとヌイと同様に女性の刑務官が付いていた。

潔は何度も文彦から話を聞かされていたが、見るのは初めてである。

小柄で丸顔。目がくりくりっとして、スーとヌイに比べ、男好きのする可愛《かわい》い顔立ちだ。文彦は、売春をさせられているが、心根は優しく純粋無垢《むく》で、『罪と罰』に出てくるソーニャのようだ、と言っていたが、惚れて夢中になっていた男の言うことなので、かなり割り引いて考えなければならないだろう。

リャンは文彦の犯行を目撃した唯一の人間である。だから、今日の公判で……、いや、もしかしたら今裁判でもっとも重要な証人と言えるかもしれない。

そのためだろう、正木に代わって岸田検事が尋問に立った。

6

リャン・ピアンチョンに対する岸田検事の尋問が始まった。

佐和子は、今日のリャンに対する証人尋問が一つの山だと考えていたが、彼女の口から文彦に有利な証言を引き出すための方策は見つかっていない。

文彦の弁護人になってから、佐和子は拘置所にいるリャンに面会した。が、リャンの弁護人ではない佐和子は通訳なしで相手と話すしかなかったという事情もあり、文彦に殺意がなかったことを裏付けるような決定的な事実は聞けなかった。

岸田検事は、まずリャンが日本へ来たときの経緯を簡単に聞き、次いで被害者であるメイとの関係について質した。

それによって、借金を理由にリャンがメイに自由を奪われていた事実、その借金を返すために売春を強要されていた事実を明らかにした。

売春に関してリャンが証言を拒否しなかったのは、すでに刑事と検事にさんざん聞かれていたし、その件については起訴が見送られていたからだろう。

刑事訴訟法一七五条には、「国語に通じない者に陳述をさせる場合には、通訳人に通訳をさせなければならない」とある（民事訴訟法では「通辞」と言う）。

だから、スーとヌイの場合と同様に、検事の尋問とリャンの答えは書記官の横に掛けた通訳人を介して遣り取りされた。

外国人が被告人あるいは証人の裁判では、通訳人の力量――単に語学力だけでなく、社会的な常識や教養を含めて――が裁判の成り行きに大きな影響を及ぼす。

通訳人には「通訳できる能力」があれば誰でもなれるが、「能力」にきちんとした尺度がない。そのため、日本語あるいは当該外国語の日常会話をやっとこなせるかどうかといった者が通訳人になる場合もあり、問題が大きい。そうした通訳人では、微妙な、それでいて重大な意味を持っている判事や検事、弁護人の言葉を被告人や証人に正確に伝えられないし、被告人や証人の述べたことを正確な日本語にできないからだ。

その点、今日の通訳人――タイで十五年以上、孤児のための施設造りのボランティアをしてきたという女性――は、語学力はもとより日本・タイ双方の社会事情についての知識に関しても問題がなさそうだった。

「では、被告人との関係について証人に尋ねます」

と、岸田検事が尋問を進めた。

彼はできるだけ短い言葉で、問題を一つずつ絞って質問した。

証人はいつ、どこで被告人と知り合ったのか？　二度目に会ったのはいつか？　それはどこか？　そのとき二人は何をしたか？　その後、二人はどれぐらいの間隔で会い、何をしたか？……

こうした質問に対する答えのほとんどは冒頭陳述ですでに述べられていたから、リャンの口を通して多少詳しく、具体的に語られただけだった。

「ということは、証人と被告人は、セックスは最初にラブホテルへ行ったとき一度しただけで、その後はラブホテルに行っても、時間が来るまでベッドに腰掛けて話をしていただけだった、そういうことですか？」

岸田がリャンの述べた内容を整理し、確認の質問をした。

彼に顔を向けて聞いていた通訳人がそれを対面のリャンにタイ語で伝え、リャンがうなずくのを待って、

〈そうです〉

岸田に顔を戻し、日本語で答えた。

「証人は、そんな被告人をどう思いましたか？」

〈初めは変な人だと思いました〉

「どうしてそう思ったんでしょう？」

〈お客さんはみんな私とセックスをするためにお金を払い、ホテルへ行くのに、フミヒコはセックスをしなかったからです〉

「証人はその理由を被告人に聞いたことがありますか？」

〈あります〉

「それに対して、被告人はどう答えましたか？」

〈リャンさんが好きだからお金でセックスをしたくない、と答えました〉

「そうした会話は日本語でしたんですか、それともタイ語でしたんですか？」

〈両方です。私は日本語が少しわかります。フミヒコはタイ語を勉強しました〉

「なるほど。で、被告人の説明を聞き、証人は被告人をどう思いましたか？」

〈良い人だと思いました〉

「証人は、被告人にメイさんとの関係を話しましたか？」

〈話しました〉

「一方的に背負わされた借金のことも？」

〈はい〉

「それに対して、被告人は何て言いましたか？」

〈酷いと言いました〉

「それだけですか？」

〈いいえ〉

「では、他にはどういうことを言ったんでしょう？」

〈リャンさんを自由にしてやりたい。でも、自分にはリャンさんの借金を払ってやれるほどのお金がないのでどうすることもできない、と言いました〉

「その後で会ったときはどうでしょう？　被告人はやはりどうすることもできないと言っていましたか」

〈いいえ。自分はいまお金を用意しようとしている、何とかなりそうなのでもうしばらく待ってほしい、と言いました〉

「証人はそれを信じましたか？」

〈半分ぐらい信じました〉

「被告人は、証人が自由になったら、どうしたいと言っていたのですか？」

〈私が望めば結婚したいが、私が望まなければしなくてもいい、と言っていました〉

「それに対して、証人はどう答えたのですか？」

〈考えてみるが、まだわからない、と言いました〉

「証人には、被告人と結婚してもよいという気持ちがあったんですか？」

〈少しだけありました〉

「少しだけということは、証人は被告人がそれほど好きではなかったわけですか？」

通訳人が質問の意味をリャンに伝えると、リャンが岸田のほうへ顔を向け、

「フミヒコ、優しい。良い人。でも、結婚、違う……」

と、直接日本語で答えた。

岸田検事がリャンの顔を見返して「わかりました」と言い、質問を継いだ。

「被告人に、証人がメイさんに負わされていた借金を返せるだけのお金はできましたか？」

〈はい、できました〉

と、再び通訳人が間に入ってリャンの返答を伝えた。

「それはいつですか？」

〈前の日です〉

「前の日というのは事件があった去年の十月二十七日の前日、ということですね？」

〈そうです〉

「証人は、そのことをどうして知ったのですか？」

〈メイから聞きました〉

「メイさんはどうして証人より先に知ったんでしょう？」

〈フミヒコからメイに、お金ができたので明日メイの都合がよいときに風見荘へ持って行く、という電話があったからです〉

「被告人からメイさんにそうした電話がかかってきたということは、二人の間にはその前に何らかの約束があったんですか？」

〈ありました〉

「どんな約束でしょう?」

〈メイはフミヒコに、五日以内に私の借金を全額支払えば私を自由にしてやる、と言っていました〉

「その期限が翌日、事件のあった十月二十七日だったんですか?」

〈そうです〉

「では、事件当日のことを尋ねます。証人は、その日の午後、スーさんとヌイさんが買い物に出かけた時刻を覚えていますか?」

岸田検事が尋問を進め、

〈覚えています〉

と、通訳人がリャンの答えを日本語にした。

「何時ごろですか?」

〈二時半ごろでした〉

「それは、メイさんが行かせたのですか?」

〈はい〉

「メイさんは、どうして二人を買い物に行かせたのでしょう?」

〈フミヒコが来たとき、メイと私とフミヒコの三人で話そうとしたからです〉

「被告人は何時にメイさんと証人を訪ねてくることになっていたのですか？」

〈三時です〉

「約束の時刻に被告人は来ましたか？」

〈いいえ。でも、三時ちょっと前に、「少し遅れるが、これから行く」とメイに電話がありました〉

この時刻に文彦がメイに電話したことは、メイの携帯電話の通話記録からも明らかになっていた。

「実際に被告人が風見荘二〇三号室へ来たのは何時ですか？」

〈三時半近くです〉

「約束した時刻より遅れたのはどうしてか、証人は理由を知っていますか？」

「そのときは知りませんでした。でも、後で、用意したお金を引ったくられたので犯人を捜していたのだ、とフミヒコから聞きました」

「被告人が証人たちの部屋へ来たとき、メイさんはどのように応対しましたか？」

〈部屋に上げて食堂の椅子に掛けるように言い、自分もテーブルを挟んでフミヒコの前に座りました〉

「証人は？」

〈メイに言われて、私もメイの隣りに座りました〉

「それから、メイさんはどうしましたか？」

〈お金はジャケットのポケットに入っているのか？　それなら早く出して見せろ、とフミヒコに言いました〉

「被告人はバッグも紙袋も持っていなかったわけですね？」

〈はい〉

「それらをメイさんは日本語で言ったんですか？」

〈そうです〉

「メイさんは日本語を聞いたり話したり自由にできたんですか？」

〈メイは日本に十年以上いたので、だいたいできました〉

「金を見せろと言われた被告人はどう答えましたか？」

〈ちょっと事情があって、そのことでお願いに来たのだ、と答えたようでした〉

「ようだった、というのは？」

〈フミヒコの言った日本語が私には全部は理解できなかったからです〉

「被告人がそう答えた後、どうなりましたか？」

〈メイが顔色を変えました。でも、メイが何か言い出すより先にフミヒコが椅子から降り、膝《ひざ》を揃《そろ》えて床に座りました。両手と額《ひたい》を床につけて、メイにお願いしました〉

「何をお願いしたのか、わかりますか？」

〈はい〉

「今度は被告人の話した日本語がわかったんですか?」

〈そのときは少しだけ……。でも、メイが立ち上がってフミヒコのそばへ行き、日本語とタイ語の両方で罵り出すと、フミヒコが何度もお願いしたので、わかりました〉

「被告人は何て言ったんでしょう?」

〈お金を貸してくれることになっていた人が日にちを勘違いして、お金が手に入らなかった、でも、二日後には必ず用意できる、だから、あと二日だけ待ってください、そう言いました〉

「引ったくられたとは言わなかったんですね?」

〈言いませんでした〉

「被告人がお願いしたのに対し、メイさんはどう応えましたか?」

〈リャンと二人で私を騙したな! このバカ野郎! 畜生め! 二日どころかもう一日だって待つものか! 今度は騙されるものか!……とかです〉

「それからどうなりましたか?」

〈フミヒコは両手を床についたまま顔だけ上げてお願いを繰り返しました。でも、メイは自分が座っていた椅子に立て掛けてあった竹の棒を取ってきて、それでフミヒコの肩のあたりを殴ったり小突いたりし、「帰れ!」「とっとと出て行け!」と怒鳴りま

した。それで私はメイのところへ行き、棒を持った腕に手を掛けて、やめてくれと頼みました〉

「それに対して、メイさんはどうしましたか？」

〈「うるさい、おまえは黙っていろ！」と言って、私を突き飛ばしました。そして私が尻餅《しりもち》をつくと、「この畜生め！　みんなおまえのせいだ」と言いながら足で蹴《け》り、竹の棒で殴りました〉

「それを見て、被告人はどうしましたか？」

〈立ち上がってきて、メイが私を殴るのを止めようとしました〉

「メイさんは被告人の言うことを聞きましたか？」

〈いいえ。フミヒコのほうへ向きなおり、前よりいっそう酷い言葉で罵り、竹の棒を振り上げて殴りかかっていきました〉

「その後、メイさんと被告人がどうしたか、見たままを話してください」

岸田検事の求めに応じ、通訳人がリャンから何度かに分けて話を聞き、それを日本語にして伝えた。

〈フミヒコは初め腕を顔の前に上げてメイの攻撃を防ごうとしましたが、肘《ひじ》のあたりを何度も棒で叩かれ、そのたびに痛そうに顔をしかめました。それでもメイが攻撃をやめないため、フミヒコがテーブルの上にあった鉄の花瓶を取って構え、落ち着いて

話を聞いてください、と頼みました〉

〈花瓶を手にしたフミヒコを見て、メイは一瞬怯んだようでしたが、すぐに前以上の大声で罵り喚き、棒を振り上げてフミヒコに殴りかかりました。そのうちの一撃がフミヒコの左腕を強打したらしく、フミヒコがウッと呻《うめ》き、片膝をつきました〉

〈メイは勝ち誇ったように「ざまぁ見ろ！」とタイ語で叫ぶと、さらに攻撃を強めました。すると、フミヒコの顔が初めて怒ったように赤くなりました。打たれてもかまわずに左手で竹の棒をつかんでメイを引き寄せ、右手に持った花瓶で頭を殴りました〉

〈くらくらっときたのか、メイの動きがちょっと止まりました。ですが、気を入れ替えるように頭をぶるぶるっと振ると、フミヒコの手から竹の棒を引き離し、猿のような甲高《かんだか》い声を上げて、滅茶滅茶《めちゃめちゃ》にそれを振り回し始めました。それで、フミヒコはメイに打たれながらまた竹の棒をつかみ、仕方なく花瓶で頭を殴りました〉

「そこまでで、ひとまず結構です」

と、岸田検事が通訳人を介したリャンの説明を中止させた。

鉄の花瓶でメイの頭を殴った文彦には殺意があった――。リャンの言葉を借りてそれを裏付けようとしている検事にとっては、リャンの供述は聞き流すわけにいかなかったのだろう。

「いま、証人は、被告人がまた竹の棒をつかんで仕方なくメイさんの頭を花瓶で殴ったと言いましたが、仕方なくというのは、後で証人が被告人から聞いた言葉ではありませんか？」

案の定、岸田検事が質した。

リャンは、通訳人の訳を聞いても質問の意味がよくわからなかったのか、問い返してもう一度説明を受けているようだった。が、やがて首を横に振り、何か言った。それを待って、通訳人が検事のほうへ顔を向け、

〈違います〉

と、答えた。

「では、証人は、仕方なくという被告人の気持ちがどうしてわかったのですか？」

〈見ていてわかりました。殴らないと、メイが棒を振り回すのをやめそうにありませんでした〉

「ということは、仕方なくというのは証人がその場の状況からそう想像した、そういうわけですね？」

通訳人とリャンがタイ語で遣り取りをしていたが、リャンが肯定したようだ。

〈そうです〉

と、通訳人がリャンの返答を日本語にした。

「証人の証言によると、被告人が竹の棒をつかんでメイさんの頭を花瓶で殴ったのはこれで二度目ですが、その結果、メイさんは棒を振り回すのをやめましたか？」

〈いいえ、やめませんでした〉

「では、どうしましたか？」

〈頭から血を流しながら、いっそう大きな声で喚き、暴れました〉

「いっそう大声で喚き、暴れているメイさんに対し、被告人は何かしましたか？」

〈はい。押さえようとしたり、花瓶で殴ったりしました〉

「花瓶で殴ったのは頭ですか？」

〈メイが暴れていたし、どこを殴ったのか、よくわかりません〉

「被告人がメイさんを押さえようとしたり花瓶で殴ったりした結果、メイさんはどうなりましたか？」

〈床に倒れ、ぐったりして動かなくなりました〉

「メイさんが倒れて動かなくなった後、被告人はどうしましたか？」

通訳人が岸田検事の質問をタイ語に換えても、リャンの返答はない。俯けた顔は苦しげだった。

「では、質問を変えます。メイさんがぐったりとして動かなくなってからも、被告人は花瓶でメイさんの頭を殴ったんじゃないですか？」

リャンは答えない。

「殴ったのか、殴らなかったのか、どちらですか?」

リャンがなおも口を噤んでいると、

「証人は答えるように」

藤巻裁判長が促した。

裁判長の言葉を通訳人に伝えられ、リャンがやっとそもそもそと口を開いた。

〈殴りました〉

と、通訳人がそれを伝えた。

「メイさんが動かなくなってから、被告人は何回ぐらいメイさんの頭を殴りましたか?」

〈一回か……二回です〉

岸田検事が尋問を継いだ。

「つまり、メイさんがもう暴れるおそれはなかったにもかかわらず、被告人はメイさんの頭をさらに一回か二回、鉄製の花瓶で殴ったわけですね?」

リャンは無言。顔に脅えの色が浮かんだ。

「違いますか?」

〈……そうです〉

と、リャンが認めた。

「被告人の行為は、メイさんが暴れるのを止めるために仕方なく殴ったにしては矛盾していると思いませんか？　証人の考えを聞かせてください」

〈わかりません〉

「動かなくなったメイさんの頭をさらに鉄の花瓶で殴ったらメイさんは死んでしまう、証人はそうは思いませんでしたか？」

「異議があります」

と、佐和子は立ち上がった。「いまの質問は明らかに証人の答えを誘導するものです。取り消しを求めます」

「異議を認めます。検察官は質問を変えてください」

と、藤巻裁判長がすぐに裁定した。

主尋問では誘導尋問が原則として禁止されているのだ。

岸田検事が裁判長に軽く頭を下げた。

「それでは質問を変えます。動かなくなったメイさんの頭をさらに鉄の花瓶で殴る被告人を見て、証人は被告人がどう考えていると思いましたか？」

〈わかりません〉

「わからない？」

岸田検事がいかにも解《げ》せないという顔した。「調書によると、『メイが動かなくなってからも、フミヒコは手にした鉄の花瓶で何度かメイの頭を殴りました。それで私は、フミヒコはメイを殺すつもりでいるのだなと思いました』となっていますよ。これは警察官の前で証人が述べたことを記録した書面ですが、検察官の前でも証人はこれとほとんど同じ供述をしています。ということは、証人は、前にはわかっていたがいまはわからない、というわけですか？」

通訳人が岸田検事の言ったことをリャンに伝えると、リャンが驚いたように顔を起こし、何やら早口で答えた。

通訳人がそれを日本語にした。

〈私は刑事さんにも検事さんにもそんなこと言っていません。言った覚えがありません。前にもわかりませんでした〉

「しかし、そこには証人のサインがあるんですよ。調書に書かれていることをタイ語に通訳してもらい、それで証人は間違いないと思い、最後にサインしたはずです。通訳人が訳すのを聞きましたね？」

〈はい。でも、いま検事さんが言ったことは聞いていません〉

「聞いたのに、忘れたんじゃないですか？」

〈違います〉

「それじゃ、どうしてサインしたのか、そのときのことを話してください」

〈通訳の人に、ここにサインしなさいと言われ、サインしました〉

そのとき通訳をしたのは、日本人と結婚して日本に住んでいるタイ人の女性だ。通訳がいい加減だっただけでなく、調書の全文をタイ語に訳さなかったのではないか、と佐和子は思った。適当に省略し、「ここにはあなたの述べたことが書かれているからサインしなさい」とリャンに言ったのではないか。それでリャンは何も疑わず、言われるままにサインしたのではないだろうか。

しかし、そう考えても、今更それを証明する手段はない。

「尋問を進めます」

と、岸田検事が言った。

すでに文彦の殺意が半ば裏付けられたと読んでいるのか、顔からも声からもどことなく余裕の色が窺えた。

「メイさんが動かなくなってからも、被告人はさらに花瓶でメイさんの頭を一、二度殴った。そういうことでしたが、その後、被告人はどうしましたか?」

〈私のところへ来て、一緒に逃げようと言いました〉

リャンが通訳人を介して答えた。

「その誘いに対して、証人はどのように応えましたか?」

〈私ももうそれしかないと思っていたので、はいと応えました〉

「それから、被告人と証人はどうしましたか？」

〈フミヒコは花瓶や竹の棒をハンカチで擦ったり、水道で手を洗ったりしました。その間に、私はフミヒコに言われたとおり、スーとヌイと三人でつかっていた六畳の部屋へ行って着替えをし、財布や洋服や下着などをタイから持ってきたスポーツバッグに入れました〉

「その後、被告人と証人はメイさんの部屋へ行き、鏡台の上にあった小型バッグから金庫の鍵を取り出し、金庫を開けたんじゃないですか？」

通訳人は岸田検事の質問をタイ語に訳すと、リャンが大きく頭《かぶり》を振り、声を高めて答えた。もちろん否定したようだ。

そのリャンの意を、通訳人が語調を強めた日本語で伝えた。

〈フミヒコも私もメイの部屋へなんか行っていません。金庫の鍵にも金庫にも触っていません〉

「本当ですか？　証人は、嘘をつくと偽証罪に問われますよ」

〈嘘じゃありません。本当です〉

「では、証人には、逃げるのに必要な金があったんですか？」

〈少しならありました〉

「いくらですか？」

〈二万円ぐらいです〉

「二万じゃ、すぐになくなってしまいますね。被告人はどうでしたか？」

〈知りません〉

「尋ねなかったんですか？」

〈はい〉

「証人は、一緒に逃げようと被告人に誘われ、金があるかどうかもわからずに逃げようとしたんですか？」

〈そのときは、お金のことなど頭に浮かびませんでした〉

「証人の頭には浮かばなくても、証人を誘った被告人は逃げるにはまとまった金が必要だと考えていた、そうは思いませんか？」

〈わかりません〉

「事件の一カ月ほど前、証人はスーさん、ヌイさんと一緒にメイさんに隠れてメイさんの金庫を開けましたか？」

〈開けました〉

「金庫に現金はいくら入っていましたか？」

〈正確にはわかりませんが、四百七、八十万円入っていたと思います〉

「そのとき、金庫の鍵はどこにありましたか?」

〈メイがいつも持ち歩いていたバッグの中にありました〉

「ということは、被告人がメイさんを殺したときも金庫の鍵はメイさんのそのバッグの中にあった可能性が高いと思われますが、証人はどう思いますか?」

〈そうかもしれません〉

「ところが、被告人と証人が部屋を出て行った後でスーさんとヌイさんが帰ってきて、バッグの中を捜しても鍵は見つからなかった——。証人はそのことを知っていますか?」

〈知っています〉

「どうして知ったんでしょう?」

〈刑事さんから聞きました〉

「刑事に聞く前から、証人は知っていたんじゃありませんか?」

〈どうして私が……〉

「結構です。尋問を終わります」

岸田検事がリャンの答弁を途中で遮り、裁判長に一礼して腰を下ろした。

彼の尋問によって、文彦に殺意があったと裏付けられたわけではない。とはいえ、ぐったりとして抵抗しなくなったメイの頭を文彦がさらに殴ったという事実が判事たちに印象づけられただろうことは想像に難《かた》くない。

これは、傷害致死を主張して争っている被告・弁護側にとってはかなり不利な状況と言えた。

文彦は、〝しばらくの間メイが息を吹き返さないようにするため夢中で殴りつけてしまった〟と言っている。

しかし、その説明だけでは、「殺す気はなかった」という彼の言い分が判事たちの胸に響くとは思えない。

「弁護人、反対尋問を行なってください」

裁判長に言われ、佐和子は立ち上がった。

通訳人とリャンが同時に佐和子に顔を向けた。

「メイさんが動かなくなってからのことをお聞きします」

と、佐和子は尋問に入った。「被告人があなたのそばへ来て一緒に逃げようと言ったとき、あなたは、メイさんが死んでしまったと思いましたか?」

通訳人が佐和子の質問をタイ語に訳し、リャンの答えを待って、

〈いいえ、思いませんでした〉

と、それを日本語にした。

「では、なぜ動かないでいると思いましたか?」

〈気を失っているからだと思いました〉

「どうしてそう思ったんでしょう？」

〈フミヒコが私に逃げようと言ってから、メイが息を吹き返さないうちにここを出ないといけない、だから早く着替えをして荷物をまとめるように、と私を急がせたからです〉

「ということは、被告人も当然メイさんが生きていると考えていたわけですね？」

〈そうだと思います〉

「被告人はメイさんのそばを離れる前に、メイさんに息があるかどうかを確かめましたか？」

〈いいえ、確かめませんでした〉

「もし被告人がメイさんを殺す気で殴ったのなら、死んだかどうかを確かめないのは変だと思いませんか？」

　通訳人の訳を聞いても意味がよくわからなかったのか、リャンが首をかしげた。

「質問を変えます。もし被告人がメイさんを殺す気だったのなら、メイさんが動かなくなっても息があるかどうかを確かめ、まだ生きていたらさらに殴って息の根を止めようとしたのではないか――。あなたはそうは思いませんか？」

〈そうかもしれませんが、私にはよくわかりません〉

佐和子はリャンの答えに満足した。いまの質問は、リャンの考えを聞くというより、文彦に殺意があったのなら当然メイの生死を確かめたはずだ、ということを判事たちに印象づけるのが目的だったからだ。

「あなたは、被告人に一緒に逃げようと言われたとき、お金のことなど頭に浮かばなかったと言われましたね？」

〈はい〉

「どうしてか、いま考えて理由の想像はつきますか？」

〈いまなら、つきます〉

「どうしてでしょう？」

〈思いがけないことになり、気が動転して、メイが息を吹き返さないうちに早く逃げなければ……と、そればかり考えていたからだと思います〉

「あなたの頭にはお金のことなど浮かばなかったとしても、一緒に逃げようとあなたを誘った被告人の場合はそうではなく、あなたがスーさん、ヌイさんと一緒につかっていた部屋へ行った後、ひとりでメイさんの部屋へ入ってバッグから鍵を取り出して金庫を開け、中のお金を盗んだ、ということはありませんか？」

〈ありません。絶対にありません〉

「どうして、そうはっきりと言えるんですか？」

〈私が六畳の部屋で着替えをしたり荷物をバッグに詰めたりしているとき、フミヒコはダイニングキッチンにいました〉

「あなたのいたところから、ダイニングキッチンは全部見渡せたんですか？」

〈全部は見えません。でも、半分ぐらいは見えますし、フミヒコが歩いたり何かしたりしている音がしていました〉

「あなたが六畳の部屋へ入って身支度をしていた時間はどれぐらいですか？」

〈よくわかりませんが、十分まではかからなかったと思います〉

「ダイニングキッチンから音がしていたといっても、あなたはずっとそちらに注意を向けていたわけではないと思いますが、いかがでしょう？」

〈そうかもしれませんが……〉

「あなたが身支度をしている間に、隣りのメイさんの部屋から物音が聞こえてきたということはありませんか？」

〈ありません〉

「メイさんの居室とあなたたちの使用していた六畳との仕切りは何ですか？」

〈半分は壁で、半分は襖です〉

「仕切りが襖一枚なら、隣りの部屋の物音はよく聞こえますね？」

〈はい〉

「それでも、誰かがそこへ入ってきて何かをしているような音はまったく聞こえなかったわけですね？」

〈そうです〉

「では、あなたが被告人と一緒に玄関を出たときのことを伺います。そのとき、被告人は何か荷物を持っていましたか？」

〈いえ、何も持っていませんでした〉

「被告人のジャケットとズボンのポケットが大きくふくらんでいた、ということはありませんか？」

〈ありません〉

「どうしてそうはっきりと言えるのでしょう？」

〈腕を組んで歩いたり、電車の中で身体をくっつけて座ったりしたからです。フミヒコのポケットが大きくふくらんでいれば、そのとき、何が入っているのかと聞いたと思います〉

　事前の打ち合わせをしたわけでもないのに、リャンはほぼ佐和子の狙いどおりに答えてくれた。頭の良い女性のようだ。

　これで、文彦がリャンに気づかれないように金庫の金を盗んだ可能性はない、と示せただろう。

佐和子はそう思い、

「最後にもう一点お尋ねします」と、質問を進めた。「あなたは、マキに来ていた客のタミヤという人を知っていますね？」

佐和子が「タミヤ」の名を口にするや、リャンの顔にハッとしたような色が浮かんだ。同時に、彼女は文彦の意向を伺うかのように彼に目を向けた。

さっき、ヌイが〝タミヤではないかと思った人を見た〟と言ったとき、文彦は一瞬身体を強張《こわば》らせた。そのとき佐和子はヌイに対する尋問中だったが、文彦の反応に気づき、なぜだろうと引っ掛かった。

そのこともあって、いま、タミヤという男について聞いてみようと思ったのだが、リャンまで「タミヤ」の名に強い反応を示したのだった。

ヌイが見たと話したタミヤと思われる男は、同じ日の午後三時半ごろ（ヌイの目撃の一時間十分ほど前）、風見荘の北側に建っている物置小屋の横で近所の老人と擦れ違った男に体付きや年齢、服装が似ていた。もしそれが同じ人物で、タミヤに間違いないとなれば、大きな意味を持ってくる可能性がある。なぜなら、リャンの客であるタミヤが事件の起きたころ偶然現場近くにいた、というのはどう見ても不自然だからだ。スーとヌイが帰ってくる前にタミヤにもメイの死んでいる部屋へ入る機会があったわけで、彼が四百数十万円を盗み、金庫の鍵と一緒に持ち去った可能性もないではない。

文彦の顔に視線を向けたリャンは、慌てたようにそれを逸らした。そして、下を向いて通訳人の説明を聞くと、

「はい、知っています」

と、佐和子に日本語で答えた。

「タミヤという人は、あなたが風見荘に住んでいるのを知っていましたか？」

〈知っていました〉

今度は通訳人を介しての答えである。

「あなたが話したんですか？」

〈そうです〉

「そのとき、だいたいの場所も話しましたか？」

〈話しました〉

「訪ねてきたことは？」

〈ありません〉

「さっき、ヌイさんが、事件の日に買い物から帰ってくる途中でタミヤさんと思われる人を見たと言ったのですが、そう聞いて何か思い当たることはありませんか？」

ヌイがタミヤを目撃したと聞き、リャンが目を丸くした。首を横に振って否定した。

〈ありません、思い当たることなど何もありません〉

「その日、タミヤさんもメイさんを訪ねて風見荘に来る予定になっていた、ということはありませんか？」

〈ないと思います〉

「メイさんから、そうした話は聞いていない？」

〈聞いていませんし、フミヒコが来る日、メイがタミヤさんとそんな約束をするはずがありません〉

「タミヤ何というのか、タミヤさんのフルネームを知っていますか？」

リャンが知らないと答えた。

その後、佐和子に代わって斉藤が補充の質問をいくつかし、弁護側の反対尋問は終わった。

佐和子は、タミヤという名に対して示した文彦とリャンの反応が頭に引っ掛かっていたが、その理由は後で文彦から聞き出す以外にない。

斉藤に次いで岸田検事が再び尋問に立ち、文彦がメイに息があるかどうかを確かめなかったのは近くで見ればメイが完全に死んでいると見極めがついたからではないか、また、メイが息を吹き返さないうちにと文彦がリャンを急《せ》かしたのもメイが生きているようにリャンに思わせるためだったのではないか、と質した。

それらの質問は、そうした可能性があることを判事たちに示したかっただけなのだろう。リャンが〈よくわからない〉、〈そんなことはないと思う〉と答えても、それ以上追及することはなかった。

最後に裁判長が一点、左陪席判事が二点、確認のための質問をし、第二回公判は終了した。

今回で検察側が請求した証人尋問は済んだので、次の公判からは被告・弁護側の請求した証人尋問になる。そのため佐和子は、いずれはタミヤを証人として喚《よ》ぶ必要が出てくるかもしれないと思いながら、文彦が殺人を犯すような人間ではないことを示すための証人（情状証人）二人の喚問を請求した。

判事、検事、弁護人三者の予定を調整し合い、次回第三回公判は三月三十日に開かれることが決まった。

7

翌日、佐和子はさいたま家裁での仕事を済ませてから拘置所へ回り、文彦に接見した。

用件は二点あった。

一点は、三百万円の行方と振り込め詐欺の協力者についてあらためて尋ねることであり、もう一点はタミヤについて質すことだった。

十日ほど前、佐和子は「文彦の協力者」について調べるため、悠子に電話して文彦の交友関係について尋ねた。詐欺に手を貸そうというからには、文彦とはかなり親しくしていた友人か知人にちがいない、と考えられたからだ。

だが、悠子は息子の交友関係について何も知らなかった。文彦は、大学に入ってからだけでなく、中学・高校時代も友達を家へ連れてきたことが一度もなく、家族の前で友達の誰彼の話をしたこともほとんどないのだという。

――あの子、内気で気弱だから、友達らしい友達がいなかったんじゃないかと思うの。

悠子が困惑したように言った。

――うちの昇とは、結構冗談なども言い合っているみたいだったけど。

――昇ちゃんは別よ。小さいときから一緒に遊んでいたから。

――じゃ、文彦さんがお祖母さんに電話したときに手伝ったのは友達じゃなかったのかしら？

――文彦が声音をつかい分けたという話は信じないわけね。

――仲根先生の奥様は、あれは絶対文彦さんの声じゃないとおっしゃっているし、私は文彦さんが何らかの理由から事実を隠しているように思うの。

――じゃ、サワちゃんが前に言ったように、文彦が引ったくられたと言っている三百万円も、そのとき文彦を手伝った人に持ち逃げされたのかもしれない？

――ううん、どう考えたらいいのか、よくわからないの。それだと、文彦さんが私たちに本当のことを話さない理由の説明がつかないし……。ただ、その人が三百万円の行方に何らかのかたちで関係しているんじゃないかとは思ってるの。

佐和子は昇の推理には触れなかった。話しても悠子の頭を混乱させるだけだろうと思ったからだ。

――だから、その人を突き止めて話を聞きたいと思っているんだけど……。

――その人と、三百万円がどうなったかがわかれば、裁判、文彦に有利になるの？

――正直言って、わからない。でも、三百万円は文彦さんがメイさんの命を奪ってしまった動機に密接に関係しているわけだし、思いもよらない道が拓《ひら》ける可能性はあるわ。

――サワちゃんがそう言うんなら、私もできるかぎりのことをするけど、どうしたらいい――い？

――文彦さんの大学にはクラスってあるのかしら？

——さあ……。

——もし名簿のようなものが手に入れば、文彦さんに親しい友達がいたかどうか、調べる手掛かりになると思うんだけど。

——名簿なんて見たことがないけど、とにかく二、三日のうちに文彦の部屋へ行って捜してみるわ。

文彦が住んでいた芳沢市のワンルームマンションはいまも元のままになっていた。悠子は部屋がなくなってしまうと文彦が帰ってこないように思えるらしく（憲之は無駄だと言っているようだが）、引き払う決心がつかずにいたのだ。

悠子は佐和子と話した翌々日、芳沢市まで来て、文彦の部屋を捜してくれた。が、元々存在しなかったのか、それとも家宅捜索されたときに押収されてそのままになっているのか、クラスの名簿も住所録の類《たぐい》も見つからず、文彦の協力者捜しは行き詰まった。

というわけで、結局文彦の口から聞き出す以外に手がなくなり、佐和子はその後も一度文彦を訪ね、仲根加代に電話したときの協力者と三百万円に関して事実を話してほしい、と繰り返していたのだった。

佐和子は接見室で文彦と向き合うと、

「今日こそ本当のことを話してもらおうと思って来たの」

と、切り出した。ここに座って同じ言い方をしたのはこれで何度目だろう、と思いながら。

文彦は相変わらず何も応えない。視線を佐和子の手のあたりに向け、身体を硬くしていた。

このままではまた同じ結果になりそうだ。

佐和子はそう思ったので、とにかく文彦の緊張を解こうと、

「昇がね」

と、殊更《ことさら》軽い調子で言った。「三百万円は引ったくられたのでも持ち逃げされたのでもなく、文彦さんがお祖母さんに電話したときの協力者に預けたんじゃないかなんて……」

文彦が思わずといった感じで顔を上げ、佐和子を見つめた。

その反応に、佐和子は「言っているんだけど」とつづけようとした言葉を呑み込んだ。

「そうなの？　そういうことなの？」

意気込んで質した。

「何がですか？」

文彦は佐和子から視線を外し、惚《とぼ》けた。

「いま言ったこと……三百万円は協力者に預けたというのは当たっていたの？」

昇と話したように、その考えには大きな難点があった。だから、前回の接見のときには触れなかったのだが……。

「まさか！」

文彦がさも呆《あき》れたという顔した。

「でも、文彦さん、いまとてもびっくりしたみたいだったわ」

「それは、昇君があんまり突飛なことを言ったからですよ」

文彦は嘘をついている、と佐和子は思った。

だが、問い詰めても、そもそも協力者なんていないのに預けられるわけがないと彼は言い張った。

佐和子は「そう」と引いた。

中《あた》らずと雖《いえど》も遠からず――。考えるためのヒントが得られたことで佳《よ》しとしたのだ。

その後、佐和子はタミヤに関する質問に移った。

それについても文彦から納得のいく説明は聞けなかった。

――自分と同じようにリャンを好きなタミヤという客がいると聞いていただけで、会ったことはない。ヌイの口からタミヤの名前が出たとき、もし自分が驚いたように見えたとすれば、それはずっとライバルだと思っていた人の名を突然聞いたからだと思う。

文彦はそう言った。

一応もっともらしい説明だが、佐和子は、文彦はタミヤとの関わりについても何か隠しているのではないかという疑いを拭いきれなかった。

ただ、そう疑っても、二人の間にいかなる関わりがあり、文彦がなぜそれを隠さなければならないのか、は想像がつかなかったが……。


その晩、佐和子は芳沢市へ行き、タミヤについての情報を得るため、森山真紀が住んでいるマンションを訪ねた。

真紀は現在「マキ」を閉め、何もしていない、と聞いていたからだ。

事件の前、真紀はタイやフィリピンから来た女性をホステスの名目で店内に待機させ、売春を斡旋《あっせん》していた。半ば公然と。が、メイが殺され、店の実態が明るみに出たため、いまは頭を低くして鳴りをひそめているらしい。裁判が済んで事件のほとぼりが冷めたら、たぶん、また別の場所で同様の店を開くために。

今度の事件の根底には、人身売買の問題と売春防止法の問題がある。しかし、人身売買についてはまだ法律が整っていないし（注・人身売買罪が刑法に創設されたのは二〇〇五年七月）、売春防止法もあってなきに等しい。

警察は真紀とマキの実質的な経営者だった暴力団員・梅原加久男《うめはらかくお》を売春防止法違反（周旋、管理売春）容疑で一応は取り調べたようだ。が、梅原は自分は店の経営に一切タッチしていないと逃げ、真紀も、たとえ客とホステスの間で売春が行なわれていたとしても当人たちが勝手にしたことで店も自分も与《あずか》り知らない、と容疑を否認したらしい。そのため、警察と検察は証拠不十分で立件できず――複数のホステスたちの証言があるのに証拠不十分とはおかしな話だが――、起訴が見送られたのだった。また、詳細は不明ながら、入管法違反〈不法就労助長〉容疑に関しても不起訴処分になったらしい。

真紀は、佐和子の突然の訪問に険《けわ》しい顔つきで応対した。

が、佐和子がタミヤについて聞きたいと告げると、自分に関する用件で来たのではないとわかったからか、多少表情をやわらげ、居間へ上げた。

佐和子と昇が住んでいる古いマンションと違い、居間は二十畳分ぐらいの広さがあり、豪華なペルシャ絨毯《じゅうたん》の上にヨーロッパ風の大型応接セットが配されていた。

妹と一緒に住んでいると聞いていたが、不在なのか、真紀が自分で紅茶を淹《い》れてきた。

「田宮さんが、メイの殺された事件に何か関係してるんですか？」

真紀は佐和子と自分の前にソーサーに載ったティーカップを置くと、どことなくぞんざいな調子で聞いた。

　痩せた、目が異様に大きな女性だった。誰か訪ねてくる予定になっているのか、いつもそうなのか、濃い化粧をし、一目で高級品とわかるウールの部屋着をゆったりと着ていた。

「まだわかりません」

　と、佐和子は答えた。

「それじゃ、何で田宮さんのことを……？」

「事件の日、ヌイさんが、スーさんと一緒に買い物から帰ってくる途中で田宮さんと思われる人を見た、と言ったからです」

「じゃ、事件が起きたころ、田宮さんも風見荘の近くへ行っていた？」

　真紀が不審げな顔をした。

「いまのところ、その可能性があるというだけですが」

「そう……」

「それで伺いたいんですが、田宮さんのフルネームをご存じですか？」

　佐和子は質問に入った。

「さあ、知らないわ」

　と、真紀が首を横に振った。

「どこに住んでいるかは？」

「うちへ来ていたころは芳沢市内だって言ってたわね。車がないらしく、タクシーで来ていたわ」

「仕事は何をしていたんでしょう？」

「雑誌などに記事を書いているという話だったけど……」

その話が事実なら、フリーのジャーナリストだろうか。

「年齢と体付きは？」

「ちょっと見たところ五十過ぎに見えないこともなかったけど、実際は四十を三つ、四つ超したぐらいじゃないかしら。体付きは中肉中背ね」

それなら、三時半ごろ風見荘の北側で目撃された男の年齢、体付きとも重なっていた。

「石崎文彦さんの場合、リャンさん以外のホステスさんに目もくれなかったようですが、田宮さんはいかがですか？」

「田宮さんも相当リャンに熱を上げていたわね。石崎ほどじゃなかったけど」

文彦は商売を台無しにした張本人だからだろう、真紀は呼び捨てにした。

「リャンさんが店にいなかったとき、田宮さんはどうしたんでしょう？」

真紀が一瞬警戒するような目つきで佐和子を見返してから、

「そういうことは一度もなかったように思うわ」

と、言葉を選ぶようにして答えた。

「石崎さんと田宮さんがお店で鉢合《はち》わせしたことはありませんか?」

「二回ぐらいあったかしらね」

二回も――。文彦は、田宮に会ったことはないと言ったのだが……。

「二人が鉢合わせしたときの状況を話していただけませんか」

「田宮さんが先にいらしてたところへ石崎が来て、それじゃまたって、すぐに帰ったんだったと思うけど」

「そうしたとき、石崎さんは田宮さんを、田宮さんは石崎さんを、リャンさんの客だとわかっていたんでしょうか?」

「わかってたわ」

「つまり、お互いに顔は知っていたわけですね?」

ええ、と真紀が肯定した。

二人が顔見知りだったか否《いな》か、真紀には嘘をつく理由があるとは思えない。

ということは、文彦が嘘をついたのだ。

なぜだろう、と佐和子は思った。田宮との間に何もなかったら、事実を話したところで不都合はなかったはずなのに。

そう考えると、文彦と田宮の間には何かがあった、という答えが出てくる。文彦はそれを佐和子に知られたくなかったために、嘘をついた——。

ただ、この想像が当たっていたとしても、二人の間に何があったのかは皆目見当がつかない。さらには、それが事件に関係しているのかいないのか、もし関係しているとしたら、どこでどのように関係しているのか……。

それらの疑問を解くには田宮という男に会う必要があった。

捜し出すための手掛かりは多くない。だいたいの年齢と容姿の他には、本名かどうかもわからない田宮という姓と、少なくとも去年の秋ごろまでは芳沢市内に住んでいたらしいということ、それにフリーのジャーナリストらしいということだけである。

家に帰ったら、インターネットの検索エンジンをつかって「田宮ＡＮＤジャーナリスト」で調べてみるつもりだが、そこから何も手掛かりが得られなかったら、あとは私立探偵に依頼する以外にないだろう。

そうやって、たとえ田宮という男を捜し出せたとしても、こちらの聞きたいことを話してくれるという保証はない。もし事件に関係していたら、尚更《なおさら》である。ただ、それならそれで調べる必要があった。

佐和子が礼を言って腰を上げかけたとき、

「あ、田宮さんの名前、思い出したわ」

と、真紀が言った。

佐和子は相手の顔に目を戻し、話し出すのを待った。

「確か、田宮三郎って言ったと思うわ」

「田宮三郎ですか……」

「昔の話だけど、田宮二郎っていうイケメンの俳優がいたでしょう？　それより俺のほうが一つ多いから偉いんだ、と笑いながら話していたのを思い出したの」

姓だけでなく氏名がわかれば、手掛かりの度合はかなり大きくなる。

佐和子は、真紀が暴力団と組んで（あるいは暴力団の手先になって）してきた悪事、非道を赦《ゆる》すことはできない。が、それはそれとして、貴重な情報をくれた彼女に礼を述べ、豪華な居間をあとにした。

マンションを出て、これで田宮三郎を捜し出せればいいのだが、と思ったとき、

――振り込め詐欺の協力者はもしかしたら田宮ではなかっただろうか。

という考えが浮かんだ。

これまでのところ、文彦の詐欺行為に協力しそうな友人、知人は見つかっていなかったし、もし田宮が文彦の協力者だったとすれば、文彦が田宮に会ったことがないと嘘をついた理由の説明もつく。

――ううん、でも、少し短絡的かもね。

佐和子は首を振って自分の考えに異議を差し挟み、駅へ向かって歩き出した。

と、つい数日前までの肌を刺すような夜気に代わり、心地よい風が頬《ほお》を撫でた。毎日、時間の経過だけに注意を奪われ、季節の移り変わりに気持ちを向ける余裕がなかったが、来週の週末は彼岸。当然のことながら、今年もまた春が巡ってきたのだと佐和子は思った。

8

週明けの十四日の午後、佐和子は東京地裁へ行った帰り、地下鉄を乗り継いで神田《かんだ》神保町《じんぼうちょう》へ回った。

すずらん通りから南へ入って、インターネットから印刷してきた地図を頼りに六、七分歩き回り、小さな雑居ビルの入口に「晴朗書房」の文字を見つけた。

コンクリート打ち放しの階段を三階まで上り、一つしかないドアをノックしたが、応答がない。ちょっと待ってから、「失礼します」と言ってドアを引き開けた。

雑誌や古新聞や段ボール箱などが山と積まれた物置のような部屋の中央で、男がひとり電話していた。

四十前後の髭面《ひげづら》の男だ。

男は一度だけちらっと佐和子に視線を向けたものの、ほとんど気にとめた様子はない。机の上に投げ出した脚もそのままだった。

男は大声で笑ったりお愛想を言ったりして五分ほど話し、やっと電話を終え、机から脚を下ろした。それから、佐和子に初めて気づいたかのような顔を向け、

「あんた、誰？」

と、聞いた。

「弁護士をしている村地佐和子と申します」

佐和子は名乗り、軽く頭を下げた。

「弁護士さん？　へー……」

意外だったのか、男が少し興味を引かれたような声を出したが、すぐにその目に警戒するような色が浮かんだ。

「で、弁護士さんがうちに何の用？」

男は立ち上がり、荷物の間を佐和子の前まで来た。

「ちょっと教えていただきたいことがあって参りました」

「訴訟の件とかでなくて？」

「はい」

「そう」

男の髭面がなごんだ。この出版社が出している「実話と芸能」は、ヌードグラビアと各界著名人の噂話《うわさ》やスキャンダル、風俗情報などで構成された週刊誌らしいから、誰かに訴えられることがあるのだろう。

「それで、どんなこと、教えてもらいたいって？」

「フリーのジャーナリストだと思われる田宮三郎さんに関してなんですが……」

森山真紀から田宮のフルネームを聞いた先週の金曜日、夜、佐和子が風呂に入っている間に昇がグーグルをつかって「田宮三郎」について調べてくれた。すると、

〈……六年前、「実話と芸能」誌にこの記事を書いた田宮三郎氏は……〉

と、一件だけ引っ掛かってきたのだった。

「田宮三郎？」

髭面が怪訝《けげん》な顔をした。

「ご存じありませんか？　こちらで発行されている『実話と芸能』誌に以前寄稿されていた方ですが」

「以前……ああ、そうか！　田宮なんて言うからわからなかったが、彼なら、小田丈児という名でいまでもうちの雑誌に書いてますよ」

「オダジョージというのは、田宮さんのペンネームですか？」

「そう。もっとも田宮三郎もペンネームだけどね」

「田宮さんというのもペンネームなんですか？」

佐和子は思わず聞き返した。その可能性もあるとは考えていたが……。

「昔つかっていた、ね」

「では、本名は？」

「ちょ、ちょっと待ってください」

男が掌《てのひら》を佐和子のほうに向け、表情を引き締めた。「ご存じのように、個人情報をうっかり漏らしたりするとヤバいですからね。まず、あなたの名刺をくれませんか。そして、どうして小田丈児のことを知りたいのか、理由を話してくれませんか。それを聞いたうえで、教えても問題がないと判断したら、教えますから」

「失礼しました」

と佐和子は詫《わ》び、男に名刺を渡してから事情を説明した。

事情といっても、具体的な事件の内容は明かせない。だから、自分が弁護人を務めているある事件に関係して参考までに田宮三郎と名乗っていた人から話を聞きたいのだ、と言った。

「彼がその事件に関係していた可能性があるんですか？」

男が聞いた。

「たぶんないと思いますが、はっきりしたことはわかりません」

メイの殺された件に田宮が直接関係している可能性はおそらくないだろう。たとえ彼が文彦の振り込め詐欺の協力者で、三百万円の行方に関わっていたとしても。が、金庫にあった四百数十万円が盗まれた件に関係している可能性はある。

「では、彼に会って話を聞けば、村地さんの依頼人にとって有利な材料が得られそうなんですか？」

「正直言って、それもわかりません。ただ、弁護士として、可能性が少しでもあればそれを追求したいんです」

金庫の金を盗んだのがもし田宮なら、文彦にとってこれ以上有利な材料はない。

「田宮さんの本名と連絡先を教えていただけませんか」

佐和子はあらためて頼んだ。

「困ったな」

男が迷っているらしい顔をした。「いま聞いただけの話では、教えていいのかどうか判断がつかない」

「お願いします。けっしてご迷惑はかけません」

「迷惑をかけないと言われても、万一彼が私の行為を問題にした場合、厄介なことになりますからね」

「こちらで伺ったとは言いません。どうして本名や電話がわかったのかと聞かれたら、探偵に依頼して突き止めたと話します」

「そうですか。じゃ、本名と携帯電話の番号だけ教えます。去年の秋に埼玉から東京に引っ越したとかで、実は私も新しい住所は知らないんです」

去年の秋、埼玉から東京に引っ越した——。

その話は佐和子の胸を騒がせた。

事件の後で芳沢市から逃げた可能性があるからだ。

佐和子がアタッシェケースから手帳を取り出している間に、男が机に戻って携帯電話を取ってきた。

「本名は鏑木恭一です。鏑木は鏑矢の鏑に樹木の木、恭一は恭《うやうや》しくの恭に漢数字の一と書きます」

男は田宮の本名を告げ、その漢字を説明した。それから携帯電話のフラップを開き、

「次は電話番号ですが……」

と、登録してある番号を読み上げた。「〇九〇‐三八七九‐一七××です」

佐和子は晴朗書房を出て地下鉄神保町駅へ向かって歩きながら、

——さて、どうするか。

と、考えた。

田宮三郎こと鏑木恭一の連絡先はつかめたものの、携帯電話の番号だけで、東京のどこに住んでいるかはわからない。ここで安易に電話すればせっかく繋《つな》がった細い糸が切れてしまうおそれが多分にある。それを回避するには、どう名乗り、何と言ったらいいのか。

佐和子は、これといった方法が思い浮かばないまま、鏑木と早く話したいのを我慢して帰宅した。

なおも考えながら夕食の支度をしていると、悠子から電話がかかってきた。

土曜日の夜、森山真紀に聞いた話を電話で知らせたとき、月曜日に晴朗書房を訪ねてみるつもりだと言っておいたので、田宮の連絡先はわかったかと聞いてきたのだ。

本名と携帯電話の番号はわかったが住所まではわからなかった、と佐和子は答えた。

「本名って？」

「田宮三郎というのはペンネーム……それも昔つかっていたペンネームで、本名は鏑木恭一というんですって。鏑という字は……」

「えっ、鏑木恭一？」

佐和子が漢字の説明をするより先に、悠子がびっくりしたような声を出した。

「知っているの？」

佐和子も驚いて聞き返した。

「うん」

と、悠子が緊張した声音で肯定した。

「どういう人？」

「姉を車で撥《は》ねた人」

悠子がさらりと言ったが、佐和子は息を呑んだ。

「一九八〇年のことだから、もう二十五年前になるわね」

「ということは、そのころ、ご主人と東京の大学で一緒だったという……？」

悠子の姉の命を奪った相手について、佐和子はそう聞いていた。

「そう」

「で、その鏑木という人に最近会ったことあるの？」

「ないわ。最近どころか、一度も。刑務所を出て一度だけお線香を上げに来たとき、私は学校へ行っていていなかったし」

「ご主人はどうかしら？」

「会っていないと思う。結婚する前のことは知らないけど、私と結婚してからは一度も会っていないんじゃないかしら」

「お姉さんと鏑木という人の関わり、文彦さんは知っているの？」

「知らないと思うわ。姉が亡くなったのは文彦が生まれる五年前だし、文彦や美希には伯母さんは交通事故で亡くなったとしか話してないから」

「じゃ、当然、伯母さんを撥ねた人とお父さんが友達だったということも知らないわね？」

「うん」

「ただ、文彦さんは知らなくても、鏑木という人のほうは文彦さんの素性を知っていた可能性はあるけど」

「もしそうだとしたら、どうなるの？」

悠子が不安そうに聞いた。

「これまで表に出てきていない事柄が事件に関係しているかもね」

「いったいどういう事柄かしら？」

「私にも想像がつかないけど……。それより、お姉さんが亡くなった交通事故というのはどういう事故だったの？」

佐和子が念のために聞いた。

「交差点を右折してきた鏑木という人の車が横断歩道を渡ろうとしていた姉を撥ねた、という単純な事故。鏑木という人の不注意なんだけど……。ただ、車はスピードを出していたわけではないし、普通なら軽い怪我《けが》程度で済んだはずなの。ところが、不運にも、倒れた拍子に姉は縁石《えんせき》に頭を強くぶつけたのね。救急車で病院へ運ばれたときはもう意識がなく、そのまま亡くなったという話。私にはよくわからないけど、死因は中心性脳損傷ということだったわ」

「鏑木という人はその場で逮捕されたわけね？」

「そうみたい」

「ユッコちゃんのご主人とお姉さんは知り合いだったわけでしょう。ということは、鏑木という人とお姉さんも知り合いになる直前だったらしいわ」

「主人の話だと、知り合いになる直前だったの？」

「知り合いになる直前？」

「主人が二人を引き合わせ、三人でドライブに行こうとしていた矢先の出来事だったらしいの。事故が起きたのは京王線の聖蹟《せいせき》桜ヶ丘《さくらがおか》という駅に近い国道だそうだけど……だから主人もそのとき現場から三百メートルぐらいしか離れていないファミリーレストランにいたんですって。救急車のサイレンの音を聞いても、初めは、まさか姉たちの事故だとは夢にも思わずに」

「それじゃ、お姉さんと鏑木という人は、ご主人と待ち合わせたファミレスへそれぞれ急いでいるとき、事故の被害者と加害者になってしまった？」

「そういうことらしいわ」

　悠子の姉はもとより鏑木にとっても不幸な偶然であり、事故そのものに特に問題になる点はないようだった。

「ところで、ご主人はいま、いらっしゃるの？」

憲之が家にいたら話してみたいと思い、佐和子は聞いた。

「商工会の寄り合いに行って、まだ帰っていないの。……そうか、主人なら、田宮という人が鏑木恭一だったと聞けば、何か思い当たることがあるかもしれないわね」

「うん」

「じゃ、帰ったら、いまサワちゃんに聞いた話をして、聞いてみるわ。それで何かわかったら電話する」

と、悠子が言った。

悠子との話を終えて三十分ほどしたとき、昇が予備校の春期講習から帰ったので、佐和子は食事をしながら、田宮三郎こと鏑木恭一について話した。

昇は、鏑木が文彦の伯母を車で撥ねて死なせた男だったと聞き、非常に驚いた様子だった。珍しく、箸と口の動きが止まった。

「もしかしたら、今度の事件には、まだ表に出てきていない事柄が関係しているんじゃないかと思うの」

佐和子は、自分の考えというよりは勘を述べた。

それに対しては、昇は「そうかもな」と同意した。が、〝携帯電話の番号という糸だけで繫がっている鏑木にどう接触を図ったらいいのか〟という佐和子がいまもっとも頭を悩ましている問題に関しては、彼にもこれといった考えが浮かばなかったらしい。

「ま、勉強の合間に考えておいてやるよ」

と、もったいぶって言い、食べ終わるとさっさと自分の部屋へ引き揚げてしまった。

それから十二時過ぎまで、佐和子は悠子からの電話を気にしていたが、結局、呼び出しのメロディーは鳴らなかった。

9

翌々日の午後、佐和子は文彦に接見した後で三鷹まで行き、久しぶりに古巣の仲根・前沢共同法律事務所を訪ねた。

仲根に会いに行ったのである。

佐緒里の亡くなった事故の後、憲之がアメリカへ行っている間に仲根が鏑木に一、二度会っているはずだ、と聞いたからだ。

それを知らせてきたのは悠子だった。

昨日、佐和子がさいたま地裁川越支部の玄関を出て昼食に行こうとしていたとき、悠子から電話がかかった。悠子は、昨夜は憲之の帰りが遅かったので……と電話しなかったことを詫びてから、言った。

――鏑木さんが文彦と関わりがあったかもしれないと聞いて、主人もすごくびっくりしていたわ。でも、姉が亡くなった後、鏑木さんとは一度も会っていないし電話で話したこともない、と言うの。だから、サワちゃんに話すようなことは何もないって……。

――そう。

前夜悠子から電話がなかったことで、たいした話は聞けなかったのだろうと思っていたものの、佐和子はがっかりした。

と、悠子が、憲之の話として〝仲根が鏑木に会っている〟と言ったのである。

――ただ、お義父《とう》さんにしてもそれきりのはずだから、何も知らないだろう、とは言っていたけど……。

文彦が起訴された後、佐和子は仲根と何度も会い、文彦の弁護をいかに進めるか、斉藤と三人で協議した。が、裁判が始まってからは、公判が開かれた日に短い時間話し合う程度だった。だから今回、他のいくつかの点も仲根に相談しようと思い、電話で済まさずに訪ねたのだ。

本箱と資料棚に三方を囲まれた狭い応接室は、佐和子がいたころとちっとも変わっていなかった。佐和子が入口に近いほうのソファに掛け、茶を運んできた事務員の大塚元子と言葉を交わしていると、仲根が入ってきた。

彼は、立ち上がろうとした佐和子を制し、

「どう、懐かしいかい？」

と笑いかけたが、その顔色は悪く、表情も冴《さ》えなかった。文彦を殺人の罪から救い出すための決定的な手立てが見つからないからだろうか。

佐和子も「はい」と笑みで返したものの、仲根や悠子の期待に応えられない自分の非力に歯痒《はがゆ》さを感じた。

仲根がローテーブルを挟んで佐和子の前に掛けた。一目で仕立ての良さがわかるスーツをすっきりと着ていた。いつもよれよれのズボンをはき、上着のポケットを大きくふくらませている斉藤とは大違いだ。かつて二人は共に学生運動の闘士だったというが、現在の仲根は年齢相応の落ち着きと味を感じさせる温厚な紳士、片や斉藤は相変わらず〝熱血青年〟の面影をとどめていた。

仲根が、元子の置いて行った彼専用の大きな湯飲みを取って茶を一口啜《すす》ると、真剣な目を佐和子に当て、鏑木の件なら昨夜憲之から電話があったと言った。

憲之か悠子から当然連絡がいっているだろうと思っていたので、佐和子はそうですかと応えた。

「妙な因縁に驚いている」

仲根の顔は単に驚いているというだけでなく、困惑しているように見えた。

「事件の後、鏑木さんが芳沢市から東京へ引っ越し、携帯電話の番号しかわからないことなども憲之さんから聞かれましたか？」

聞いた、と仲根が答えた。

それなら、話が早い。

佐和子はさっそく本題に入った。

「先生も鏑木さんにお会いになられたことがあるとか……？」

仲根がうんとうなずいた。

「鏑木は禁錮六カ月の実刑判決を受けて服役していたんだが、四、五カ月して仮出所した直後に一度だけ会った。その少し前にアメリカへ行った憲之から、力になってやってほしいと頼まれていたんでね」

「何か、具体的に力になられたんでしょうか？」

「当座の生活費を貸してやった」

「おいくらぐらい……？」

「確か、五十万円だったかな」

五十万円と言えば、大金だ。

「鏑木さんはそのお金で生活を立てなおし、復学するか働き始めるかしたんでしょうか？」

「さあ、わからない。それきり会っていないから。しばらくして、電話で一度ぐらいは話したかもしれないが、とにかく会ったのは一度だけだ」

「貸されたお金はどうなったんですか？」

「そのままだ」

「つまり、返されていない？」

「うん。僕のほうもあまり当てにしていなかったし……」

五十万円もの金を、返されないかもしれないと思いながら貸した——。

その事実に佐和子は引っ掛かった。相手が息子の友達であっても、普通そこまでするだろうか。

では、もし普通でないとしたら、どういうことか？　何かそこに特別の理由があったとしか考えられない。

「失礼ですが、先生には、鏑木さんのためにそこまでしてやる理由がおありだったんでしょうか？」

「僕にはないが、憲之にあったんだよ。悠子さんから聞いたと思うが、事故は、憲之が鏑木と佐緒里さんを引き合わせようとしていた直前に起きたんだ。だから、事故そのものに対する責任はなくても、憲之は気持ちのうえで負い目を感じ、決まっていたアメリカ留学を中止するつもりだった。それで僕が、出所した鏑木君のことは困らないようにするからと言い、予定どおり憲之をアメリカへ行かせたんだよ」

佐和子は、わかったようで、いまひとつすっきりしなかった。仲根が何かまだ隠しているような気がした。

といって、これ以上、仲根と憲之のプライバシーに踏み込むわけにはいかない。

「そうだったんですか」

と引き下がり、文彦の事件の周辺に鏑木がいたという事実をどう考えるか、と尋ねた。

「僕にもわからない」

と、仲根が首を横に振った。

「文彦さんと鏑木さんが共にリャンさんを好きになったのは偶然だったかもしれません。でも、事件があった日の鏑木さんの動きが偶然だったとは思えないんです」

「ヌイさんがスーパーから帰ってくる途中で見たのは鏑木に間違いない、村地さんはそう考えるわけだね？」

「はい。それと、事件が起きた日の午後三時半ごろ、風見荘の北側にある物置小屋の横で目撃された四十代ぐらいの中肉中背の男、あれも鏑木さんだったのではないかと考えています」

「確かに年格好は似ているようだが……もしそうだったとすると、どうなるのかね？」

「金庫のお金の行方に関係しているんじゃないでしょうか」

「鏑木が金庫の金を盗んだ？」

「一つの可能性ですが……。ただ、そう考えると、事件の後、逃げるように芳沢市から引っ越した事実はうまく説明がつきます」

仲根が「そうか」とつぶやき、何かを考えているような目を宙にやった。

「それから、文彦さんが先生の奥様に電話したときの協力者も、もしかしたら鏑木さんではなかったか、と……」

「しかし、文彦は協力者などいないと言っているわけだ」

「ええ。今日もここへ来る前に会ってきたのですが、相変わらずでした。ですが、先生もご存じのように、電話の途中で代わったドスの利いた声は文彦さんの作り声ではなかった、と奥様は断言しておられます」

「だからといって、それが鏑木だったとは言えないと思うんだが」

「そうですが、鏑木さんがもし文彦さんの協力者だったとすれば、事件が起きたとき、風見荘の近くにいた事実の説明もつくように思えるんです」

「どういうことだろう？」

「文彦さんがメイさんを訪ねる予定になっていたのを、文彦さんから聞くか、あるいは探り出していたのではないでしょうか」

「なるほど。で、文彦は、鏑木について何と言っているんだね？」

「マキで顔を合わせたことぐらいはあったかもしれないが、話をしたことはない、と言っています。先週の金曜日に訪ねたときは会ったこともないと言ったのですが、今日、森山真紀から聞いた話をぶつけると、そう言い換えたんです。私は、二人の間に何らかの関わりがあったのは確実だと考えています」

「文彦は嘘をついているか……」

「私はそう思いますが、先生はどう思われますか？」

「僕もその可能性が高いとは思うが、その場合、文彦はどうして鏑木との関係を頑《かたく》なに隠すんだろう？」

「わかりません。ただ、引ったくられたと言っている三百万円の行方に関係している可能性が考えられます」

文彦に〝三百万円は協力者に預けたのではないか〟と質《ただ》したとき、彼が見せた反応について、佐和子は話した。

「三百万円を協力者に預けたね。だが、それも解せない」

仲根が首をかしげた。

「そうなんですが……」

「村地さんの考えはわかったが、これからどうしようと思っているのかね？」

「鏑木さんに会って話を聞きたいと思っています。鏑木さんが事件に関わっていたら、本当のことを聞き出すのは難しいでしょうが、会わないであれこれ想像を巡らしていても前へ進めませんから」

　仲根がまた考えるような目をした。

「ただ、鏑木さんに会うといっても、携帯電話の番号しかわからないので、安易に接触を図って連絡の取りようがなくなってしまったら、元も子もありません」

　それで、どうしたらいいか思案しているところなのだ、と佐和子は言った。

「なるほど」

「ついては、先生のお知恵を拝借できないかと……」

「うーん……」

「すみません。いつもご面倒ばかりお掛けして」

「それはかまわない。文彦のためだし、村地さんに弁護人をお願いしたときの約束だから。ただ、僕にも良い方法なんて簡単に浮かびそうにない」

　それはそうだろう、と佐和子も思う。話を聞いて仲根にすぐに答えが出せるような問題なら、自分にだってそれなりの策ぐらいは浮かんだだろうから。

そう思いながらも、佐和子が少しがっかりしていると、

「うまくいくかどうかはわからないが、こうしたらどうだろう？」

仲根が言った。

佐和子は、黙って相手の目と口元を見つめた。

「村地さんが鏑木に接触する前に、憲之に電話させるんだ」

仲根がつづけた。「長い間付き合いがなかったといっても、二人はかつての友達だ。憲之が、息子の刑を少しでも軽くするために力を貸してほしいと頼めば、鏑木は自分が罪に問われない範囲で知っていることを話してくれるんじゃないだろうか。そのとき住所を聞いておけば、後で村地さんが連絡を取って会うこともできる。これでどうかね？」

「結構です。ありがとうございます」

と、佐和子は膝に両手を置いて頭を下げた。それなら、鏑木も無下に電話を切ってしまうわけにはいかないだろう。

鏑木がどこまで話すかは予測がつかない。が、とにかくこれで一歩前へ進めそうだ、と佐和子は思った。

しかし、翌日の晩、仲根からかかってきた電話は佐和子の期待を裏切るものだった。

一歩どころか半歩も前へ進めさせてくれなかった。

憲之が鏑木に電話して名乗ると、鏑木はかなり驚いたようだ。二十五年間音信のなかった昔の友人から突然電話がかかってきたのだから、当然だろう。その後、二人の間にどのような会話が交わされたのか、詳細は仲根も聞いていないのでわからない、という。

ただ、憲之が述べた用件に対しての鏑木の返答は次のようなものだった。

――文彦が憲之の息子だなんて、いまのいままで知らなかった。また、事件が起きたとき、自分は風見荘の近くへなど行っていないし、事件とは一切関わりがない。だから、話すことは何もない。

憲之は、とにかく一度自分と会ってくれないかと申し入れ、住所を教えてほしいと頼んだ。

だが、鏑木は、今更会いたくないし会ったところで同じだと言い、住所も教えなかったのだという。

10

昨夜は緊張してろくに眠れなかったし、浦和《うらわ》駅で電車を降りてからも何度か胸のあたりが苦しくなった。そのたびに潔は自分を励まし、川越少年刑務所さいたま拘置支所まで歩いてきた。

その後も緊張はつづいていたものの、拘置所の門を入ってからは気持ちが定まった。石崎文彦の口からきちんと聞いておかなければならない、と――。

面会は思っていたよりも簡単だった。申込書に住所氏名などの必要事項を書いて窓口に出し、待合室で四十分ほど待っていると順番がきて、狭い部屋で文彦に会うことができた。会うといっても、檻《おり》の内と外とに隔《へだ》てられていたし、立会人なしで接見できる弁護士と違い、看守がそばに付いていたが……。

文彦に会いに行こうかどうしようか、と潔が考え始めたのは数日前である。このまま裁判が進み、殺人であれ傷害致死であれ、文彦に有罪の判決が下されたら自分は後悔するかもしれない、と思ったのだ。とはいっても、なかなか決心がつかずに迷いつづけ、やっと昨日になり、

――よし、明日行こう。

と、決めたのだった。

潔は、孔のあいた樹脂板の向こうに文彦が腰を下ろすのを待ち、

「元気か？」

と、声をかけた。

こんなところに入れられて元気なわけがないだろうと思ったものの、他に適当な言葉が思い浮かばなかったのだ。

文彦がうなずき、「来てくれてありがとう」と言った。

「今日、俺が来たのは、おまえに本当のことを聞きたかったからなんだ」

面会時間がかぎられているので、潔は前置きなしに本題に入った。

文彦の肩のあたりがふっと強張り、身構えるような表情をした。同時に、立ち会いの看守も耳をそばだてたようだったが、潔はかまわずにつづけた。

「ラスコーリニコフの魂は、聖なる娼婦ソーニャによって救われた。だから、おまえは、ソーニャを救ったキリストになろうとしているんじゃないのか?」

一瞬、文彦の目の中を動揺の色がよぎったように感じられた。

潔の言わんとしたことの意味が通じたようだ。意味が通じただけではない。潔の想像が当たっていたにちがいない。

しかし、文彦は潔からさりげなく視線を逸らして首をかしげ、

「きみが何を言っているのか、僕にはわからない」

と、答えた。

「わからないわけがないだろう。それじゃ、お祖母さんから借りた、、、三百万円はどこへ消えた? 口座から引き出して帰る途中で引ったくられたなどという作り話ではなく、

俺に納得できるように説明してくれ。俺にはそれを聞く権利があるはずだ」

そう、俺の権利だ、と潔は思う。なぜなら、動機はどうあれ、俺は文彦の振り込め詐欺の「共犯者」なのだから。

文彦から計画を聞かされて力を貸してほしいと言われたときは、〝こいつ、遂に来るところまで来たか〟と驚き、呆れた。が、話を聞いているうちに、(文彦には悪いが) 面白くなり、どんなことがあっても自分の名は出さないという条件で乗ったのだ。いま思えば、出口の見えない穴蔵の中で毎日苛々《いらいら》し、自棄《やけ》になっていたときだったからだろう。

「きみには感謝している。でも、引ったくられたというのは作り話じゃない。正真正銘の事実なんだ」

「俺はそんな話は信じない。おまえが逮捕された当初、俺はお祖母さんから三百万円を借りられなかったのか、と思っていた。おまえの方法は最後の最後になってだめになったのか、と。なぜなら、それについて触れた報道が初め全然なかったからだ」

言い方に気をつけて潔はつづけた。「だが、二、三日して、せっかく手に入れた三百万円を引ったくられた、と知った。俺は驚きながらも、そうか、そんな不幸なハプニングがあったのか、と思った」

「そう、まさにそうしたハプニングがあったんだよ」

「いや、違うね。その報道を目にしたときはおまえに同情したが、俺はだんだん違うんじゃないかと思い出した。なぜなら、あのときのおまえにとって三百万円はどんな犠牲を払ってでも確保したいものだったはずなのに、警察に届け出ていないからだ」

「警察に届け出ても無駄だと思ったんだ。代わりに、僕は必死になって犯人の自転車を捜し回った」

「ちょっと聞いたかぎりではもっともらしいが、そんなのは後で考え出した作り話さ。警察の力を借りるのと自分一人で犯人を捜すのと、三百万円を取り戻すのにどっちが有効か、それぐらい五つの子供でもわかる」

文彦が唇を嚙《か》んだ。

「もし本当に三百万円を引ったくられたとしたら、どうしたか？」

潔は文彦の目を見て、つづけた。「青くなって一一〇番するか、息せき切って近くの交番へ駆け込んだはずだ。そのうえで、自分も捜し回ったはずだ。お祖母さんには電話で事情を説明し、謝れば、警察に届けても問題がそれほど大きくなるおそれはなかったはずだからね。だが、おまえはそうしなかった。としたら、結論は一つしかないじゃないか。おまえは引ったくりになんか遭っていない――」

「きみがどのように想像しようとかまわないけど、それが事実であるかのように言われるのは心外だな」

「どうしても認めないわけか」

「事実でもないきみの想像を認められるわけがない」

「そうか。じゃ、それならそれでいいから、もう少し俺の想像に付き合ってくれ」

文彦は応えない。

「引ったくりに遭っていなかった場合、三百万円はどうなり、おまえはどうしたか、という問題だ」

潔はつづけた。「三百万円は別の何らかのハプニングで失った可能性もないではない。が、その可能性は薄い、と俺は考えた。としたら、どうなるか？　去年の十月二十七日、当然、おまえはその三百万円を持って、メイさんとリャンさんが待っている風見荘二〇三号室を訪ねたはずだ。これでリャンさんを自由にしてやれると思い、おそらく勇んで――。ところが、その後《あと》で明らかになったのは、メイさんの死と、おまえとリャンさんの逃亡という事実、結果だった」

文彦は何も言わず、潔の口元のあたりを見つめている。

「おまえの風見荘訪問とそうした結果の間に、いったい何があったのか？」

潔は言葉を継いだ。「考えられる可能性は二つしかない。一つは、おまえとメイさんの間で交渉がこじれて争いになり、おまえがメイさんを殴って殺してしまった場合、そしてもう一つは、おまえが部屋へ行ったとき、メイさんがすでに死んでいた場合だ」

看守がちらっと潔のほうへ光る目を向けた。が、言葉を挟むことはなかった。

「さて、それでいま言った二つの可能性だが、前者はおよそありえないように思う。なぜなら、メイさんはおまえを本気で怒らせて元も子もなくしてしまうようなことは絶対にしなかったはずだからだ。理由は明白だろう。メイさんは、メイさん自身か自分の買ったホステスが不法滞在で挙げられ、強制送還されてしまうのを、もっとも恐れていたはずだ。そうなったら、ホステスに課していた〝借金〟の取り立ては不可能になり、諦める以外にない。そうした危険があるから、メイさんはホステスを酷使し、できるだけ短期間に搾《しぼ》り取れるだけ搾り取ろうとしていた。としたら、目の前に三百万円という大金を背負ったカモが現われたのに、棒を振るって追い返そうとするわけがない。おまえとの間に何か問題が起きていちゃもんをつけたとしても、最後は手を打ったはずだ。また、おまえだって、多少不満な点があっても、リャンさんの自由を買い戻せるなら、鉄の花瓶で相手の頭を殴ったりしないだろう」

そうじゃないか？　と潔が問うと、硬い表情をして聞いていた文彦が唇に無理に作ったような笑みを浮かべて、答えた。

「きみがそんなに想像力豊かな人間だったとは、初めて知ったよ。でも、そんな仮定の話には付き合えないね」

「おまえはどこまでキリストを気取るつもりなんだ？　いい加減に目を覚まし、冷静に現実を見たらどうなんだ」

「忠告はありがたいけど、僕はずっと目を覚ましている」

「いや、おまえの理性はまだ眠っている。おまえは現実の世界から遊離し、自分が作り上げた観念の世界で生きている。おまえが風見荘二〇三号室へ行ったとき、メイさんはすでに死亡していた。証拠はないが、間違いないと思う。そこでおまえは咄嗟《とっさ》に、哀れなソーニャを救うキリストになる決意をした。そして、すべて自分がやったことにして、リャンさんと一緒に逃げた――」

「いくらリャンさんが好きでも、僕だってそこまではしないよ」

「いや、俺はあのころのおまえの状態をよく知っているが、そうしても不思議じゃない。殉教者にとっては、障害や犠牲の大きさは関係ないからな」

「キリストの次は殉教者か……」

文彦がいかにも呆れたといった口ぶりで言ったが、目には硬い光があった。「それじゃ、聞くけど、僕がメイさんのところへ持って行ったという三百万円はどこにあるんだい？」

「リャンさんのために隠したんだよ。リャンさんが自由になってから取りに行ける場所……リャンさんにも覚えていられるような目印のある場所にね。三重四重にしたビニール袋に入れて密閉し、地中に埋めておけば、リャンさんがタイへ強制送還されても、数年後にまた来日すれば、掘り出せる」

「まるで林間学校でやった宝捜しゲームみたいだな」

「ゲームでもなんでも、金を引き出して帰る途中で引ったくられ、黙っていた、などという話よりは現実的だ」

看守が、もうじき時間だと告げた。

「石崎、今日俺がここへ来た理由はわかっただろう？」

潔は表情を引き締め、文彦の目を覗《のぞ》き込んで言った。「冷静になれ。冷静になって、よく考えろ。俺はおまえに、それを言いに来たんだ。俺はリャンさんが娼婦だからといって貶める気はない。だが、おまえはいま、勝手に一人の女を神聖視し、そのために自分の人生を台無しにしようとしているんだぞ。あとで後悔しないように、よーく考えるんだな」

「ありがとう」

と、文彦が真剣な目で見返して応えた。「きみは重大な思い違いをしているけど、僕のためを考えて色々心配してくれたことには感謝するよ」

彼は看守に促されて立ち上がると、最後に潔にちょっと微笑みかけ、背を向けた。

潔は、拘置所の門を出て歩き出した。

拘置所は法務合同庁舎の裏側に隠れるように建てられており、人の姿のない私道を出たところが出入り口だった。

左側に合同庁舎と裁判所の建物が並び、前の駐車場と道路の向こう側は県庁である。潔は浦和駅へ行くために右手の坂を下りながら、いま別れてきたばかりの文彦の顔を思い浮かべた。自分の想像は当たっていたのだろうかと考えてみる。

文彦の反応からだけではっきりしないが、潔は自信があった。

ただ、自分の考えたとおりであったとしても、このままでは文彦が自分の忠告に従う可能性は薄いように思えた。

――俺はもうやるべきことはやったのだ、勝手にさせればいい。あいつは自らの意思で選択し、行動しているのだから。

潔はそう思う。

が、一方に、無実の人間が殺人者にされてしまっていいのか、というこだわりが残った。このまま放っておいていいのか、と自分を責める気持ちが胸の奥にくすぶっていた。

文彦がリャンの殺人の罪を引き受け、何年も刑務所で暮らす結果になった場合、将来、彼はどう思うだろうか。いまは頭の中で勝手に作り上げた聖なる娼婦を救おうとしている自分に酔っているが、覚醒《かくせい》したとき、どうなるだろうか。

激しく後悔するだろうことは間違いない。

それが予想できるのに……わかっているのに、自分は座視していていいのか。文彦にとって、自分はたった一人の友人と言っていいだろう。自分にとっての文彦もそうだ。それなのに、自分が見放してしまっていいのか。たとえ文彦自身がどう考えていようと、自分が何もしないのは罪ではないか。

潔の中でそうした思いが次第に強くなっていった。

――では、どうしたらいいのか？

潔は、村地という女性弁護士に連絡を取ろう、と思った。文彦の実家に電話して尋ねれば、法律事務所を教えてくれるだろう。人と面と向かって話すのは嫌だが、電話で事情を説明するぐらいならできる。

そう心を決めると、彼は急に空腹を覚えた。

昼にはまだ少し早かったが、朝、何も食べずに……というより緊張のために食べられずに、家を出てきたからだ。

少し行ったところに感じの好《よ》さそうなレストランがあったので、そこに入り、今日のおすすめランチを食べ、コーヒーを飲んだ。

11

佐和子は傍聴席のほうを見て、「えっ！」と思わず小さく声を漏らしそうになった。先日会った羽佐間潔の斜め後ろの席にいつの間にか昇の顔があったからだ。朝食のとき、傍聴に来るなどとは一言も言っていなかったのに。

朝、家を出る前にすでに決めていたのか、それとも予備校へ行ってから、気になってじっとしていられなくなったのか。いずれにしても、高い受講料を払ってある後期春期講習の授業を抜け出してきたのだろう。

昇は、佐和子と目が合うと、片手を胸の前に上げ、ニヤリと笑った。

その顔は、俺がここで見ていてやるから、リラックスしてやれよ、とでも言っているかのように映った。

ついこの前まで、ちょっと私の姿が見えないとぴーぴー泣いていたくせに、何を生意気な……と思いながらも、佐和子は少し緊張が解けたような気がし、昇にだけわかる程度に小さくうなずいて見せた。

佐和子はいま、第一回公判のときとは違った緊張を覚えていた。自然に動悸《どうき》が速まり、息苦しくなるような。嬉しい興奮によって引き起こされた緊張だった。

というのも、裁判はまったく新しい展開を見せようとしていたからだ。

これまで、〝文彦によるメイの殺害〟は紛《まぎ》れもない事実と見られてきた。文彦本人が認め、彼の供述にこれといった矛盾が見つからなかったからだ。佐和子も文彦が犯人であるという点は疑わず、その罪は殺人ではなく傷害致死であると主張してきた。

だから、前回の公判の終わりに佐和子が弁護側の証人として請求したのは、文彦の高校時代の教師と実家の近くに住んでいる主婦の二人で、どちらも事件に関係のない情状証人だった。被告人は非常に真面目な青年で、故意に人を殺せるような人間ではない、とエピソードを交えて証言してもらい、〝殺人〟を否定すると同時に情状酌量を求めようとしたのだ。

ところが、その後、文彦の友人だという羽佐間潔から斉藤法律事務所に電話があり、佐和子は意外な事実と驚くべき推理を聞いた。

羽佐間は、文彦の振り込め詐欺を手伝ったのは自分だと明かしたうえで、

《メイを殺したのはリャンであって、文彦はリャンの罪を被ろうとしているのではないか》

と、言ったのである。

羽佐間は会うのを（佐和子が怪しむほど）渋ったが、佐和子としては直接顔を合わせて話を聞く必要を感じ、半ば一方的に蕨市まで出向き、駅の近くにあるファミリー

レストランで彼と会った。

羽佐間の推理は、「三百万円を引ったくられた」という文彦の供述に対する疑いから出発していた。そう疑ったという点では佐和子と同じである。また、〝三百万円は引ったくられもせず振り込め詐欺の協力者に持ち逃げもされなかったのではないか〟と見るところまでは、昇の推理と共通していた（協力者当人である羽佐間が、協力者に金を持ち逃げされたと考えるわけはない）。

ただ、その先は違っていた。

昇は、〈文彦が金を持って風見荘の部屋を訪ね、メイと争いになって殺してしまった〉と考えたのに対し、羽佐間は、〈文彦が金を持って風見荘を訪ねたときメイはすでに殺されていた〉と考えた。持って逃げた三百万円については、昇は〈警察へ出頭する前に詐欺の協力者である友達に預けたのではないか〉と言ったが、羽佐間は〈リャンが後で取り出せる場所に隠したのではないか〉と言った。

羽佐間の話を聞いたとき、佐和子は三百万円の処理については首をかしげたものの、――文彦は、自分の観念の中に作り出した〝聖なる娼婦〟リャンを救うキリストになろうとしている。

という核心部分には説得力を感じた。これまで想像もしなかったことだが、その可能性は十分ある、と思った。

が、文彦に接見して質すと……羽佐間の話から予想されたことだが、そんな話は羽佐間の単なる想像にすぎないと言下に否定。自分がメイを殺したのは紛れもない事実だ、と主張した。

翌日、河東市から飛んできた悠子と一緒に再度拘置所を訪ねても同じだった。本当のことを話してほしいと悠子が泣いて頼むと、顔を歪《ゆが》めて辛そうに目を背けたものの、答えは変わらなかった。

ところが、その後、思いもかけない出来事があり、文彦はリャンの罪を代わりに被っていたことを認めたのである。

文彦が手錠と腰縄を解かれて被告人席に腰を下ろしてから、佐和子は中腰になって彼の耳に口を近づけ、これから始まる被告人質問について最後の注意を与えた。

文彦は緊張しきっていたが、もう動揺はしていないようだった。「わかりました」と素直に答えた。

その返答を聞いて、佐和子は傍聴席にいる悠子に目をやり、わかるかわからないかという程度にうなずいて見せた。

と、文彦が事実を供述すると約束してからも、万一それを違《たが》えたら……という不安に苛《さいな》まれていたらしい悠子の病み上がりの白い顔に、かすかに安堵《あんど》の色が差した。

今日、文彦が前の供述を翻《ひるがえ》すだろうと知っている者は、彼の身内を除けば昇と羽佐間しかいない。そのためだろう、傍聴席はがらがらだし、記者席にいるのは地方紙の女性記者一人だけだった。

羽佐間と昇も佐和子の視線の意味がわかったようだ。どこかほっとしたような目で佐和子を見返した。

それから五分ほどして判事たちが登場し、開廷になった。

「前回請求のあった証人の尋問から始めたいと思いますが、弁護人、証人は来ていますか？」

藤巻裁判長が佐和子と斉藤に目を向け、尋ねた。

「はい、参っておりますが……ただ、証人尋問を行なう前に被告人質問をしたいのですが、よろしいでしょうか？」

佐和子は考えていたとおりの言葉を口にした。

彼女の不意の申し出に、裁判長の顔に一瞬不快げな色が浮かんだ。が、彼はすぐに何事もなかったかのようにそれを隠し、

「被告人には、何か申し述べたいことがあるのですか？」

と、佐和子と文彦、半々に目を向けて質した。

「はい」

と、文彦が答えた。

それでは、前へ来て掛けるように、と裁判長が指示した。

刑事訴訟法第三一一条には、被告人が任意に供述するときは、裁判長だけでなく、検事や弁護人も裁判長に断わったうえでいつでも被告人に質問できる、という規程がある。

文彦が証言台へ進み、テーブルの下から椅子を引き出して腰を下ろした。

「弁護人は質問を始めてください」

裁判長に促され、佐和子は誰にも気づかれないように深呼吸してから、

「それでは被告人に尋ねます」

と、口を開いた。「昨年の十月二十七日、被告人はメイ・ウェーチャヤイさんの頭を鉄の花瓶で殴り、死亡させましたか?」

「花瓶にかぎらず、何を以《もっ》ても、僕はメイさんの頭を殴っておりません。したがって、メイさんを死亡させてもいません」

文彦が佐和子に向けていた顔を途中から判事たちのほうへ向け、きっぱりと答えた。

藤巻裁判長がかすかに首をかしげ、意外な言葉を聞いたといった目をした。裁判長の示した反応はそれだけだったが、二人の陪席判事の顔には驚愕《きょうがく》の色がありありと浮かんだ。岸田、正木の両検事も弾《はじ》かれたように背もたれから上体を浮かし、文彦に

対して怒りの籠《こ》もった目を向けた。

「最初の罪状認否の際、被告人は、殺す気はなかったが被害者の頭を鉄の花瓶で殴った、その結果被害者は死亡した、と認めましたね？」

　裁判長が文彦に確かめた。

「はい」

　と、文彦が答えた。

「いまの供述はそれを撤回し、被害者が殺された件に関して無罪を主張する、ということですか？」

「そうです」

「それでは、弁護人、質問をつづけてください」

　佐和子は裁判長に軽く黙礼し、文彦に目を戻して質問を継いだ。

「被告人は、本法廷においてだけでなく、取り調べに当たった警察官と検察官にも、自分がメイさんを殴って死なせたと供述していますね？」

「はい」

「被告人がいま述べたように、メイさんの殺された件に本当に無関係なら、被告人はどうして自分がメイさんを殺したと嘘の供述をしたのですか？」

「僕が原因で、リャンさんがメイさんを殺してしまったからです。リャンさんにはメイさんを殺す気がなかったのは明らかで、結果としてメイさんの死を招いてしまったのですが、そうなった原因はひとえに僕にあったからです」

「リャンさんがメイさんを殺害したのは、被告人が風見荘二〇三号室を訪ねてからですか？」

「いいえ、違います」

「ということは、事件は被告人が風見荘を訪ねる前に起きていたわけですね？」

「そうです」

と、文彦が答えた。

文彦がメイの頭を殴っていないと言った直後、法廷内にかすかにざわめきが起きたが、いまは水を打ったように静まりかえっていた。誰もが彼の供述に注意を集中させているのは明らかだった。

「被告人が風見荘二〇三号室を訪ねたときの様子を簡単に説明してください」

「メイさんは頭から血を流して倒れ、動かなくなっていました。確かめたわけではありませんが、たぶん死んでいたのだと思います。そしてリャンさんは、食堂の隅にぺたんと座り、呆然《ぼうぜん》としていました」

「何が起きたのか、被告人はどうして知ったのですか？」

「リャンさんから聞きました」

「リャンさんにメイさんを殺す気がなかったというのも、リャンさんの言葉ですか？」

「リャンさんもそう言いましたが、それだけじゃありません。事件がどうして起きたのかというリャンさんの説明を聞いて、リャンさんにはメイさんを殺す気がなかったのは間違いないと思ったのです」

犯人がリャンであっても、メイの殺害は殺人ではなく傷害致死であるという点を文彦に強調させてから、佐和子は話を戻した。

「被告人は、どうしてリャンさんの罪を被って嘘の供述をしたのかという理由として、自分が原因でリャンさんがメイさんを死なせてしまったからだ、と言いましたね？」

「はい」

「その原因とはどういうものでしょう？」

「リャンさんの借金を代わりに払えばリャンさんを自由にしてくれるか、と僕がメイさんに持ち掛けたことがそもそもの始まりですが、直接の原因は、お金を持って行くはずだった昨年の十月二十七日、金の支払いをもう二日待ってほしいとメイさんに電話をかけたことです」

「その電話は何時ごろにかけたのですか？」

「訪ねる約束になっていた三時少し前ですから、二時五十四、五分ごろではなかったか、と思います」

「調書によると、そのときの被告人の電話は、少し遅れたがこれから訪ねるからとメイさんに言った、ということになっていますが、それは誤りで、実際は、金の支払いをもう二日待ってほしいと言った、ということですか？」

「そうです」

「どうしてそうした電話をかけたのか、そのときの事情を具体的に説明してくれませんか」

「前日、祖母から借りた三百万円をＡＴＭで引き出して帰る途中、引ったくられてしまったことと、一日かけて犯人を捜し回ったが金を取り戻せなかったことは、刑事さんと検事さんに述べたとおりです。それで僕は困り、メイさんに電話して何とか二日延ばしてもらおうとしたんです。二日というのは、また祖母に頼んで借りるにしても、一日では無理だと思ったからです」

文彦は、メイを殺したのはリャンだったと佐和子に認めた後も、三百万円については引ったくられたという供述を変えていない。

「被告人の電話に対し、メイさんはどのように応対しましたか？」

「僕がちょっとした手違いが起きてしまったので支払いを二日待ってほしいと言い出すや、怒って、ろくに話も聞かずに電話を切り、電源も切ってしまいました。そのため、僕はメイさんに会わなければならないと思い、風見荘の部屋を訪ねました」

「被告人はなぜ直接部屋を訪ねず、電話をしたんでしょう？」

「直前まで、メイさんを訪ね、きちんと事情を説明してお願いするつもりでした。ですが、メイさんの怒った顔を想像すると怖くなり、つい電話で済まそうとしてしまったのです。その結果、事件が起きてしまいました。〝僕が原因でリャンさんがメイさんを死なせてしまった〟と言ったのは、こういう事情があったからです」

「事件は具体的にどのように起きたのですか？」

「僕に腹を立てたメイさんの怒りがリャンさんに向けられたのが始まりです。メイさんは僕からの電話を切るや、おまえらは初めから金を用意する気なんかなかったのにグルになって私を騙したのだな、と喚き出し、リャンさんがそんなことはないと言うと、口汚く罵りながら竹の棒でリャンさんに殴りかかったのだそうです。それで、リャンさんはテーブルの上にあった花瓶を取り、頭を殴られないように庇ったらしいのですが、メイさんは顔を真っ赤にして怒りを滾《たぎ》らせ、狂ったように竹の棒を振り回し始めたのだそうです。そのため、リャンさんは肘や肩などを打たれながら何とか竹の棒をつかみ、メイさんの攻撃をやめさせるために花瓶で頭を殴ったのだそうです。後ははっきりした記憶がなく、夢中で争っているうちにメイさんが倒れて動かなくなっていた、そういう話でした」

「リャンさんがメイさんを死なせてしまったときの状況は、被告人自身がメイさんを死なせてしまったと警察と検察の取り調べで述べた内容と非常によく似ていますね？」

「はい」

「それは、どうしてですか？」

「僕の供述はリャンさんの体験を元にしていたからです。僕はリャンさんから聞いた話に多少脚色を加え、僕自身の体験であるかのように話したのです」

「被告人がリャンさんの罪を代わりに被ろうとしたのは被告人の自発的な意思ですか、それともリャンさんに頼まれたからですか？」

「僕の自発的な意思です」

と、文彦がきっぱりと答えた。「繰り返しますが、メイさんを死なせてしまったのはリャンさんでも、原因は僕にありました。そのため、責めは僕が負わなければならないと心を決め、僕の考えをリャンさんに話しました。リャンさんはそんなことはできない、無理だ、と渋ったのですが、僕は大丈夫だからと説得しました」

「リャンさんを説得してから、被告人とリャンさんはどうしましたか？」

「僕が部屋を訪ねた後で事件が起きたように装うため、リャンさんにタイ語で喚き声を上げてもらい、僕が足や椅子で床を鳴らし、争っているような音をたてました。リャンさんによれば、二階の他の部屋には誰もいないという話でしたが、僕が風見荘へ来て階段を上りかけたとき、僕の少し前を歩いてきた男の人が一階の奥の部屋、一〇三号室の前に立つのが見えたからです」

つまり、二〇三号室の真下の部屋に住んでいたタクシー運転手、佐橋勇一が聞いた女の喚き声や物音は自分たちが演出したものだ、と文彦は言ったのである。

「メイさんに電話を切られた後で被告人が風見荘を訪れたのは、どうしてですか？」

「メイさんに会ってよく説明し、お願いするしかない、と思ったからです」

「そのときはメイさんが怖くなかったのですか？」

「怖くても、もうそんなことは言っていられませんでした。そのままにしたら、せっかく取り付けたメイさんとの約束がだめになってしまいますから。リャンさんを自由にするためならどんなに罵られようと我慢しよう、と覚悟を決めたのです」

「そうして風見荘の二〇三号室を訪ねると、メイさんが頭から血を流して倒れており、リャンさんが部屋の隅にぺたんと座り、呆然としていた、そういうわけですね？」

「そうです」

「被告人が、自分が原因でリャンさんがメイさんを死なせてしまったと言った事情、また、そのために被告人がリャンさんを庇い、その罪を被ろうとした理由は、よくわかりました」

佐和子は、判事たちの頭にきちんと整理されて収まるように言った。

それからおもむろに、文彦の家族と羽佐間と昇を除いた誰もが疑問に感じ、早く知りたいと思っているであろう事柄に質問を進めた。

「では、これまで一貫して〝自分がメイさんを殺した〟と言っていた被告人は、いま、どうして供述を変えたのですか？」

「リャンさんには申し訳ないのですが、やはり本当のことを話し、事実を明らかにしなければならない、と思ったからです」

文彦が苦しげな顔をして答えた。

「そう思ったのはなぜですか？」

「母が……」

と、文彦がわずかに首を後ろに振って答えた。「僕のために自殺を図ったからです」

判事と検事たちの視線が一瞬傍聴席にいる悠子のほうへ向けられたように佐和子は感じた。

「自殺を図ったお母さんはどうなりましたか？」

佐和子は淡々と質問を継いだ。

「幸い、命は助かりました」

悠子が、文彦が逮捕されてから医師に処方されていた睡眠薬を大量に飲んで自殺を図ったのは、佐和子と一緒に文彦に面会した翌日の晩だった。帰宅した憲之が異状に気づいてすぐに救急車で病院へ運んだため、一命を取り留めたのである。

「お母さんが被告人のために自殺を図ったというのはどうしてわかったのですか？」

「僕に宛《あ》てた遺書があったからです」

「被告人はそれを読んだのですか？」

「読みました」

　悠子が助かってから憲之がファックスしてきたので、佐和子がそれを持って文彦に接見し、読ませたのだ。

「そこには、どのように書かれていましたか？」

「もしあなたが本当にメイさんを殺したのなら罰を受けるのは当然だが、もし誰かを庇って無実の罪を被ろうとしているのなら、どうか本当のことを話してほしい、と書かれていました。これはあなた一人の問題ではなく、石崎家のためであり、何よりもあなたの妹としてこれから長い年月を生きていかなければならない美希のためなので、私の命と引き換えにそうしてほしい、と……」

「被告人はお母さんのその遺書を読んで、リャンさんには申し訳ないが本当のことを話さなければならないと思った、そういうわけですね？」

　そうです、と文彦が答え、佐和子は質問を終えた。

　次いで藤巻裁判長がいくつかの質問をし、つづいて立った岸田検事が、いま述べたことこそ嘘ではないのか、リャンさんに自分の罪を被せようとしているのではないのか、と怒りをぶつけるように質した。

が、文彦は、リャンさんにはすまないと思うし謝らなければならないが……と繰り返しながらも、自分は嘘をついていない、と臆《おく》する色を見せずに答えた。

岸田検事は文彦の供述に矛盾点を見つけられなかったからだろう、憮然《ぶぜん》とした面持ちで腰を下ろした。

被告人質問が済むと、予定されていた証人尋問が行なわれたが、二人合わせて二十分足らずで終了。その後、佐和子は次回・第四回公判に再度リャンを証人として喚《よ》びたいと申し出て、了承された。

一昨日、佐和子は拘置所にリャンを訪ね、文彦が前言を翻して事実を打ち明けた経緯を説明した。

リャンは、窃盗に関して無罪判決が出る可能性が高いことは担当の国選弁護士から聞いていただろう。だから、間もなくタイへ帰れる——入管法違反で強制送還される——と思っていたにちがいない。そんな彼女にとっては残酷な話だが、話さないわけにはいかないからだ。

佐和子の話を聞くや、リャンは蒼白《そうはく》になり、言葉を失った。

だが、文彦の苦悩ぶりとリャンに対する謝罪の言葉を伝えると、

――フミヒコ、悪くない。

と、つぶやくように言った。

佐和子は念のために、文彦の話したことは事実かと質した。

リャンは逡巡《しゅんじゅん》するようにしばし口を噤んでいたが、「はい」と肯定した。

そこで佐和子が、文彦の裁判にもう一度出て本当のことを話してもらいたいと言うと、と、リャンは小さい声ながら「わかりました」とはっきりと答えた。

佐和子が廊下へ出ると、記者席にいた女性記者が待ちかまえていて、あれこれ質問してきた。

そのため、取材から解放されたときには、真っ先に礼を述べようと思っていた羽佐間の姿はなく、少し離れたところで悠子と話していた昇も、「良かったな。じゃあな」というように片手を上げ、エレベーターのほうへ歩いて行ってしまった。

斉藤と談笑していた仲根夫妻と憲之が、そして悠子が寄ってきて、口々に佐和子をねぎらい、感謝の言葉を口にした。佐和子の手柄ではないのだが……。誰もが前回の公判までとは別人のような明るい顔をしていた。次の公判でリャンの証言が加われば、文彦に無罪の判決が出ることはほぼ間違いないからだろう。

佐和子だって嬉しかったし、今日の公判に満足していた。

それでいて、いまひとつすっきりしなかった。気持ちが晴れなかった。

三百万円を引ったくられたという文彦の話に依然として納得できないこと、事件が起きたとき現場近くにいた鏑木の件が解明されていないこと、メイの金庫に入っていたはずの四百数十万円を盗んだ犯人がわからないことなども、当然佐和子は気になっていた。が、いま佐和子の胸にわだかまっているもやもやした思いは、事件に直接関わっているそれらの問題とは異質なもののようだった。自分が何か大事なことを見落としているような、あるいは忘れているような、焦りに似た気持ちがあるのだった。

――この気持ちはどこからくるのだろう？　原因は何だろう？

エレベーターに乗り込みながら、佐和子がそう自問したとき、憲之が言った。

「勝手に他人《ひと》の国へやってきて不法に滞在していた二人の女が、殺し合いをした。売春をさせていたほうの女が、売春をさせられていたほうの女に殺された。そこに、初《うぶ》で何も知らないうちの文彦が巻き込まれた。事件は、結局そういう構図だったわけですな」

それを聞いて、佐和子は突然答えがわかったような気がした。

自分がいますっきりした気持ちになれないのは、リャンの敵対者になってしまったからしい。自分は、かつての自分のように無知で弱い者の力になりたいと考えて弁護士になった。それなのに、現在の日本でもっとも弱い立場に置かれている者を追いつめる側に立ってしまったのである。

事実を追求した結果なのだから、やむをえないとは思う。弱い立場の者であろうとなかろうと、犯罪者は法律によって裁かれなければならない。そんなことは百も承知だが、手放しで喜んでいる文彦の家族を見て、佐和子は自分が何か悪いことをしているような複雑な思いにとらわれてしまったのだ。

リャンは、文彦の勝手な思い――彼女を自由にしてやりたいという文彦の気持ちは純粋だったとしても――に振り回され、メイを殺してしまった。とはいえ、文彦に身代わりを申し出られ、助かった、タイへ帰れる、と安堵していたにちがいない。ところが、またまた自分の意思に関係なく文彦に事実を告白され、地獄へ突き落とされてしまったのだった。

文彦に、彼を大切に思い、心配している家族がいるように、リャンにも彼女を大事に思っている家族がいるはずである。彼女の家族も、異国の地に捕らわれている娘か姉か妹を心配し、胸を痛めているはずである。しかし、彼女が関わった事件の裁判に身内の姿は一人もない。

だから何だと言うのか、という反論の声も佐和子には聞こえる。今度の事件を憲之のように捉えることもできるだろう。彼と似た見方をしている日本人のほうが多いかもしれない。

が、たとえ少数者であっても、佐和子はそうした捉え方はしたくなかった。

佐和子は、かつて「給食のおばさん」をしていたころ、ある体験をした。三人の女性の同僚と東北地方の温泉に慰安旅行に行ったときのことだ。

佐和子たちは夕食後の街歩きから帰り、ロビーでお喋《しゃべ》りをしていた。時刻はまだ九時前だったが、シーズンオフだったこともあってか、ソファにいたのは佐和子たち四人だけで、ロビーは閑散としていた。そこへ、七、八人の女性の集団が聞き慣れない言葉を喋りながら入ってきた。みな浅黒い東南アジア系の顔をし、派手な色をした薄いぴらぴらの衣装だったので、佐和子たちは思わず話をやめ、そちらに目をやった。と、女性たちが驚いたような顔をして一斉に口を噤み、身体を強張らせたのがわかった。かしましく囀《さえず》っていた小鳥たちが、鷹か鴉《からす》の影を察知してぴたりと鳴きやむように。

佐和子たちのいたソファは太い柱と観葉植物の陰になっていたので、女性たちは誰もロビーにいないと思って玄関を入ってきたらしい。

彼女たちは慌てて佐和子たちから顔を背け、逃げるようにエレベーター乗り場へ歩いて行った。

それを見送ってから、佐和子がちょっと奇異の感を抱きながらも、

――ツアーで日本へ来たのかしら？

つぶやくように言うと、他の三人が嘲《あざけ》るような意味ありげな目で見交わし、一人が言った。

――村地さん、本当にわからないの？

――わからないって、何が？

――あれが、外国へ旅行にくる格好に見えた？

――何となく変だけど、でも、旅行にきたのでなかったら、何？

――わからなければいいわよ。

――もったいぶらないで、教えて。

――明日の朝になれば、わかるわ。いま見た女たちと同じ人数の男だけの団体がいるから。

そこまで言われれば、鈍い佐和子にも見当がついた。

そして翌朝、まさに同僚が言ったとおりの団体が声高に話しながら広間で朝食を食べているのを目にしたのだった。

以来、佐和子は幾度となくそのときの体験を思い出した。女性たちの集団がロビーへ入ってきて、佐和子たち日本人の女を見るや、ぴたりと口を閉ざして身体を強張らせ、顔を背けたときの光景……。それを思い浮かべるたびに、悲しみにも罪の意識にも似た、自分にもよくわからない複雑な思いに襲われた。

買春ツアーをしているのは日本人の男たちであり、それを許しているのは彼らの妻や恋人である日本人の女たちである。そして、そうした女たちの多くは、買春している自分の夫や恋人よりも、彼らに身体を売っている女たちを蔑《さげす》んでいた。自分たちより一段低い人間と見ていた。

いや、買春している男の妻や恋人だけではない。佐和子の心の内にも同じような差別意識と驕《おご》りが潜んでいないと言えるだろうか。

いないと言いきれないために、佐和子はリャンを告発することに尚更こだわりがあるのかもしれなかった。

「これから、久しぶりにみんなで食事でもしようじゃないか」

ロビーに下りたところで仲根が言い、斉藤と憲之が賛成した。

佐和子は、早く家へ帰って昇の感想を聞きながら食事をしたい、と思っていたが、無下に断わるわけにはいかない。

そうした逡巡が顔に出たのかもしれない。悠子が、

「サワちゃんも一緒に、お願い……」

と、囁《ささや》いた。

佐和子は仕方なくうなずいた。

第三章　事実もしくは真実

1

リャン・ピアンチョンが青ざめた顔をして証言台へ進んだ。

リャンは前に一度証人になっているため、宣誓は省かれた。

だが、偽証の警告については——今日はそれが大きく関わってくることが予想されるからだろう——、裁判長は前回にも増して丁寧に説明した。

通訳人が訳し終えたところで、

「わかりましたか？」

と裁判長が問うと、リャンが「はい」と日本語で答えた。

リャンが椅子《いす》に腰を下ろし、弁護人席の村地佐和子が立ち上がった。

今回、リャンは被告・弁護側が請求した証人なので、村地弁護士から先に尋問が行なわれるのだ。

二週間前の前回公判のときは傍聴席ががらがらに空いていたのに、今日は一転して満席。整理券が発行され、抽選が行なわれた。

多少は傍聴者が増えるだろうとは思っても、潔はそこまでは予想しなかった。だから、裁判所に着いて驚くと同時に、被告人の関係者である自分のような者が傍聴できなかったら理不尽ではないか、と思った。が、幸い抽選に当たり、ドアに近いいつもの席に座っているのだった。

前回の公判の後、潔は村地弁護士から電話をもらい、〝リャンがメイを殺したのは自分だと認め、次回公判でそのことを証言すると約束した〟と聞いた。また、リャンの他《ほか》にもう一人の証人尋問を請求し、認められた、という話も。

だから、今日の第四回公判がどのように展開するか、大筋の予想がついていた。

新たに証人尋問が決まったのは、事件が起きた日の午後、風見荘から五十メートルほど南に離れた畑で草取りをしていたという近所に住む七十代の女性だった。

農家の主婦だというその女性によると、そろそろ草取りを切り上げて家へ帰り、お茶でも飲もうと思っていた三時ごろ、風見荘の二階、西端の部屋から怒鳴り声が聞こえてきた。といっても、その部屋には外国人の女性が四、五人住んでいるのを知っていたし、時々意味のわからない言葉で喚《わめ》き散らすのを耳にしていたから、さして気にもとめずにいた。が、声の調子がいつになく激しいので、腰を伸ばして見やると、色の黒い女がちょうど窓辺にやってきて――離れたところからでも怒りの形相をしているのがわかった――、開いていた窓をぴしゃりと勢いよく閉めたのだという。

窓が閉められた後も部屋からは時々声と物音がしていたようだったが、聞こえるか聞こえないかという程度だったし、主婦は畑仕事を切り上げ、家へ帰ってしまった。

主婦はこうした事実を翌日か翌々日に訪ねてきた刑事に話した。だが、刑事たちはあまり気にとめた様子がなかったし、その後、近所の噂《うわさ》話で事件が起きたのはそれから三、四十分経《た》ってかららしいと知り、いつしか忘れていた。

村地弁護士もこの主婦の話は前から知っていたが、特に注意を払わずにきたらしい。ところが、ここにきて、〝文彦が風見荘を訪ねる前にメイは殺された〟とわかってみると、その話が非常に重要な意味を持っていることに気づいた。三時ごろというのは、文彦がメイに電話した時刻、二時五十四、五分ごろの直後だったからだ。

今日、リャンは、

――メイは文彦の電話を切った後で自分を罵《のの》り、怒鳴り、開いていた窓を閉めてからさらに竹の棒で殴りかかった。そのため、自分はメイを死なせてしまった。

と、証言するはずである。

だから、村地弁護士はその後で主婦を尋問し、リャンの証言を補強しようとしているのだった。

これで、殺人に関して文彦に無罪の判決が下ることは確実になる。それは潔にとっても喜ばしいことだが、このまま裁判が終わった場合、大きな疑問が一つ残った。潔も手伝って文彦が祖母から騙し取った三百万円の件である。文彦は相変わらず、「ATMで引き出して帰る途中で引ったくられた」と言い張っているらしいが、潔には信じられない。

といって、

――文彦は三百万円を持ってメイを訪ねたが、そのときすでにメイが殺されていた。そのため、そのまま金を持ってリャンと一緒に逃げ、警察へ出頭する前、リャンが後で取り出せる場所に隠したのではないか。

という潔の以前の推理も、〝文彦が部屋を訪ねたときメイがすでに殺されていた〟という点を除いては誤りだったわけである。

なぜなら、事件が起きたのは、文彦が金の支払いを二日延ばしてほしいとメイに電話した結果だった、つまり文彦が三百万円を失った結果だったのは、いまや疑問の余地がないからだ。

三百万円に関してわからないのは、どこへ消えたのかという点にとどまらない。文彦がなぜこれほど頑《かたくな》に隠そうとするのかという点も不可解だった。

「前にお聞きしたことと重なる点もあると思いますが、昨年の十月二十七日、メイさんの亡くなった日のことをお尋ねします」

と、村地弁護士がリャンを見やり、尋問を開始した。

そのときだった。潔の脳裏を、村地弁護士の質問とは何の関係もない一つの想念がよぎった。

――振り込め詐欺は文彦が自分で考えたものだろうか？

という疑問である。

文彦が力を貸してくれと言ってきたとき、新聞を読んでいて思いついたという彼の説明に潔は疑いを抱かなかった。が、いま、あのような〝悪知恵〟が単純で善良な文彦の脳から生まれたということにふと違和感を覚えたのである。

文彦が考えたものでなかったとしたら、どうなるのか？

誰かが考え、文彦に教えたにちがいない。

もし、文彦の背後にそうした人間が存在したなら、その人間が三百万円の行方に関係している可能性が十分考えられる。

潔は自分の想像にちょっと興奮した。

が、村地弁護士の尋問が具体的な点に進んだので、つづきは後で考えることにし、裁判の進行に意識を集中させた。

証言台ではいま、リャンが通訳人の女性の訳に耳を傾けていた。

村地弁護士は、スーとヌイが買い物に行った後、風見荘二〇三号室にいたのは誰と誰か、と確認する質問をしたのである。

〈メイと私です〉

通訳人がリャンの答えを日本語にした。

「メイさんと証人が二人でいた部屋に、被告人が三時に訪ねてくる約束になっていましたか?」

〈はい〉

「被告人は、何のために訪ねてくることになっていたのですか?」

リャンが通訳人の訳を聞いた後で文彦にちらっと目をやり、答えた。

〈メイに私の借金を返し、私を自由にしてくれるためです〉

「あなたとメイさんが被告人が来るのを待っていたとき、被告人からメイさんに電話がありましたか?」

〈はい、ありました〉

「何時ごろかわかりますか?」

〈時計を気にしていたので、わかります〉

「何時ごろでしょう?」

〈三時五分前ぐらいです〉

「その電話の内容はわかりますか?」

〈だいたい……〉

「だいたいならわかる?」

〈はい〉

「どのような内容でしたか?」

〈フミヒコはお金の用意ができなかったので、もう少し待ってくださいとメイに頼みました〉

「それはどうしてわかったのですか?」

〈メイが私に話しました〉

「あなたは、前に証人としてここへ来たとき、被告人からメイさんにかかってきた電話は〝これから行くから〟という内容だったと言ったのを覚えていますか?」

〈覚えています〉

「それはいま答えたのと違いますが、どちらが正しいんでしょう?」

〈いまのが正しいです〉

「ということは、前のときは間違ったわけですね?」

村地弁護士が「間違い」という言葉をつかった。リャンが偽証したという印象を少しでも薄めようという配慮にちがいない。

〈はい、間違いました〉

「どうして間違ったのか、理由を聞かせてくれませんか」

リャンが、文彦にまたちらりと視線をやり、答えた。

〈フミヒコに言われました〉

「被告人に、そう言うようにと……自分と口裏を合わせるようにと言われた、そういうことですか？」

〈そうです〉

「では、いまはどうして本当のことを話したのですか？」

〈フミヒコが本当のことを話したから、あなたも本当のことを話してください、とムラチ弁護士さんに言われたからです〉

村地弁護士はその答えに満足そうにうなずき、質問を進めた。

「三時五分前ごろ、被告人からメイさんに電話がかかってきたとき、メイさんはどうしましたか？」

〈怒って、電話を切ってしまいました〉

「電話を切ってから、メイさんはどうしましたか？」

〈怒りながらフミヒコの言ったことを私に話し、おまえもグルだろう、おまえらは出《で》

鱈目《たらめ》を言って私を騙そうとしたのだろう、と私を罵りました〉

「あなたを罵った後で、メイさんは部屋の窓を閉めてきませんでしたか？」

〈閉めてきました〉

今日の尋問の核心に近づいた。

いよいよ、文彦の無実が確実になるときがきたのだった。

「それから、メイさんはあなたに対してどういう行動を取りましたか？」

村地弁護士が静かに尋ね、通訳人がタイ語に訳してリャンに伝えた。

リャンは心持ち顔を下に向けていて、すぐには口を開かない。メイを殺したときのことを話すにはやはり勇気が必要なのだろう。

村地弁護士が言い方を換えて質問しなおした。

「怒ったメイさんは、あなたを罵った後、あなたに対して何らかの攻撃を加えませんでしたか？」

今度はリャンが小さな声で答え、通訳人がそれを日本語にした。

〈竹の棒で殴りました〉

「竹の棒であなたを殴ったメイさんに対して、あなたはどうしましたか？」

村地弁護士が質問を継いだ。

リャンは、通訳人のタイ語訳を聞いた後二、三秒無言でいたが、裁判長のほうへつ

と顔を起こし、

「私、メイに、何もしない」

と、日本語で答えた。

村地弁護士の顔からすっと血の色が引き、表情が強張《こわば》った。

同時に、文彦の肩のあたりが小さく揺れたように感じられた。

一瞬、すべての音がどこかに吸収されたかのように静まりかえった。と思うと、すぐに傍聴席のあちこちで囁《ささや》き交わすような声が起きた。

村地弁護士の自信と余裕を感じさせる尋問から、廷内にいるほとんどの人は（たぶん判事たちも含めて）、リャンが犯行を認めるものと予想していたにちがいない。村地弁護士から話を聞いていた潔は当然そう思っていたし、文彦と彼の家族もそうだろう。

ところが、リャンはその予想と期待を裏切ったのだった。

「静粛に」

裁判長が傍聴席に向かって注意を与えてから、リャンに視線を戻し、

「証人は、通訳人を介してもう一度きちんと答えてください」

と、言った。

通訳人が裁判長の言葉をリャンに伝え、リャンの答えを待ってそれを日本語にした。

〈メイが私を竹の棒で殴ることなどいつものことなので、私は我慢して打《ぶ》たれていただけで、何もしていません〉

尋問をつづけるように、と裁判長が村地弁護士を促した。

村地弁護士が黙礼で返し、これまでとは違った少し険しい表情をリャンに向けた。

追及する口調で尋問した。

「あなたは、初めは我慢してメイさんに打たれていただけでも、メイさんがなかなか攻撃をやめないため、テーブルの上にあった鉄の花瓶を取って防ごうとしたのではありませんか？　そして争いになり、メイさんの頭を花瓶で殴ったのではありませんか？」

リャンは、通訳人の訳を聞いているときも、通訳人にタイ語で答えるときも、村地弁護士と文彦の顔を見ようとはしなかった。

〈いいえ、私は花瓶を取っていませんし、メイの頭を殴ってもいません〉

通訳人が村地弁護士に顔を向けて言った。

「しかし、三時二十四、五分ごろ、被告人が風見荘二〇三号室を訪ねると、メイさんは頭から血を流して倒れており、あなたは食堂の隅にぺたんと座っていた、そう被告人は言っています。あなたがメイさんを殴ったのでなければ、誰が殴ったのですか？」

〈フミヒコが来たとき、メイは元気でした。メイの頭を花瓶で殴ったのはフミヒコで

す。フミヒコは嘘《うそ》をついているんです〉

通訳人がリャンの答えを日本語にするのを待ち、文彦が上体を後ろに捩《ねじ》って村地弁護士に何か言った。それから前に向きなおって裁判長に手を上げ、

「僕から証人に尋ねてもいいでしょうか?」

と、許可を求めた。

裁判長が了承した。

刑事訴訟法には、被告人も弁護人と同様に証人に対して尋問できる、という条項があるらしい。

「リャンさん」

と、文彦が被告人席に掛けたまま、すぐ目の前のリャンに向かって呼びかけた。激した調子ではなく、むしろ静かで悲しげな声だった。

だが、リャンは俯《うつむ》けた横顔を文彦に向けているだけで、彼を見ようとはしない。肩のあたりが硬く強張っているのが、背中しか見えない潔からも感じ取れた。

「リャンさん」

と、文彦がもう一度呼んだ。「僕はあなたに対して本当にすまないことをしてしまいました。僕があなたの借金を肩代わりしようなどと言い出さなかったら、あなたがいまのような目に遭《あ》うことはなかったわけですから。そう思うと、どんなにお詫《わ》びし

てもお詫びしきれません」

文彦は言葉を切り、まずここまでを訳してくれないか通訳人に頼んだ。

通訳人がわかったと日本語で応え、リャンにタイ語で話しかけた。

通訳人が話している間、リャンの首は石膏《せっこう》で固められているかのように動かなかった。

通訳人が訳し終え、文彦に目を向けた。

それを待って、文彦がつづけた。

「リャンさん、僕はあなたに対する愛情とお詫びの気持ちから、あなたの罪を被《かぶ》るつもりでした。あなたと相談したとおり、メイさんを殺してしまったのは僕だ、と最後まで言い張るつもりでした。ですが、これ以上、家族を裏切り、騙しつづけることができなくなりました。あなたには本当に申し訳ありませんが、どうか本当のことを話してくれませんか。お願いします」

通訳人の訳にリャンが小さな声で答え、それを通訳人が日本語にした。

〈私は本当のことを話しています〉

「でも、メイさんを死なせてしまったのはあなたです。僕が部屋へ行ったとき、メイさんは死んでいました。そして、あなたは、殺すつもりはなかったのに夢中で殴ったらメイさんが動かなくなってしまった、と僕に話しました。違いますか？」

〈違います。私は、メイを殺したなんてフミヒコに話していません。フミヒコの言っていることは嘘です〉

リャンは、俯き加減の顔を前に向けたままだった。

「リャンさん、僕を見てください。そして、答えてください」

文彦の呼びかけに、リャンの頭が一瞬かすかに揺れたように見えた。が、それは潔の錯覚だったかもしれない。

〈私は、メイを殺していません。メイを殺したのはフミヒコです〉

通訳人の答えを聞き、文彦の横顔に絶望の色が浮かぶのがわかった。

文彦が力の抜けた声で尋問の終了を裁判長に告げると、村地弁護士が再び立ち、リャンに質問した。

村地弁護士は、何とかしてリャンの証言の中に矛盾を見出《みいだ》し、そこを衝《つ》こうとしたようだ。

しかし、有効打があったようには思えなかった。

つづいて反対尋問に立った岸田検事は、〝窮地に追いつめられた弁護人と被告人が、日本語のよくわからない証人を犠牲にして、卑劣な茶番劇を演じた〟といった印象を判事たちに与えるべく、リャンに同情するような尋問を繰り返した。

その意図は見え見えで、こちらもどれだけ有効に働いたか、潔には判断がつかない。

ただ、検事の尋問にかかわりなく、今日のリャンの証言が、前回の被告人質問で文彦無罪の側に傾いた天秤《てんびん》の竿《さお》を元の有罪側に戻したのだけは間違いないように思えた。

潔は、文彦の言っていることが事実でリャンは嘘をついている、と思う。九分九厘《りん》間違いないだろう。が、それは潔が文彦という人間を知っているからであって、判事たちには当てはまらない。しかも、文彦には、認めていた罪を途中から否認に転じたという不利な状況もあった。

リャンに対する判事たちの尋問が終わると、リャンと通訳人が退廷し、農家の主婦に対する証人尋問が予定どおり行なわれた。

しかし、それは、リャンがメイ殺しを否認した後では文彦無実の傍証として役に立たなかった。リャンは、三時五分前ごろ文彦からメイにかかってきた電話の内容だけを前の証言と変え、その電話の後でメイに罵られ、竹の棒で殴られたが、自分は抵抗せずに我慢した、と言っていたからだ。

主婦が法廷から去ると、裁判長がこれで証拠調べを終わりにしたいがどうか、と検事と弁護人の意向を尋ねた。

今回で証拠調べが終わりということは、次回公判では検事の論告・求刑、弁護人の弁論と被告人の意見陳述が行なわれ、結審する、ということである。

岸田検事は同意したものの、村地弁護士はメイの金庫から盗まれた金の所在もまだはっきりしていないし審理が尽くされていない、と異議を唱えた。そして、スナック「マキ」の経営者、森山真紀の証人尋問を請求。立証趣旨として、〝金庫の金を盗んだのが被告人とリャンではなかったことを立証するため〟と述べた。

それを聞いて潔はちょっと驚いたが、村地弁護士は森山真紀が金を盗んだ可能性を追求するつもりらしい、と諒解《りょうかい》した。

村地弁護士の請求に対し、岸田検事は、弁護人は徒《いたずら》に審理を引き延ばそうとしているだけだ、と反対した。

三人の判事たちが顔を寄せ合い、協議に入った。

その様子を見るともなく見ていた潔の脳裏に、さっき、証人尋問が始まった直後に考えたことがよみがえった。

文彦の背後には彼に振り込め詐欺の策を授けた人間がいたのではないか、その人間が三百万円の行方にも関係しているのではないか、という想像である。

もし自分のこの想像が当たっていたとしたら、文彦のバックにいたのは文彦とどのような関係にある人間だろうか？

潔がそう自問したとき、判事たちの協議が終わった。

「次回は弁護人から請求のあった森山真紀の証人尋問を行ないたいと思います。弁護人も検察官もよろしいですか？」

裁判長が問うと、村地弁護士は「結構です」と頭を下げ、岸田検事はむすっとした顔で「しかるべく」と答えた。

2

佐和子は箸《はし》を休め、

「昇だってそう思ったから、今日は傍聴に来なかったんでしょう」

と、豚肉のショウガ焼きとご飯を口いっぱいに詰め込んだ息子に反論した。

文彦の事件の第四回公判があった四月十三日の夜八時過ぎ、佐和子は昇と向かい合って夕飯を食べていた。

「そりゃ……そう……だけど……」

と、昇がもぐもぐやりながら応じた。「俺は……ただの……高校生……。でも……お袋は……曲がり……なりにも……弁護士……じゃないか」

「曲がりなりにもは余計だよ」

昇が「じゃ」と言ってから、嚙《か》んでいた肉とご飯を吞《の》み込み、佐和子の顔に視線を止めた。

「曲がっていない真っ直《す》ぐな弁護士なら、どうしてそれぐらい読めなかったのさ？」

それぐらい、というのは、リャンが証人尋問で犯行を否認するかもしれないということである。

「どうしてって言われると、困るけど……」

佐和子は曖昧《あいまい》に答えたが、理由はわかっている。弁護士としての未熟さ、人間を見る目の甘さの故であることは間違いない。

佐和子は、文彦がリャンの罪を代わりに被っていたと認めた後でリャンに面会した。文彦が前言を翻《ひるがえ》した経緯を説明し、もう一度証人として出廷し本当のことを話してほしい、と頼んだ。

そのとき、リャンが反駁《はんばく》するかふてぶてしい態度を取っていれば、佐和子の申し出を最終的には了承したとしても、額面通りに受け取らなかっただろう。用心し、それなりの対策を講じていただろう。ところが、リャンは大きなショックを受けたらしいものの、佐和子が文彦の苦悩とリャンに対する謝罪の言葉を伝えると、

——フミヒコ、悪くない。

と言い、「わかりました」と佐和子の頼みを素直に受け容《い》れた。

だから、斉藤と仲根から「リャンが犯行を否認するおそれはないだろうね」と念を押されたときも、リャンの対応をあらためて説明し、彼女は文彦の気持ちがわかっているのでそうしたことはないはずだ、と言い切った。

それでも佐和子は念のために再度拘置所にリャンを訪ね、前の依頼を繰り返した。それに対してリャンは……いまから思うと少しおどおどしていたような感じがしないでもないが、「わかっています」と言った。

だが、その裏で、岸田・正木両検事によって密《ひそ》かに対策が講じられていたらしい。なぜそう考えるのかというと、リャンが、文彦からメイにかかってきた電話に関しての証言を、次に行なわれる主婦に対する証人尋問を見越したように改めたからである。対策といっても、簡単だ。リャンの弁護人に（たぶん誰かを介して）情報を伝えるだけでよかっただろう。

リャンの弁護人になっている国選の弁護士がどういう人か佐和子は知らない。が、たとえあまりやる気のない人だったとしても、検事からの情報を伝えられては何もしないわけにいかない。リャンに接見し、もし法廷でメイを殺したと認めた場合、タイへ帰れるのは何年先になるかわからない、と話したのではないか。

佐和子から文彦の心情と詫びの言葉を聞いたときのリャンは、ありのままを証言するつもりでいた。これは間違いないと思う。が、弁護士の話を聞き、気持ちが揺れ動いただろうことは想像に難《かた》くない。そして、だんだん一方に傾いていったのではないか。文彦の愛情と善意から出た行為とはいえ、もし彼が借金の肩代わりなどということを言い出さなかったら、自分はメイを殺さずに済んだはずだ、もうしばらくメイに奴隷のように酷使される生活がつづいても、いずれは自由になって自分と家族のために金を稼げたはずだ、それを滅茶滅茶《めちゃめちゃ》にしたのは文彦ではないか、そんなふうに思い始めたとしても不思議はない。

そうしたリャンの気持ちを読み取った弁護士は、偽証の教唆《きょうさ》に問われないように注意しつつ、リャンに策を授けたのではないだろうか。面倒を避けたかったら、公判の当日、証言台に立つまで佐和子に本心を気づかれないようにしたほうがよい、と。

「結局はお袋の甘さのせいだよね」

と、昇がいかにもわかったような顔をして結論づけた。

それには佐和子もカチンときて、

「何よ、自分こそ大甘のくせに！」

と、反撥した。

「いまは俺のことなんか言ってないだろう」

昇が反抗的な色を目に浮かべた。

「そうだけど、お母さん、昇にまでそんなふうに言われたくないね」

「他の人にも言われたの？」

「口に出しては言わなくたって、みんなそう思っているに決まっているわ」

「みんなって誰さ？」

「斉藤先生も仲根先生も、悠子さんと悠子さんのご主人もよ……」

「お袋の思い過ごしじゃないの？」

「そんなことないわよ」

絶対に思い過ごしなんかじゃないと思う。

公判が終わった後で佐和子が謝ったとき、誰も佐和子を責めなかった。斉藤と仲根は、自分たちさえきちんと対処していれば防げたのだと言い、むしろ佐和子を庇《かば》った。また、どんなに気落ちしていたかわからない悠子まで、（リャンの裏切りは）誰にも予想できなかったのだから仕方がない、と佐和子を慰め、励ましてくれた。

だからといって、彼らが内心、佐和子の甘さに最大の原因があると思っていないわけがない。誰が見たってそうなのは明らかなのだから。

「俺は、お袋が自分で思っているほどには他人は思っていないと思うけど……」

昇が微妙にトーンを変えた。母親が想像以上に深く落ち込んでいるのがわかったからかもしれない。

「なーに、それ？　今度はお母さんを慰めるつもり？」

「まーね」

「今更遅いわよ。傷に塩を擦《す》り込んでおきながら、慌てて砂糖を塗ったって」

「砂糖で効かなかったら、蜂蜜《はちみつ》塗ってやるから、元気出しなよ」

「そうだね。私の大好きな蜂蜜を塗ってくれるんなら、元気を出すか。ここで、いつまでも落ち込んでいたら、それこそただの甘ちゃんになっちゃうものね」

「そうだよ。お袋のその大根のような腕には文彦さんの未来が掛かっているんだから」

「言い方が気に入らないけど、文彦さんの身になって考えたら、過ぎたことにこだわってなんかいられないわね。これからどうするかを考えなきゃ……」

佐和子は、力を奮《ふる》い起こすようにたくあんをバリンと勢いよく噛んだ。

「落ち込んでいるにしては、さっきからよく食うね」

昇が呆《あき》れたような顔で佐和子を見た。

「そんなことないよ。昇の半分も食べていないでしょ」

「えっ、気がついてないの？　もう二回も自分でお代わりして……」

「二回も？　じゃ、これ三杯目？」

「そうだよ」

「そう言われてみると、お腹《なか》、相当くちくなっていたわ」

佐和子は中身が半分ほど残っている茶碗《ちゃわん》をテーブルに置き、腹に手を当ててみた。

「やめてくれよ。見ているほうが恥ずかしくなるだろう」

「だったら、見なきゃいいじゃない」

「あーあ、やだやだ」

「だって、私、落ち込んだり心配事があったりすると、いくらでもご飯食べられちゃうんだから、仕方ないじゃない」

「まったくおかしな腹だな。普通の人は、そんなときはご飯が喉《のど》を通らなくなるっていうのに。こんな話、友達にしたら、おまえのお袋は妖怪《ようかい》かって言われるよ」

「そうだって言っておいたら。僕は妖怪の腹から生まれた子妖怪だって」

「もうお袋のアホ話には付き合ってらんないよ」

「お母さんが裁判の今後について話そうとしたら、昇が私のご飯の話なんかしたから、こうなったんじゃない」

　昇が反論せず、茶碗と箸を置いた。もうお代わりはしないらしい。

　お茶を一口飲み、佐和子に真剣な眼差しを向けた。

「で、肝腎《かんじん》の裁判の話だけど、どうやったら文彦さんの言っていることが正しいって証明できるの？」

「その方法をこれから考えようとしているんじゃない」

「勝てる見込みは？」

「わからない。でも、文彦さんが無実なら、絶対に勝たなきゃ」

「無実に決まってるじゃないか。文彦さん、リャンさんを陥れるような嘘をつくわけがないもの」

「私だってそう信じている。だから、問題はそれを証明する方法……」

「リャンさんに本当のことを話してもらうのは、もう絶対にだめなの？」

「絶対ということはないと思うけど、ま、ほとんど不可能ね」

「そうか……」

「リャンさんとは関係なく、もしかしたら道が拓《ひら》けるかもしれないと考えている方法が一つだけあるんだ」

「どんな方法？」

「具体的なことが全然わからないから、本当にもしかしたらなんだけどね」

「それでもいいよ。聞いてやるから、言ってみな」

「何よ、生意気な」

「話したくないんなら、べつに無理にとは言わないけどさ」

我が息子だけあって、母親の性格と心理を見抜いている。

「話したくないなんて言ってないでしょう」

「じゃ、もったいぶらずに早く言えよ」

癪《しゃく》だが、仕方がない。

佐和子は、手にしていた湯飲み茶碗を置いた。

「ほら、前に話した田宮三郎こと鏑木恭一……。その人に会って話を聞けば何かつかめるんじゃないか、と思っているの」

　文彦が無実だとわかった後、鏑木の存在は佐和子の中で影が薄くなり、背後に退いていた。が、今日のリャンの証言によって再び前面に出てきたのだった。

「鏑木という男、文彦さんの振り込め詐欺の協力者ではなかったわけだけど……」

　一度はそう疑ったが、文彦の協力者は羽佐間潔とわかり、そのこともあって、鏑木の影は薄くなっていたのだった。

「でも、お袋は、金庫の金を盗んだ犯人じゃないかって、いまでも疑っている？」

　昇が言葉を継いだ。

「そう」

「たとえお袋の疑っているとおりだったとしても、その男、メイさんを殺したのが文彦さんじゃなかったなんて知っているかな」

「知ってはいなくても、それを示唆する状況証拠ぐらいは握っている可能性があるわ。事件の前後に現場近くにいたのはほぼ確実なんだから。それで、会って話が聞けたら、と思っているわけ」

「どうやって会うの？　電話を切られちゃったら、どうにもならないわけだろう」

「小田丈児というペンネームもわかっているし、探偵に頼めば住所は突き止められると思う。だから、会うだけなら何とかなりそうなんだけど、問題はその先なの」

「その先？」

「もし、鏑木が金庫の金を盗んだ犯人だとしたら、私と会ったって本当のことなど話すわけがないでしょう」

「そうか……」

だが、佐和子は、鏑木に会って何としても彼の知っていることを聞き出さなければならないと思った。いまや、文彦の無実を裏付ける手掛かりが得られそうなのは鏑木の話以外にないのだから。


昇が自分の部屋へ引っ込むと、佐和子は後片付けをする前に夕刊を読んだ。食べ過ぎたらしく胃のあたりが重く、動くのが大儀だった。

――これじゃ、昇でなくても恥ずかしくて人には言えないわね。

自嘲《じちょう》するように胸の内でつぶやき、さて、片付けて風呂に入るか、と椅子から腰を上げようとしたとき、電話が鳴った。

腕を伸ばして子機を取り、「はい」と応じると、

「村地先生のお宅ですか？」

と、男が聞いた。

佐和子は羽佐間潔の声らしいと思い、そうですと答えて座りなおした。

案の定、相手は「羽佐間ですが、いまいいですか？」と聞いた。

「ええ」

「今日、傍聴させてもらいました」

「私の力の無さから、あんなふうになってしまい、羽佐間さんにも申し訳なく思っています」

「べつに村地先生のせいじゃないと思います。リャンさんはいわば運命の分かれ道に立っていたんですから、良心に目をつぶって自由へ通じている道を選んだとしても、ちっとも不思議じゃありません」

羽佐間が慰めるように言ったが、それは佐和子をいっそう落ち込ませた。リャンがその選択をするかもしれない、と自分は読めなかったのだから。

「すみません、僕なんかが生意気なことを言って……」

佐和子が黙っていると、気分を害したと思ったのか、羽佐間が謝った。類は友を呼ぶのだろう、文彦の友人の彼もどこかひ弱な感じがしたが、優しい青年だった。

「いいえ、そんなことありません。ありがとう」

と、佐和子は相手の思いやりに感謝した。

「実は、今夜村地先生にお電話したのは、例の三百万円の件に関係してちょっと気がついたことがあったからなんです」

　羽佐間が本題に入った。

「どういうことでしょう？」

「石崎はいまも、三百万円はＡＴＭで引き出して帰る途中、引ったくられた、と言っているんですね？」

「ええ」

「僕はどうしても信じられないんですが、村地先生はどう思われますか？」

「私も信じられません」

「といって、石崎は三百万円を持って風見荘を訪ねたわけではない——。いまや、これは確実だと思われますが」

「ええ」

「としたら、石崎は何らかの事情からその金を失ってしまった、と考えるしかないと思うんです」

「そうですね」

「で、そう考えたとき、僕は、石崎のような純なヤツが自分のお祖母《ばあ》さんを騙すような方法を考えついたというのは変だ、と気づいたんです」

「もし、文彦さんが自分で考えついたのでないとしたら……？」

答えはわかっていたが、佐和子は聞いた。

「当然、石崎に悪知恵をつけた……振り込め詐欺という方法を教えた人間がいたはずです。そして、石崎のバックにそういう人間がいたなら、そいつが三百万円の行方にも関係しているんじゃないか、と思ったんです」

佐和子は、胸のあたりが激しくざわめき出すのを感じた。もしかしたら、その人間こそ鏑木ではないか、と思ったのだ。鏑木は文彦の振り込め詐欺の協力者ではなかった。が、その方法を考えて文彦に吹き込んだ人間だった可能性はある。

「三百万円はその人間に持ち逃げされるか、騙し取られた……？」

「相手が誰であっても、石崎が大事な金を人に遣《や》るわけはないので、そのどちらかだったのではないかと思います。ですが、それなら石崎はなぜそのことを村地先生にも話さず、引ったくられたと言い張っているのか、それがわからないんです」

文彦の振り込め詐欺に協力したのが羽佐間だったと聞く前、佐和子も似たように考えていた。協力者が金を持ち逃げしたのではないか、と。ただ、そう考えても、文彦がなぜその事情を頑に隠しているのかが不可解だったのだ。

「当然、そこには何らかの事情が絡んでいるはずですが……」

羽佐間がつづけた。

「そうですわね」

「もちろん、石崎に振り込め詐欺の方法を教えた人間がいたはずだという僕の考えの出発点が間違っている可能性もあります」

「いえ、それは間違っていないと思います」

と、佐和子は言った。羽佐間なら、鏑木に関する件を明かしてもいいだろうと思った。

「村地先生には、そうした人間の心当たりでも……？」

羽佐間が聞いた。強い興味をそそられたようだ。

「羽佐間さんは、第二回公判のとき、ヌイさんがリャンさんの客の田宮に似た人を見たと言ったのを覚えていませんか？」

「覚えています。ということは、田宮という男がお祖母さんから金を騙し取る方法を石崎に教えた人間かもしれない？」

「ええ。田宮というのはペンネームと言うよりは偽名に近く、本名は鏑木恭一というんです」

佐和子は漢字について説明し、鏑木に関してこれまでにわかっている事情と自分が考えていることを話した。文彦がマキで顔を合わせていたにもかかわらず会ったことがないと嘘をついていたこと、鏑木と文彦の父親、伯母との関わり、鏑木がメイの金庫の金を盗んだ可能性があること……。

羽佐間は非常に驚いたらしく、

「田宮というのは、そんな男だったんですか！」

と、まるで感嘆したような声を出した。

「ええ」

「で、村地先生はその鏑木という男に会われたんですか？」

「まだなので、これから会おうと思っています」

「住所はわかっているわけですね？」

「いえ、携帯電話の番号しかわからないので、探偵に調べてもらおうと思っていたんです。携帯電話だけでは、相手に切られたら終わりですから。ただ、探偵をつかって住所を突き止め、訪ねたとしても、鏑木が金庫の金を盗んだ犯人だとしたら事実を話させるのは非常に難しいため、どうしたらいいかと考えていたんです」

「三百万円を持ち逃げしたのも鏑木という男だったとしたら、口を割らせるのはいっそう難しくなったんじゃありませんか」

「そうかもしれません。ですが、羽佐間さんの話を伺っていて思いついたのですが、住所を調べなくても、会って話すのだけはできそうです」

「どういうことでしょう？」

羽佐間が怪訝《けげん》そうに聞いた。

「三百万円を持ち逃げしたのが鏑木で、それを文彦さんが隠しているのだとしたら、鏑木は巧妙な手をつかって文彦さんを騙しているにちがいありません。ですから、文彦さんに会ってそのことを指摘し、説得すれば、文彦さんの目を覚まさせられるのではないか、と思われるからです」

「つまり、石崎から、鏑木という男に三百万円を奪われたときの事情を聞き出せるかもしれない？」

「そうです」

「石崎からそれを聞き出せたとして、その後どうするんですか？」

「鏑木に電話してその事実を突きつけ、会って話を聞きたいと申し入れます。会ってくれるなら三百万円の件は告発を思いとどまってもいいが、拒否するならいますぐ警察に届け出る、と一種の脅しをかけるわけです。そうすれば、鏑木は私の要求を受け容れるはずです。会えたからといって、簡単に知っていることを聞き出せるとは思えませんが、面と向かって話ができるだけでも大きな前進です。話しているうちに、文彦さんの無実を証明するための手掛かりが見つかる可能性があります」

「そうですか」

「これも羽佐間さんのおかげです。また羽佐間さんに助けていただきました」

応えようがないからだろう、羽佐間は黙っていた。

「羽佐間さんにはどんなに感謝しても感謝しきれません。もし羽佐間さんの前回のアドバイスがなかったら、メイさんを殺害したのは文彦さんに間違いないと思い込んだまま、いまも真相から遠く離れたところをさ迷いつづけているところでした」

佐和子は言いながら、悠子が文彦の弁護を佐和子に頼みたいと電話してきたときのことを思い出していた。

そのとき、自分には荷が重すぎるからと佐和子が断わろうとすると、

――サワちゃんには、困ったときに力を貸してくれる人を呼び寄せる能力が具《そな》わっているような気がするの。その力をつかって困難を乗り越える能力が……。

と、悠子は言った。そして、〝自分は確かにこれまで困難にぶつかるたびに誰かに助けられてきたが、それはたまたま幸運が重なっただけで能力と呼べるようなものではない〟と佐和子が反論しても、

――ううん、能力よ。それはサワちゃんの能力だと私は思う。

悠子は真剣な調子でそう言い張り、譲らなかったのだった。

――だから、今度だって、困難にぶつかれば、きっとそれを乗り越える力を持った人を呼び寄せ、サワちゃんは文彦を助けてくれると私は信じている。

佐和子はいまでも、自分が悠子の言うような〝能力〟を持っているとは思っていない。だが、まさに悠子が予言したように、佐和子の前に二度までも羽佐間という救世

主が現われたのだった。

羽佐間との電話を終えると、佐和子は食事の後片付けを済ませ、いつものように温《ぬる》めの湯に浸《つ》かりながら、鏑木に会ってどのように話を進めるかについて考えた。

佐和子が鏑木に会う目的は、彼が文彦から三百万円を騙し取っていたとして、それを責めることではない。また、メイの金庫から彼が四百数十万円盗んだかどうかを追及することでもない。もちろん、できればその件もはっきりさせたいが、一番の目的は、事件の当日鏑木が見るか聞くかした事柄の中に〝メイを殺したのが文彦ではなくリャンである〟と裏付けるもの……少なくともそれを示唆するものを見つけ出したいのだ。

果たして、そんなものが存在するかどうか――。

何とも言えないが、事件の前後に風見荘の近くにいた（のが確実と思われる）鏑木なら、自分ではそれと意識していなくても重要な事実を知っている可能性がある。

「まずは文彦さんに接見し、すべてはそれからだわね」

佐和子はつぶやき、浴槽の中で立ち上がった。

いつもならリラックスしているひとときなのに、今夜の彼女は逆に緊張していた。

3

翌日の昼前、佐和子は拘置所に文彦を訪ねた。

昨日の今日なので、さぞかし意気消沈しているだろうと思っていたが、意外にすっきりした顔をしていた。

「昨日は、私の甘さから予想していなかった展開になってしまい、ごめんなさい」

佐和子が謝ると、「いいえ」と応えたが、その声の調子からもいつもと変わった様子は感じられない。

「リャンさんの証言、ショックだった？」

「はい」

「そうよね」

「あ、でも、リャンさんの立場になってみれば当然かもしれません」

佐和子は思わず仕切り板の向こうの顔を凝視した。

「優しくて物わかりがいいのね」

文彦が佐和子の視線を避けるように顔をわずかに俯けた。

「でも、事実は事実としてはっきりさせなければいけないわ。それはわかっているわね？」

佐和子は心持ち語調を強めた。

「はい」

「なら、いいんだけど」

佐和子は言ったものの、この若者は自分に下される判決によって将来が天と地ほどに違ってしまうことを理解しているのだろうか、と内心首をかしげた。リャンのほうは、それをはっきりと認識したからあのような証言をしたのだと思われるのに。

「今日来たのは他でもないの」

佐和子は言葉を継いだ。「これまでに何度も聞いている三百万円の件――。それをはっきりさせたいの」

文彦は何も応えない。

「三百万円は引ったくられたんじゃなく、あなたやリャンさんに田宮と名乗っていた鏑木に奪われたんでしょう？」

佐和子はぶつけた。

突然、鏑木の名前が出たからだろう、文彦の目に驚きの色が浮かんだ。

「昨夜、羽佐間さんから電話があって、あなたに振り込め詐欺を吹き込んだ人間がいたはずだって教えてくれたの。あなたには、お祖母さんを騙すようなあんな方法は思いつかないはずだって。それで考えてみると、鏑木しかいないの。あなたは鏑木に入れ知恵され、羽佐間さんに手伝ってもらって仲根加代さんから三百万円を手に入れた。でも、そのお金を何らかの方法で鏑木に奪われた。そうでしょう？」

「違います。田宮……鏑木さんには関係ありません。三百万円は何度も言っているように……」

「文彦さん！」

佐和子は強い声で遮った。「あなたは、自分がいまどういう状況にあるのか、本当にわかっているの？　これはゲームじゃないのよ。一度決まってしまったら、リセットはできないのよ」

「それぐらい、僕だってわかっています」

文彦が反撥するように言った。

「いいえ、あなたはわかっていないわ。頭ではわかっているつもりかもしれないけど、本当のところはわかっていないわ」

「………」

「もし本当にわかっていたら、どうして事実を明かせないの？　どうして鏑木のことを隠すの？　このままだと取り返しのつかない結果になるのよ」

教師に叱《しか》られた子供のように、文彦が唇を噛んでいる。

「三百万円の件、私がいま言ったとおりなんでしょう?」

文彦は無言。肯定もしないが、今度は否定もしなかった。

「鏑木に話を聞く必要があるの。『マキ』のママの証人尋問が済んだら次で結審だから、いま会って話を聞かないと手遅れになってしまうの。でも、ただ会ってくださいと言ったところで、応じる可能性はたぶんゼロ……。だから、鏑木に会うためには三百万円のことをぶつける以外に方法がないのよ」

「鏑木さんは、僕が無実だと証明できる事実を知っているんですか?」

文彦がさらに一歩退《ひ》いた。

「正直言って、わからない。何も知らないかもしれないわ。でも、事件の前後に風見荘の近くにいたのなら、何かを見るか聞くかしているはずでしょう。その中に、もしかしたらあなたの無実を決定づけるようなことがあるかもしれないわ」

文彦は迷っているようだ。

佐和子は、あとひと押しだと思った。

「本当のことを話してくれるわね?」

文彦の目に視線を止めて言うと、彼がようやく「はい」とうなずいた。

「振り込め詐欺を考えついたのは、羽佐間さんが想像したとおり、鏑木だったの?」

「そうです」

「そして、鏑木はそれをあなたに吹き込んだ？」

「吹き込んだわけではなく、教えてくれたんです」

「わかったわ」

佐和子は何も言わずに受け容れた。「で、あなたが羽佐間さんの力を借りて手に入れた三百万円を奪ったのも……奪ったという言い方に抵抗があったら、どう言いなおしてもかまわないけど、とにかくそのお金を持ち去ったのも鏑木だったわけね？」

「はい」

「それなのに、あなたはどうしてそのことを隠して、引ったくられたなどと言い張っていたの？……あ、初めから順に聞くわね。そもそも、あなたと鏑木はいつからお金を手に入れる方法まで話し合うような関係になったの？　その経緯から説明してくれるかしら？」

文彦が観念したような、心を決めたような顔をし、「わかりました」と答えた。

「初めは、リャンさんから田宮という親切な客がいると聞いていただけで、マキで顔を合わせても言葉を交わすことはありませんでした。それは前にお話ししたとおりです。ところが、十月に入ってしばらくしたころ、芳沢駅で電車を降りて歩き出したとき、後ろから声をかけられたんです。そして、自分もリャンが好きだがきみのほうが自分より何倍も愛しているようだから、きみがリャンをいまの状態から助け出そうというのなら力になってもよい、と言われ、芳井川の土手まで一緒に行き、歩きながら話をしたんです」

その話の中で、文彦が生まれる前に死んだ伯母と鏑木——彼は田宮と名乗りつづけていた——が知り合いだったことがわかり、鏑木はリャンの「借金」に相当する金を手に入れる方法を一緒に考えてくれることになった。

鏑木から〝巧い方法を思いついた〟という電話があったのは数日後だった。鏑木とはそれから二度会い、二度目のとき、マスコミを賑《にぎ》わしているオレオレ詐欺を応用すれば三百万円ぐらい手に入れられると教えられた。

「そう聞いても、祖母を騙すなんて自分にはとてもできない、と思いました」

文彦がつづけた。「といって、いくら考えても他の方法を思いつきそうにありません。僕は迷いながら、こんな方法を考えたが実行する決心がつかないでいる、と羽佐間に話しました。新聞を見て自分で思いついたように装って。すると羽佐間が、どんな結果になっても俺の名前を出さないと約束するなら力を貸してもいいと言ってくれたんです。内心密かに期待していた言葉でした。羽佐間のその言葉によって僕は実行に踏み切る決心がつき、彼がそばにいてくれたおかげで途中で挫《くじ》けず、最後まで祖母を騙しきることができたんです」

文彦は、そうやって手に入れた三百万円がどうなったのかも話した。

それは、佐和子が想像していたのとさほどかけ離れた内容ではなかった。

佐和子は自分は甘い人間だと反省していたが、文彦は彼女に輪をかけた〝甘ちゃん〟だったらしい。あるいは、人を疑うことを知らない純真無垢《むく》な人間と言うべきか……。鏑木に騙されて三百万円を持ち逃げされながら、いまだに鏑木を疑いきれずにいるのだった。

その経緯は次のようなものだった。

文彦が携帯電話をつかって祖母を騙したのは羽佐間の部屋だったので、電話を終えて成功を確信すると、羽佐間に礼を言って彼の家を出た。

罪の意識に苛《さいな》まれたし、後悔する気持ちもあったが、こうなったら三百万円をできるだけ早く引き出し、前へ進むしかない、そう自分に言い聞かせながら蕨駅へ向かった。

祖母が近くのATMまで行って自分の預金を引き出し、それを振り込むまでにかかる時間が三十分。それから自分の口座に金が入るまでを三十分と見て、一時間後に芳沢駅前のR銀行に行けばいい。

文彦はそう目算し、蕨駅に着いてから、鏑木（田宮）のケータイに電話した。自分の教えた方法を実行したらすぐに首尾を知らせてくれ、と言われていたからだ。

おかげでうまくいきました、と文彦が報告すると、

――そうか。じゃ、きみが金を引き出したら、前祝いに一杯やろう。

と、鏑木が応えた。

予想外の誘いに文彦は返事を渋った。

すると、鏑木が文彦の気持ちを読んだように、メイとの約束ができているわけだし、もうリャンは自由になったも同然なんだからいいじゃないか、と言った。

――それに、今後のリャンの生活のことも、きみと俺とでよく相談しておいたほうがいいと思うんだ。

そう言われては、断わる理由を思いつかない。

文彦は芳沢駅前で鏑木と待ち合わせ、ＡＴＭで三百万円引き出してから近くの居酒屋に入り、一時間半ほど、ほとんど鏑木の一方的なお喋《しゃべ》りを聞きながら酒を飲んだ。

鏑木が、明日の午後二時までには必ず返すからその三百万円を貸してくれと言ったのは、居酒屋を出て、国道近くの人通りのない道まで来てからだった。

すでに辺りは薄暗くなっていた。

文彦はびっくりして足を止め、相手の顔をまじまじと見やった。

と、鏑木が突然道端にひざまずいたかと思うと、舗道に額を擦りつけ始めた。

――お願いだ。俺を助けてくれ。今夜中にまとまった金を用意しないと命が危ないんだ。

文彦は、想像もしなかった事態に驚き、戸惑い、返答ができなかった。

――今夜だけなんだ。今夜さえ乗り切れば、明日の昼には五百万円入る。これは確実だ。だから、あんたがメイのところへ金を持って行くまでには、三百万、必ず耳を揃《そろ》えて返す。

そう言われても、到底応じられる頼みではない。せっかく手に入れた三百万円を貸すなんて、できない。

――俺の話が信じられないか？

――そういうわけではないですけど……。

七対三ぐらいで疑いのほうが強かったが、文彦はそう答えた。

――だったら、俺を助けてくれ。頼む。俺だって、リャンを自由にしてやりたい気持ちはきみと同じだ。だから、その機会を潰《つぶ》すようなまねはしない。

鏑木がリャンのことを思っているのだけは確かなようだ。

といって、全面的に信用するわけにはいかない。

――どうしてもだめか……。きみは俺を見殺しにするわけだな。

鏑木の言い方は懇願から半ば脅しに転じた。

――それならいい。

鏑木が立ち上がり、手と膝《ひざ》を叩いて汚れを落とした。

──どうしても嫌だと言うんじゃ仕方がない。ただ、明日、きみがリャンと手と手を取り合って風見荘から出て行くころ、俺は土左衛門《どざえもん》になって荒川に浮かんでいると思うが、ま、リャンによろしくな。

文彦には何と返していいかわからない。

──もし俺が考えてやらなかったら、その三百万は手に入らなかったはずなのに、そうしたことはきみの頭からもうすっかり消えちまったわけだ。そして、自分さえよければ俺なんか死のうと生きようと我関せず焉《えん》、というわけだ。

文彦は子供のころから気が弱いと周りのおとなから言われてきたし、自分でもわかっていた。だから、時には毅然《きぜん》たる態度を取らなければ……と思っているのだが、恩人とも言える鏑木にそこまで言われては彼の頼みを撥《は》ねつけることができなかった。

──明日の午後二時までに、必ず返してくれますか？

逡巡《しゅんじゅん》の末、そう聞いていた。

──もちろんだよ。

と、鏑木が飛びつくように答えた。

──繰り返すけど、俺だってリャンが好きだから、あのごうつく婆《ば》ぁから自由にしてやりたいと思い、きみに協力したんじゃないか。それなのに、きみとリャンを裏切るようなまねはしない。

——わかりました。じゃ、明日の午後一時半に僕はここへ来ています。ですから、二時までに必ずお金を持ってきてください。

——わかった。恩に着る。必ず約束を守るから、安心していていいよ。

鏑木はそう言ったのに、翌日、約束の二時に現われなかったし、携帯電話も通じなかった。文彦は不安を覚えながらも、メイを訪ねる約束になっている三時近くまでさらに五十分余り待ったが、それでも鏑木は姿を見せない。

文彦の頭に〝騙された〟という文字が浮かんだが、そうは考えたくなかった。何らかのハプニングが生じて鏑木はここへ来ることも電話することもできなくなっているにちがいない、と思った。そう思おうとした。

どちらにしても、鏑木を捜し出して三百万円返してもらわなければならないが、それまで——一日では心許《こころもと》ないので二日——メイに待ってもらおうと思い、電話した。

ところが、怒ったメイに一方的に電話を切られてしまったこと、こうなってはメイに会って頼むしかないと思い、罵詈雑言《ばりぞうごん》を浴びせられるのを覚悟して風見荘を訪ねたこと、そこで目にしたのは、頭から血を流して倒れているメイと、操り糸の切れたマリオネットのように床にぺたんと横座りしたリャンの姿だったことは、被告人質問のときに述べたとおりである。

文彦はリャンを励まして事情を聞き、電話で済まそうとしないで訪ねていれば……

と後悔した。が、どんなに悔やみ、自分を責めても遅かった。リャンの犯した罪を消すことはできない。

絶望的な気持ちでそう思ったとき、

――いや、自分が代わりに罪を被ればリャンを助けられる！

という考えが脳裏に閃《ひらめ》いた。

リャンがメイを殺してしまったのは、そもそもは自分がメイからリャンを解放してやろうなどと考えたからなのだ。リャンの行為のすべての責任は自分にあるのだ。それなら、リャンの罪を自分が引き受けるのは当然ではないか。

文彦はそう考え、リャンと二人で逃げて、もし捕まったらリャンの罪を自分が被ろう、と決心した。

その考えをリャンに話し、渋る彼女を説得したこと、自分が訪問してからメイが殺されたように階下の住人に思わせるため、リャンと二人で工作したこと、リャンの指紋が付いている可能性がある鉄の花瓶や竹の棒などをハンカチでよく拭《ふ》いてから部屋を出たこと……なども前に説明したとおりである。

電源を切っておいた携帯電話に鏑木から連絡が入ったのは翌日の昼だった。〈昨日はやむをえない事情から金を持って行けず、また連絡もできず、すまなかった。今夜九時に電話するから電源を入れておくように〉というメッセージが録音されていたのだ。

その晩九時ジャスト、リャンと東京・新宿のラブホテルに泊まっていた文彦に鏑木が電話してきた。昼の電話と同様に、携帯電話からではなく公衆電話からだった。

鏑木は、メイが殺されたというニュースを見て驚いたが、もしかしたらきみがやったのかと聞いた。文彦がそうだと答えると、彼は言った。

――三百万円の返済が遅れてすまなかった。ビルの地下室に監禁されていたため電話もかけられなかったが、金が手に入ったので、きみの都合のよいときに返したい。

思いもよらない成り行きになり、鏑木を恨んでいたが、彼は自分を騙したわけではないらしい。いや、自分を騙して金を持ち逃げしようとしたが、事件を知り、怖くなったのかもしれない。

いずれにしても、リャンと逃げつづけるには金が必要だったので、どこかで落ち合って受け取りたい、と文彦は応えた。

――逃げ切れる自信があるのか？

と、鏑木が聞いた。

――あまり自信はありませんが……。

――そんないい加減なことで、リャンを辛《つら》い逃亡生活に巻き込んでいいのか？

――でも、他にどうしようもないですから。

——自首するんだよ。三百万円は元々リャンのためにつかおうとした金だろう。だったら、無駄にしないで、リャンの今後のために残しておいてやったらいいじゃないか。きみだって、逃げていて捕まるより、そのほうが刑が軽くなる。

——リャンさんのために金を残すって、具体的にどうするんですか?

——俺が預かっていて、リャンが自由の身になったら渡してやるよ。リャンがタイへ強制送還されたら、小切手にして送ってやる。約束する。

そんなこと、信じられるだろうか。

——俺を信用できないか?

相手は一度自分を騙そうとしたのかもしれない人間である。そう簡単に信用できるわけがない。

——俺だってリャンを思う気持ちはきみに負けないつもりだが、俺を信用できないんなら仕方がない。明日にでも、きみの指定した場所へ三百万持って行くよ。

文彦は迷った。

——どうするんだ?

鏑木を信じていいのかどうか、文彦にはまだ判断がつかない。

——俺はどっちでもいいが、この際、リャンのためを考えてやるのが誠意っていうもんじゃないのか。

文彦は決断した。鏑木の話を完全に信じたわけではないが、彼に託そう、と。

――わかりました。じゃ、そうしてください。お願いします。

と、文彦は言った。

自分がリャンの罪を代わりに引き受けても、リャンの生活を滅茶滅茶にしてしまったことには変わりがない。その償いのためにも、三百万円をリャンの今後のために残しておいてやりたい。

ただ、そう考えても、鏑木が約束を守るという保証はない。だから、この選択は一種の賭《かけ》である。が、三百万円をリャンに残すためには、鏑木の誠意とリャンに対する彼の思いに賭ける以外、文彦には方法がなかった。

それから数日して芳沢署へ出頭した後、文彦は、警察と検察の取り調べに対してだけでなく、佐和子や家族にも「三百万円は引ったくられた」と言いつづけた。それはべつに鏑木を庇ったわけではない。相手が誰であれ、三百万円の所在を知られれば、金がリャンの手に渡る可能性は消えるだろうと考えたからである。

リャンに対する文彦の気持ちは、リャンが佐和子との約束を違《たが》え、二度目の証人尋問でメイ殺しを否認した後も変わらない。なぜなら、先に自分のほうが一方的に供述を変え、リャンを裏切ったのだから。

文彦は、三百万円に関する鏑木との〝約束〟をリャンにも話してあった。そのため、彼女も文彦と鏑木（田宮）との関わりについては何も話さなかったのである。

「文彦さんは、いま私に鏑木のことを明かすまで、〝鏑木の誠意とリャンさんに対する思い〟に賭けつづけていたわけね？」

文彦の話が一区切りついたところで、佐和子は確認した。

はい、と文彦が認めた。

「その場合、鏑木を信用する気持ちと疑う気持ちのどっちが強かったの？」

「わかりません。でも、疑う気持ちが強まりそうになると、いや、信用しよう、田宮さんだってリャンさんが好きだったのだから田宮さんを信じよう、と自分に言い聞かせていました」

そうした文彦の心情は佐和子にも理解できないわけではない。ただ、どう考えても甘い判断のように思われた。

三百万円を返したいと鏑木が電話してきたときに文彦が考えたことは当たっていた、と佐和子は思う。地下室に閉じ込められ云々《うんぬん》という鏑木の話は嘘で、彼は文彦を騙して三百万円を持ち逃げしようとしたにちがいない。持ち逃げしても、祖母から騙し取った金なので文彦は公にできないだろう、と読んで。ところが、そこにメイが殺されるという思ってもみなかった事件が起き、文彦が警察に捕まって三百万円の件を話せば、自分も捕まるおそれが出てきた。そのため、鏑木は怖くなり、慌てて、「借りた金を返したい」と文彦に電話した。

だが、鏑木の中には、せっかく手に入れた三百万円を手放すのは惜しいという気持ちがあった。そこで彼は一計を案じた。〝自分に金を預けておけばリャンに渡してやる〟と文彦をもう一度騙す方法である。そう言っておけば、文彦とリャンが警察に捕まっても自分の名前を出すことはないにちがいない。鏑木のこの読みは的中。文彦は今日まで、三百万円は引ったくられたと言い張りつづけてきた――。

これが、三百万円をめぐるメインの構図《ストーリー》だろう。

が、そこには鏑木に関するサブストーリーが付随していたのではないか、と佐和子は思った。

その根拠は、昨年十月二十七日、鏑木の取った行動である。

鏑木は、文彦がATMで引き出したばかりの三百万円を手に入れたものの、リャンの自由を取り戻すための金を奪ってしまい、自分を責めていたのではないか。そのまま逃げてしまうかどうか、迷い、葛藤《かっとう》していたのではないか。もしかしたら、手に入れた三百万円をつかって自分がメイと交渉し、リャンを自由にしてやろう、といった考えもあったのかもしれない。そのへんははっきりしないが、もし鏑木の目的が金だけだったなら、三百万円を手にするや、さっさと遠くへ逃げてしまったはずである。

それなのに、事件が起きたころ、彼も風見荘の近くへ行っていた。これは、文彦がどうするか、リャンがどうなるか、気になって様子を見に行っていたのではないだろうか。

文彦の話を聞き、これまでわからなかった点がいくつかすっきりした。

それは大きな収穫だったが、ただ、佐和子が望んでいたような〝脅しの材料〟は手に入らなかった。三百万円の持ち逃げについては言い逃れの道が用意されており、あまり威力を期待できなかったからだ。

それでも、思い切って今夜鏑木に電話してみようと佐和子が考えていると、接見時間の終了を告げられた。

すでに用件は済んでいたので、

「もしリャンさんがメイさん殺しの罪で有罪になり、刑期が終わるまでタイへ帰れなくなったら、三百万円はどうするつもりだったの？」

と、佐和子は聞いてみた。

「そのときは僕が自由になれるわけですから、鏑木さんに会って三百万円を返してもらい、僕の手でリャンさんの家族に送ってやるつもりでした」

と、文彦が答えた。

4

翌々日の土曜日、佐和子は山形新幹線で河東市まで行った。鏑木と電話で話した結果、石崎憲之に会って話を聞く必要が生じたのだ。河東駅に降り立ったのは正午少し前。佐和子は実家へ寄らず、タクシーで石崎酒造へ直行した。

用件は行ってから話したいと電話しておいたからだろう、憲之と悠子が緊張した面持ちで佐和子を迎えた。昼食は駅弁で済ませてきたと佐和子が言うと、すぐに応接間へ通され、悠子がコーヒーを淹《い》れてきた。東京や埼玉ではすでに桜が散ってしまったというのに、石崎家の応接間ではまだストーブが焚《た》かれていた。

佐和子はまず文彦に接見したときのことを話し、次いで鏑木に電話した件へ話を進めた。

悠子はその後もしばらく同席していたが、佐和子の話が核心に入ると、

「私がいないほうがよさそうね」

と、腰を浮かした。

「いや、きみがいたって、俺は一向に差し支えない」

ろう。

と、憲之が妻に顔を向けた。「きみに聞かれて困るようなことなど何もないから」

佐和子としては悠子に席を外してほしかった。そのほうが憲之が事実を話し易《やす》いだろう。

口に出してそう言ったわけではないが、佐和子の気持ちは顔に出たのかもしれない、

「ちょっとやりかけた用事もあるから、二人で話して」

悠子が言い、部屋を出て行った。

それを待って、憲之がいかにも困惑しているというように首をかしげ、言った。

「鏑木がそんな言い方をしたというのは、鏑木は私と親父《おやじ》を恨んでいるということですかね。私には、鏑木に恨まれるようなことをした覚えはないが……」

佐和子が鏑木に電話をかけたのは、文彦に接見して帰った一昨夜のことである。

佐和子は文彦の弁護人であると告げ、会ってほしいと単刀直入に申し入れた。

鏑木の反応はほぼ予想していたとおりだった。自分はメイの殺された事件には何の関わりもないので弁護士さんに話すことなど何もない、と拒否した。

――事件には関わりがなくても、風見荘で事件が起きたころ、近くへ行っておられましたね？

佐和子は話を繋《つな》いだ。

――俺はそんなところへ行っていない。

――でも、鏑木さんを見た人がいます。

鏑木だと特定されたわけではないが……。

――誰が、俺だと言ったんです？

――リャンさんと同じマキのホステスだったヌイさんです。

――俺は行っていないから、人違いだよ。ヌイが誰かと見間違えたんだろう。

――そんなことはないと思います。ヌイさんは自信を持って証言しました。

――ヌイがどう証言しようと、そんなのは俺の知ったことじゃない。とにかく俺は事件とは何の関係もないし、あんたに会う気もない。それじゃ……。

――待ってください！

佐和子は声を高めた。ここで電話を切られてしまったのでは何にもならない。

――何だよ？

鏑木が面倒臭そうに言った。

――もし鏑木さんがどうしても会ってくださらないんなら、石崎文彦さんから三百万円を騙し取った件で警察に告発せざるをえませんが。

佐和子はぶつけた。

と、電話の向こうで一瞬息を呑んだような気配がした。

――それでもかまわない、と言われるんでしたら……。

——ああ、かまわない。好きにしてくれ。俺は石崎君から一時的に三百万円を借りたが、騙し取ってなどいない。現在も、リャンが釈放されたら渡してくれと頼まれて預かっているだけだ。

鏑木が居直った。

半ば予想していたことだが、佐和子の投げつけた弾《たま》はやはり威力が弱かったようだ。といって、あっさりと退くわけにはいかない。

——文彦さんは騙せても、刑事にそんな言い逃れが通るでしょうか。

——言い逃れじゃない。これは事実だ。

——それでは、警察に知らせてもいいんですね?

鏑木が黙った。警察に調べられるのはやはり怖いのだろう。

——もし私に会ってくだされば……。

——会う必要はないね。

鏑木が佐和子の言葉を遮った。

——警察に言いたかったら言えばいい。俺が事実を述べているということに関しては石崎君という立派な証人がいる。

佐和子は打つ手に窮した。

電話したのは早まったのだろうか。

そう思う一方で、いや、そんなことはない、とも思う。探偵に鏑木の住所を調べさせてから当たったところで、手持ちの駒《こま》が増えるわけではない。

佐和子は、子供のころよく父の相手をした将棋を思い浮かべ、とにかく最後の駒を置いた。

――わかりました。それじゃ、そうします。ついでに、メイさんの金庫から消えた四百数十万円の行方についても調べなおしてもらいます。文彦さんとリャンさんが盗んでいないのは明らかですから。

――あんた、俺がメイの金庫の金を盗《と》ったと疑っているわけ？

鏑木が呆れたような声を出した。本当に無関係なのか、そう装っているのか……。

――さあ……。

――弁護士が証拠もなしに人を盗人《ぬすっと》呼ばわりしていいのかね。

――私は鏑木さんが盗ったとは一言も言っていません。

――じゃ、勝手にしたらいい。俺には、これ以上あんたの与太話《よたばなし》に付き合っている閑《ひま》はない。

鏑木が再び電話を切りそうになったので、佐和子は急いで言った。

――一つだけ教えてください。

――何だよ、今度は？

——鏑木さんは、文彦さんの父親の石崎憲之さんと伯母の佐緒里さんと昔知り合いだったそうですね？

——そうですよ。それがどうかしたの？

——どういうご関係だったんですか？

——俺が佐緒里さんを車で撥ねて死なせてしまった話は聞いているんじゃないの。

——それは聞いていますが、憲之さんとはその前からの友達だとか？

——ま、そうだね。

——どういう友達だったのか……。

——知りたかったら、石崎に聞いたらいいじゃないか。

鏑木が苛々《いらいら》したように遮った。

——弁護士をしている親父の仲根でもいいけど。

——鏑木さんと憲之さんがどういう友達だったのか、仲根先生もご存じなんですか？

——ああ。

——鏑木さんは憲之さんに対して恨みでもあるんでしょうか？

佐和子はずっと気にかかっていた疑問について質《ただ》した。

——俺が石崎に恨み？　どうしてそんなふうに思うわけ？

――あなたが文彦さんに近づいて振り込め詐欺を示唆したり、文彦さんが手に入れた三百万円を騙し取ったりしているからです。

――あんた、弁護士のくせに頭が悪いね。俺は石崎君から金を騙し取ってなどいないと言っただろう。それから、俺は詐欺の示唆もしていない。金を手に入れる方法はないかと石崎君に相談されたから、こういうやり方も考えられると話しただけだ。

――わかりました。それじゃ、それらの件はおっしゃるように理解します。ですから、お願いします。力を貸してください。鏑木さんと憲之さんの間に何があったとしても、文彦さんには関係ありません。それなのに、このままだと文彦さんに有罪の判決が下される可能性が小さくありません。事実を明らかにして文彦さんを無実の罪から救い出すため、力を貸していただけませんか。

――俺は事件とは関係ないし、何も知らない。だから、力を貸したくたって貸しようがない。

――それなら、私と会うだけでもいいですから会っていただけませんか。

――何も知らないと言っているのに、会ったからといって何になるんです？

――私と話していれば、何か思い出されるかも……。

――ふざけちゃいけない。

――鏑木さん、お願いします。文彦さんを助けてください。文彦さんはメイさんを殺していません。これは確かです。リャンさんには気の毒ですが、どういう事情があったにしても、事実は事実です。事実は明らかにされなくてはならないんです。

——事実ね……。

鏑木が考えるようにつぶやいた。

——そうじゃありませんか。

——わかった。それじゃ、あんたは、石崎憲之か仲根から、彼らの知っている事実をまず聞いてこい。そうしたら俺も考えよう。

——お二人が知っている事実というのは、あなたと憲之さんがどういう友達だったのかということですか？

——ま、そう言っても間違いじゃない。

と、鏑木が答えた。

「鏑木さんは、石崎さんと鏑木さんがどういう友達だったのか、石崎さんか仲根先生に聞いてこいと言っただけで、お二人を恨んでいると言ったわけではないんです」

と、佐和子は憲之を見やりながら言葉を継いだ。

「しかし、その言い方からは、鏑木が私と親父を恨んでいるとしか取れない」

と、憲之が言った。

彼の血色の良い顔は、頬《ほお》から顎《あご》にかけて肉が盛り上がっていた。

「それでは、鏑木さんがそのような言い方をした点に関して、何か思い当たることはございませんか？」

「ないですね」

「この前、石崎さんが会ってほしいと電話されたとき、鏑木さんはどのように？」

「自分は事件について何も知らないので会ったところで息子さんのために力になれない、と言っただけです」

「仲根先生によると、鏑木さんが出所したとき、アメリカへ行っていた石崎さんに代わって先生が鏑木さんに会われ、生活の目処《めど》が立つように援助されたとか？」

「そうです。ですから、私にしても親父にしても、鏑木に感謝されこそすれ、恨まれる筋合はないんです」

「石崎さんと鏑木さんはどういうお友達だったんでしょうか？」

佐和子は核心の質問に入った。

「普通の友達ですよ。同じ大学だったし、何となく気が合ってよく一緒に遊んでいた、それだけです」

憲之がいかにも軽い調子で答えた。

が、本当にそれだけだったら、〝憲之か仲根から彼らの知っている事実――憲之と自分がどういう友達だったのか――を聞いてこい〟といった言い方を鏑木はしなかったにちがいない。

佐和子がその点を指摘すると、

「ですから、私にもさっぱりわけがわからないんです」

憲之が大袈裟《おおげさ》に首をひねった。

「失礼ですが、石崎さんは何か隠しておられるのではありませんか？」

憲之がぎょろりと佐和子を見て、

「何も隠してなんかいませんよ」

不機嫌そうな声を出した。

「気に障《さわ》られたらお詫びします」

「いや……」

「これも、文彦さんのためだと思い、お許しください」

佐和子は頭を下げた。

「それはかまわんですが……ただ、私にも一つ疑問があるんですがね」

憲之が腹を揺すって座りなおした。

「何でしょうか？」

「村地さんは、鏑木が文彦の無実を証明できる事実を知っているかもしれないと言われましたが、私にはその可能性は低いように思えるんです」

「そうかもしれませんが、他にこれといった有効な手段が見つからないんです。ですから、可能性がゼロでないかぎり追求したいんです」

「ゼロでないかぎりね」

「ええ。ご協力いただけませんか」

「村地さんが文彦のために全力を尽くしてくださっていることには感謝しています。だから、私だってできるかぎり協力したい。ですが、隠していることなど本当に何もないんです」

佐和子はさらに十五分ほど憲之と二人だけで話したが、彼の口から納得のできる説明は聞けなかった。

佐和子は実家に寄って両親とお茶を飲んだだけで、その日のうちに帰路についた。列車が大宮に近づいても、母親が帰りがけに見せた寂しそうな顔が脳裏に残っていて辛かったが、今度昇と一緒にゆっくり行くわと胸の中でつぶやき、それを追い出した。

帰宅したのは八時を少し回ったころ。

先月オープンしたばかりの大宮の〝駅ナカ〟で買ってきた総菜で夕食を済ませ、昇が自分の部屋へ引き揚げるのを待って、仲根に電話をかけた。

　仲根は、佐和子の労をねぎらいながらも、鏑木がどうして憲之か自分に聞けと言ったのかわからない、と話した。自分は、前に佐和子に話した以上のことは思い出せないし知らない、と。

　憲之も仲根も、佐和子の目的を知りながら話すべきことはないと言うからには、鏑木のほうが意味ありげな虚言を弄《ろう》したのだろうか。

　佐和子はそうも思うが、二人が口裏を合わせて嘘をついている可能性のほうが高いような気がした。

　憲之も仲根も、鏑木が文彦の無実を証明できるような事実を知っていると確信できれば、たとえ自分たちにとって不都合な事情でも、佐和子に明かしたと思われる。が、彼らは、鏑木がそんな事実を知っているわけがないと考えているため、何も知らないし思い出せないと嘘をついたのではないか。

　佐和子は後片付けをして風呂に入り、鏑木に何と言うべきかを考えた。

　しかし、これといった巧い言い方は思い浮かばなかった。

　風呂から上がると十二時近かったので、鏑木と話すのは明日にしようか、と迷った。が、このまま一晩待つのはどうにも落ち着かない。まだ寝てはいないだろう、と迷いに決着をつけた。

すぐに応答した鏑木に佐和子が深夜の電話を詫びると、

「まだ宵の口ですよ」

彼は愛想よく応じ、「どうです、石崎か仲根は知っている事実を話しましたか？」

と聞いた。

どことなく揶揄《やゆ》しているような声の調子からは、結果を予測していたように感じられた。

「石崎と俺がどんな友達だったか、ということでもいいですが」

佐和子は、鏑木の神経を刺激しないように注意しつつ、よく一緒に遊んでいた普通の友達だと憲之が言ったことを伝えた。

「フーン、普通の友達ね。普通という意味がいまひとつわかりませんが……で、村地さんはその話を信じたんですか？」

いいえ、と佐和子は正直に答えた。

「信じられないので、鏑木さんに伺おうと思ったんです」

「石崎たちが話さないのなら、俺は話す気はありませんよ」

鏑木が素《そ》っ気《け》なく応じた。「あんたにも裁判にも関係のない話ですからね」

佐和子が半ば予想していたとおりの反応だった。憲之と仲根が話さなくても鏑木が話せば同じなのに……と考えたとき、憲之たちの隠している〝事実〟は鏑木にとっても表に出したくない内容なのだろうと想像できたからだ。

「わかりました」

と、佐和子は引いた。気にはなっても、鏑木と憲之たちの間に何があろうと、この際どうでもいい。

「では、その件は結構ですから、文彦さんの事件に関して鏑木さんのご存じのことを話していただけませんか」

「そりゃ、ノーだ」

と、鏑木がにべもなく撥ねつけた。「あんたが石崎か仲根から彼らの知っている事実を聞いてきたら考えよう、俺はそう言ったはずだ。忘れたんですか？」

「忘れたわけではありません。でも、河東市まで行って石崎さんに会っても、お話ししたようなことしか聞けなかったんです」

「それなら、諦《あきら》めてもらうしかない。石崎と仲根は、息子よりも孫よりも自分の身が可愛いんだろうから」

「石崎さんと仲根先生がどうあれ、文彦さんとは関係ありません。たとえ二人が昔鏑木さんに対して何かしたのだとしても、文彦さんの与《あず》り知らない話です」

「それはそうだが、俺は、石崎の息子を助けるためにあんたに会う気もあんたと話す気もない」

「やはり、鏑木さんは何かご存じなんですね！」

佐和子は思わず声を高めた。「いまのように言われたということは、文彦さんの無実を証明できる事実をご存じなんですね？」

「さあ、どうかね」

「お願いします。私と会ってください。もし会うのが無理なら、電話ででも結構です。ご存じの件を教えてください」

「何度頼まれても、それは断わる。だが、この前あんたから電話をもらった後で考えたことがある」

「何を考えられたんでしょう？」

佐和子は鏑木の言葉に飛びついた。

「気が向いたら、次の公判を傍聴に行こうと思っている」

佐和子が想像もしなかった話だった。

「ま、あくまでも気が向いたらだが……。だから、あまり当てにされちゃ困るが、もし俺が傍聴に行って、そのときあんたが望めば、メイが殺された日に俺の見た事実を証言してもいい。裁判所の中にいる人間はいつでも証人になれるんだろう？」

メイが殺された日に見た事実――。

鏑木は、その日風見荘の近くに行っていたと認めたのだ。

「ええ、そのとおりです」

と、佐和子は勢い込んで答えた。「ぜひ傍聴にいらしてください。そして、証人になってください」

「俺が何を見たのかもわからず、そんなことを言って、いいのかね？」

文彦は無実なのだ。だから、鏑木が偽証しないかぎり、文彦に不利な事実など出てくるわけがない。

とは思うものの、これは一つの賭だった。蓋《ふた》を開けてみなければ箱の中身はわからない。

いまわかっているのは、この賭から下りれば鏑木が見たと言っている〝事実〟を聞く道は完全に閉ざされる、ということだけである。

「できれば、ヒントだけでも教えていただきたいのですが……」

「それはノーだ」

「わかりました。それじゃ、鏑木さんの気が向かれるようにお祈りしています」

と、佐和子は強い期待を込めて言った。

5

村地弁護士の様子が何となく落ち着かなげに感じられた。何度も顔を上げて傍聴席に視線を向けた。潔が入って行ってドアに近いいつもの席に着いたときだけ、彼を認めたらしい表情を見せたものの、その後は彼の存在など目に入らないかのようだ。といって、石崎文彦の家族か他の誰かに注意を向けているわけでもなさそうだった。

四月二十八日、さいたま地裁第三〇×号法廷である。

文彦が裁かれている裁判の第五回公判が間もなく始まろうとしていたが、前回は整理券まで発行されて満席になった傍聴席はまだ半分ほど空いていた。

――村地弁護士は誰かが来るのを待っているのだろうか。

もしかしたら、その人間が彼女の言った〝賭〟に関係しているのかもしれない、と潔は思う。

というのは、数日前に彼が村地弁護士に電話して今日の見込みについて尋ねたとき、〝結果はどう出るかわからないが一つの賭をしている〟と答えたからだ。

潔の前の前の席には、女性のファッションなど何もわからない彼にでも高価そうに見える黒のスーツを着た女性が座っている。ドアを入ったとき、ちらっと横顔を見ただけだが、どことなく派手であか抜けした印象から、これが今日の証人の森山真紀ではないか、と潔は想像していた。もしそうなら、彼が来る前に証人カードの記入を済ませ、廷吏に提出したのだろう。

ほとんど十時ぴったりに三人の判事たちが登場し、廷吏の「起立」の声が響いた。

潔は腰を浮かしただけで下ろした。

雛壇《ひなだん》中央の椅子に掛けた裁判長がちょっと法服の裾《すそ》をなおしてから、

「今日の審理に入りますが、予定された証人は来ていますか?」

と、弁護人席に顔を向けて尋ねた。

村地弁護士がはいと答えて立ち上がり、黒のスーツの女性に目顔の合図を送った。

潔の想像したとおりだったらしい。

女性が席を立ち、廷吏が開けた扉から柵の向こう側へ移った。

「それでは証人は前へ来てください」

裁判長に促され、女性が証言台まで進んだ。

そのとき、潔の右側のドアが開き、くたびれたようなジャケットを着た中年男——潔が初めて見る顔だった——が傍聴席に入ってきた。

村地弁護士がそれに気づき、男を見やった。

彼女は被告人席の文彦に何か囁き、文彦も首を回し、傍聴席を見た。

文彦の顔に緊張が走るのがわかった。

彼は村地弁護士のほうに顔を向け、何やら言った。

「被告人と弁護人は私語を慎んでください」

裁判長が不快げに注意した。

「申し訳ございません」

と、村地弁護士が頭を下げた。

中年男が潔の斜め後ろの席に着くのを待っていたかのように、裁判長が女性に住所、氏名などを尋ね始めた。

女性はやはり森山真紀だった。

潔はその遣り取りを聞きながら、自分の想像の少なくとも半分は当たっていたらしい、と思った。つまり、村地弁護士はいま来た中年男を待っていたらしい。

人定尋問が済むと、森山真紀が宣誓書を読み上げた。

次いで、裁判長は「偽証の警告」に移ったが、潔の意識はほとんど別のところにあった。後ろにいる男が気になっていた。

――いったい誰なのだろう？　文彦は知っているらしいが……。

と思ったとき、

――そうか！

潔は思わず声を上げそうになった。

田宮こと鏑木恭一ではないか、と思ったのである。

鏑木だとすると、村地弁護士と文彦が見せた反応の説明もつく。これまで見たことのない男が傍聴席に入ってきたのを見て、村地弁護士は鏑木ではないかと思ったものの、顔を知らない。そこで文彦に見させ、確かめたのではないだろうか。

もし男が鏑木なら、と潔は思う。村地弁護士が言った賭云々も鏑木に関係している可能性が高い。

それにしても、村地弁護士はどのような〝賭〟をしようとしているのだろうか。賭と言うからには、成功すれば文彦無罪を勝ち取るための大きな力になるのだろう。が、もし失敗したら、逆の結果を覚悟しなければならない……。

潔があれこれ考えて強い緊張にとらえられている間に「証言拒絶権」の告知も終わり、森山真紀が椅子に腰を下ろした。

「それでは、弁護人、尋問を行なってください」

と、裁判長が言った。

6

鏑木恭一は現われた。

それは望んだとおりだったが、森山真紀に対する尋問中に帰られてしまったら……と思うと、佐和子は気が気ではなかった。傍聴席のほうに注意を配りながら最小限の質問をし、早々に主尋問を切り上げた。

前回、真紀の証人尋問を請求した主な目的は鏑木に会って話を聞くための時間稼ぎであり、〝金庫の金を盗んだのが被告人とリャンではなかったことを立証するため〟という立証趣旨も多分にハッタリだったのだから。

佐和子につづいて正木検事が反対尋問に立ったが、彼の尋問も短かった。自分は金庫の金を盗んでいないし、警察の調べにすべて正直に話している、と真紀に強調させるような質問をいくつかしただけで腰を下ろした。

森山真紀が法廷から出て行くのを待って、

「これで証拠調べを終わりにしたいと思いますが、よろしいですね？」

と、裁判長が検事と弁護人に諮《はか》った。両者の意向を尋ねるというよりは確認の意味で言ったようだ。

岸田検事は「結構です」と返したが、佐和子は、

「いえ、ここでもう一人、証人尋問を請求したいと思います」

と、答えた。

もちろん斉藤とは相談済みだった。

佐和子の対応は予想外だったのだろう、裁判長のこめかみのあたりがぴくぴくと痙《けい》攣《れん》し、岸田、正木両検事の顔には怒りの色が浮かんだ。

「ここでということは、その人は裁判所内にいるのですか?」

裁判長が不快げな表情をとどめたまま尋ねた。

「はい、傍聴席に来ております」

佐和子が答えると、法廷内にざわめきが起き、いくつもの首が動いた。

憲之と仲根もちょっと後ろを振り向いたが、どちらの顔にも鏑木を認めたらしい様子はない。

鏑木は、気が向いたら傍聴に云々と電話で佐和子に言ったとき、この話を憲之と仲根にはしないように、と最後に付け加えた。

――たとえ俺が行ったとしても、もし石崎か仲根が知っているようだったら、俺は証人にならずにすぐに帰るからな。

鏑木にそう言われ、佐和子は斉藤と昇にだけは打ち明けたものの、憲之と仲根はも

とより悠子にも羽佐間にもこの件は話さずにきた。

　そのため、憲之にしても仲根にしてもまさか鏑木が来ているとは想像しなかったのだろう。ちらっと見ただけの男の顔に、二十数年前に会ったきりの知人の面影を見出すのは無理だったようだ。

「弁護人はその証人によって何を証明するつもりですか？」

　ざわめきが静まるのを待って、裁判長が佐和子に立証趣旨の説明を求めた。内面を窺《うかが》わせない元の表情に戻っていた。

「被告人が殺人に関して無実であることを立証できる見込みです」

と、佐和子は答えた。

　これこそ最後の〝賭〟だった。

　鏑木が証言する「彼の知っている事実」が文彦の無実を証明するのに有効に働くという保証はない。だが、そう答えないかぎり、佐和子の請求は認められないだろう。だから佐和子は、〝鏑木が今日傍聴に来て、証人になることを受け容れた〟という事実に賭けたのである。

「弁護人の請求に対し、検察官は意見がありますか？」

　裁判長が検事たちに問うた。

「弁護人の述べられた立証趣旨に基づくものでしたら、しかるべく」

岸田は相変わらず怒っているような、不快げな顔をして答えた。

ここで判事たちが三人、顔を寄せ合って相談したが、すぐに結論が出たらしく、裁判長が正面に向きなおって言った。

「弁護人の請求を認めますので、弁護人はその者の氏名を述べ、尋問ができるように速やかに準備してください」

佐和子は裁判長の裁定に軽く頭を下げ、鏑木恭一の名を告げた。

憲之・悠子夫婦と仲根夫婦の顔に驚きの色が浮かび、問うような責めるような視線が佐和子に向けられた。

が、佐和子はそれにかまわず、傍聴席の中年男に向かってお願いしますと言うように目顔で合図を送った。

遠目にも鏑木が緊張しているのがわかった。

彼はそれを押し隠すかのようにゆっくりと腰を上げ、列の端に出て下りてきた。

佐和子は柵の手前まで迎えに行き、

「今日はおいでいただき、ありがとうございました。よろしくお願いします」

と、頭を下げた。

証人カードの記入・提出、人定尋問、宣誓……と一連の手続きが済み、いよいよ鏑木に対する佐和子の尋問が始まった。

佐和子はまず、鏑木が文彦と知り合った経緯から尋ねた。

それに対し、鏑木は、共にリャンが好きになってマキへ通ううちに顔見知りになり、何となく話すようになった、と答えた。

その答えを聞いて、佐和子は、〝鏑木は振り込め詐欺と三百万円には触れないつもりらしいな〟と判断し、彼の意向を受け容れることにした。三百万円の件を言い立てれば、文彦の詐欺行為の暴露に繋がるだけではない。鏑木の反撥を招き、肝腎な点で彼の口を噤《つぐ》ませてしまう結果になるだろう。

「証人は昨年の十月二十七日……風見荘二〇三号室でメイさんが殺された日ですが、風見荘の近くに行かれましたか？」

佐和子は、胸のあたりが強く締めつけられるような緊張を覚えながら、最初のステップに足を掛けた。

鏑木が弁護側の証人であるにもかかわらず、彼が何を知っているのか、どう答えようとしているのか、まったく予測がつかない。佐和子にとってこんな経験は初めてだった。暗がりを手探りで進むような覚束《おぼつか》なさを感じたが、いまや前へ進む以外の選択肢はない。

「行きました」

と、鏑木が答えた。

ここで「行っていない」と答えられたら、初めから詰まってしまうと思っていたので、佐和子はひとまずほっとした。

「行かれたのは何時ごろでしょう？」

「午後三時二十四、五分ごろです」

それは、文彦が風見荘に行ったのとほとんど同じ時刻であり、文彦の少し前を歩いてきた一〇三号室の住人、佐橋勇一が帰宅した時刻とも重なっていた。

「証人は何をしに風見荘の近くへ行かれたのですか？」

「特に目的はありません」

「目的もないのに、どうしてそこへ行かれたんでしょう？」

「石崎君……」

と言って、鏑木が文彦の顔をちらりと見やり、つづけた。「石崎文彦君のあとを尾けたら、彼がそこへ行ったからです」

「被告人のあとを尾けたということは、被告人を見張っていたんですか？」

「そうです」

と、鏑木が認めた。

「証人は、どういう理由、あるいは目的で被告人の行動を見張っていたんでしょう？」

鏑木がどう答えるかはわからないが、実際は、文彦から三百万円を騙し取ったものの、彼がどうするか、リャンがどうなるか、気になり、様子を見ていたのにちがいない。

「リャンさんを巡って石崎君は私のライバル……恋敵だったので、何となく気になって、時々見張っていたんです」

鏑木が無難な答え方をした。当然、考えてきたのだろう。

「証人は、メイさんやリャンさんが風見荘二〇三号室に住んでいるのを知っていましたか？」

「知っていました」

「どうして知ったんでしょう？」

「リャンさんに聞いたからです」

「そのとき、風見荘の場所も聞きましたか？」

「だいたいの場所なら……」

「行かれたのは初めてですか？」

「いや、どんなところだろうと探しながら前に一度見に行ったことがあるので、二度目です」

「事件のあった日、被告人のあとを尾けて風見荘の近くまで行ってから、証人はどうされましたか?」

佐和子は肝腎な点に話を進めた。

「石崎君がアパートの外側に付いた階段を上ってメイさんやリャンさんの部屋へ行ったのを見て、何をしに来たのだろうと思い、アパートの北側に建っている物置小屋の陰に隠れ、様子を見ていました」

と、鏑木が答えた。

元公務員だという老人が物置小屋の横で擦れ違った中年男は、やはり鏑木だったようだ。

「証人が被告人のあとを尾けたとき、途中から被告人の前を誰か歩いて行きませんでしたか?」

「男の人が歩いて行きました」

「その人はどうしましたか?」

「石崎君が二階へ上って行った後、メイさんたちの部屋の真下の部屋へ入って行きました」

「証人が隠れた物置小屋は風見荘から何メートルぐらい離れているんですか?」

「六、七十メートルぐらいじゃないかと思います」

「物置小屋の近くに人家はありますか?」

「ありません。周りは畑で、五十メートルほど北は雑木の茂った丘です」

「物置小屋の陰にいたとき、証人は誰かに会われましたか？」

「会っていません。……あ、いや、初めに杖《つえ》をついた男の人が通りかかりましたが、その後は誰とも会っていません」

「アパートの窓がある南側のほうが部屋の様子を見るのに適していたのではないかと思われますが、どうして北側へ行かれたんですか？」

「廊下と玄関は北側なので、そっちのほうが出入りが見えると思ったからです」

「実際はいかがでしたか？」

「廊下に目隠しのフェンスがありますが、ドアの上半分ぐらいは見えました」

「階段の上り下りは？」

「階段は手すりの下が鉄骨だけなので、廊下よりもよく見えました」

「被告人が二〇三号室へ入って行って間もなく、中から何か物音がしませんでしたか？」

「何か板でも叩いているような音と人の声が間歇《かんけつ》的にしました。ただ、かなり離れていたし、ドアが閉まっていたので、聞こえるか聞こえないかといった程度でしたが」

「それを聞いて、証人はどう思われましたか？」

「石崎君とメイさんが揉《も》めているのかな、と思いました。ですが、じきに静かになりました」

「静かになった後は?」

「しばらくして、石崎君がリャンさんと一緒に部屋を出てくると、階段を下り、さっきやってきたほうへ歩いて行きました」

「時刻はわかりますか?」

「三時五十二、三分ごろではなかったかと思います」

「証人は二人のあとを尾けたんですか?」

「いいえ、尾けていません」

「被告人を見張っていて、そこまであとを尾けてきたのに、どうして尾けなかったんでしょう?」

「二人が一緒では、あとを尾けてもどうにもならないと思ったからです」

背後の事情はともかく、それはたぶん本音だろう、と佐和子は思った。

鏑木は、自分に三百万円を奪われた文彦がどうするか気になり、彼を尾行してきた。だから、リャンと一緒に部屋を出てきた文彦を見て、当然またあとを尾けようとしただろう。が、文彦たちとメイの間に何があったのかも同時に気になった。そこで彼は(迷ったかもしれないが)、文彦たちのあとを尾けたところで二人の前に姿を見せるわけにはいかないため、その場に残るほうを選んだのではないか——。

「二人のあとを尾けなかった証人は、物置小屋の陰に残られたわけですね？」

「そうです」

「そこには何時まで……？」

「四時半ごろまでいました」

それから物置小屋を離れたとすれば、買い物から帰ってきたヌイが途中で「田宮」を目撃した時刻――四時四十分ごろだったと思われる――とも符合していた。

「とすると、被告人とリャンさんが風見荘を出て行ってから証人が物置小屋の陰を離れるまで、四十分弱あったわけですね？」

「そうなりますか」

「その間に二〇三号室に出入りした人はいますか？」

佐和子は、鏑木自身が出入りしたのではないかと疑っていた。が、直接質しても彼が認めるとは思えないので、まずは遠回しに尋ね、反応を見ようとしたのである。

「います」

と、鏑木が答えた。佐和子の質問を予定して準備していたのか、表情にこれといった変化は見られない。

一方、佐和子はそうした明確な答えが返ってくるとは予想していなかったので、ちょっと面食らった。次の瞬間には胸が激しく騒ぎ出すのを感じた。

判事たちと検事たちの顔にも、驚きとも戸惑いともつかない色が浮かんでいた。

佐和子は息苦しさを覚えながら、落ち着け落ち着け、と自分に言い聞かせた。

と、昇の顔が浮かび、

――そんなことしたって無駄だよ。

という声が耳の奥に響いた。

――何をしたってお袋は肝腎なときにドジこくんだから、無駄、無駄。

佐和子は全身からすーっと緊張が引くのを感じた。

フン、ドジこいて何が悪いのよ！

胸の内で昇に反駁し、軽く深呼吸をひとつしてから次の質問をした。

「それは何時ごろですか？」

「一人は四時ごろに入り……」

「あ、す、すみません。ちょっと待ってください」

佐和子は慌てて鏑木の言葉を遮った。深呼吸の効果など跡形もなく吹っ飛んでいた。

「一人は、ということは、複数の人が出入りしたんですか？」

鏑木の目に、佐和子の慌てぶりを楽しむような薄笑いが浮かんだ。

「そうです」

「何人でしょうか？」

「二人です」

文彦とリャンが出て行き、スーとヌイが戻ってくるまで（三時五十二、三分〜四時四十五分）の間に、二人の人間が風見荘二〇三号室に出入りしていた——。

「失礼しました。それでは話を戻します」

佐和子は意外な展開に驚きながらも、少しずつ落ち着きを取り戻した。「二人のうちの一人……先の人が四時ごろ部屋へ入って行ったわけですね？」

「そうです」

「その人が出てきたのは何時ごろですか？」

「中に三、四分いただけなので、四時三、四分ごろには出てきました」

「もう一人は何時ごろに入り、何時ごろに出てきたんでしょう？」

「四時十分ごろに入り、四時二十五分ごろに出てきました」

「ということは、後の人は前の人が出たわずか六、七分後に部屋へ入り、中に十五分ほどいた？」

「そういう計算になりますね」

「証人が見た二人は、証人の知っている人ですか？」

「私は見たとは言っていませんよ」

佐和子は思わず発言の意図を探るように鏑木の顔を注視した。

が、すぐに一つの答えを予感して質問を継いだ。

「どういうことでしょう?」

「二人のうちの一人は私だからです」

岸田、正木両検事が息を呑んだような表情をした。

佐和子は今度は驚きも戸惑いも覚えなかった。鏑木がなぜそこまで証言する気になったのかという意図は不明だが、予想したとおりだったからだ。

「つまり、被告人とリャンさんが二〇三号室を出て行った後で、証人自身がそこに出入りされた?」

そうです、と鏑木が淡々とした調子で肯定した。

「ですから、正確に言うと、その間、私は物置小屋の陰から離れていたわけです」

「証人は、証人が述べられた二人のうちのどちらですか?」

「先に入ったほうです」

「では、後で入った人の行動は、証人は物置小屋の陰から見ていたわけですね?」

「そうです」

「それは証人の知っている人ですか?」

「そのときは誰だかわかりませんでしたが、いまならわかります」

「男ですか、女ですか?」

「男です」

男と聞いて、佐和子の中に一つの想像が生まれた。森山真紀の情夫でスナック「マキ」の実質的な経営者だった梅原加久男か、車でホステスの送り迎えなどをしていた梅原の子分の一人ではないか――。

「その人については後で伺うとして、まず証人の行動に関してお聞きします」

佐和子は話を戻した。鏑木の証言がどこまで信用できるかわからないにしても、時間の順に押さえていったほうがわかりやすいだろう。

もうこうなったら、一つや二つドジこいたって恐れない。前へ進むだけだった。

「証人は、どうして物置小屋の陰から出てメイさんたちの部屋へ行かれたんですか？」

「石崎君とリャンさんが出て行った後、誰もドアを開け閉《た》てする者がいないし、人の動きが感じられなかったので、メイさんやスーさん、ヌイさんはどうしたのだろうと思ったからです。石崎君が部屋へ行った後でした声と物音も気になっていましたし……。ただ、初めは部屋の前まで行ってみようと思っただけだったのですが」

「それなのに、中へ入られたのはなぜでしょう？」

「ドアに耳を近づけても何も聞こえず、ノックしても応答がなかったからです」

「部屋へ入ったときの状況を説明していただけませんか」

「メイさんの名前を呼びながらノブを引くと、鍵が掛かっていませんでした。ドアを

二、三十センチ開けて三人の名前を呼んでも、返事がありません。それで、〝これは変だ、何かあったのではないか〟と思い、失礼しますと言って、玄関へ入ったんです」

「玄関へ入ってから、証人はどうされたんでしょう？」

「さらに呼びかけようとしたんですが、右手のダイニングキッチンを見て、声を呑みました」

「どうしてですか？」

「頭に怪我《けが》をしているらしい女の人が床《ゆか》に倒れていたからです」

「女性だとわかったということは、顔が見えたんですか？」

「顔は見えませんでしたが、長い髪が肩と床に散っていました」

「それから証人はどうされましたか？」

「もしもしと呼びかけました」

「上がらずに、その場で？」

「そうです」

鏑木が断固とした口調で答えた。金庫の金を盗んだのが彼なら、嘘なわけだが……。

「女の人が倒れていたのに、なぜ上がって怪我の程度や生死を確かめなかったんでしょう？」

——一目で死んでいるとわかったからですよ。

——関わり合いになるのが嫌だったからです。

佐和子はどちらかの答えを予想して尋ねた。

が、鏑木の口から返ってきたのはそのどちらでもなかった。

「私の呼びかけた声に、女の人がウーンと唸《うな》って身体《からだ》を動かしたからです」

佐和子は息を吞んだ。

自分の顔色が変わるのがわかった。

裁判長だけはほとんど表情を変えなかったが、二人の陪席判事はまるで怒ってでもいるかのような顔で鏑木を見つめた。

「ウーンと唸って身体を動かした——。つまり、その女の人は生きていた？」

佐和子は逸《はや》る気持ちを抑えながら、確認した。

「そりゃそうでしょう。死んでいたら、声が出るわけありませんから」

鏑木が、当たり前のことを聞くなと言わんばかりに答えた。

「その後、証人はどうされたんですか？」

「女の人に顔を見られ、悲鳴でも上げられたら厄介なことになると思い、慌てて部屋を飛び出しました」

「それでは、女の人がそれからどうなったのかはご存じない？」

「翌日、メイさんが殺されたというニュースを見るまでは知りませんでした」

「証人は、玄関を出るとき、自分が触れたドアのノブを拭きましたか？」

後で森山真紀が拭《ぬぐ》ってしまったので確かめようはなかったが、佐和子は一応聞いた。

「私は拭いていません」

と、鏑木が答えた。「無断で他人の部屋へ入ったのは悪いことですが、何も盗ったわけではないし、指紋を拭き取ろうなどとは考えもしませんでした」

ついさっきまで、メイの金庫の金を盗んだのは鏑木ではないか、と佐和子は疑っていた。真紀よりも鏑木だった可能性が高いのではないか、と。が、いまや、佐和子の中でその疑いはかなり薄れていた。二〇三号室に出入りした事実を鏑木が進んで明かしたという事情もあるが、それだけではない。彼の後で二〇三号室に入ったという男……新たな容疑者が登場していたからだ。

その男の容疑は窃盗にとどまらない。メイを殺した犯人だった可能性も出てきた。というより、その可能性が非常に高くなったのである。

メイの死因は、脳硬膜外出血である。脳硬膜外出血の場合、脳硬膜下出血よりは受傷後短時間で死亡することが多いらしいが、数時間後に死亡した例もあると聞く。だから、一度息を吹き返したメイが、その後、誰も何もしなかったにもかかわらず、前に殴られた傷が因《もと》で死亡した可能性もないではない。

が、鏑木の証言を信じるなら――自分が疑われる危険を冒してわざわざ嘘をつく理由は思い当たらない――、彼が二〇三号室を出て行ってから、男が玄関へ入るまでの時間はわずか六、七分。息を吹き返したメイがその短い間に再び自然に意識を失い、死亡した可能性は低い、と見ていいだろう。とすれば、考えられる状況は一つしかない。

鏑木の後で玄関へ入った男は、まだ意識が朦朧《もうろう》としていたメイを見て、死亡しているか気を失っているものと判断した。ところが、部屋に上がったところ、気がついたメイに咎《とが》められた。そこで男はそばに落ちていた花瓶でメイの頭を殴り、彼女の息の根を止めた――。

メイの死亡推定時刻は二時から五時までの間である。もしその男が犯人なら、致命傷は、三時少し過ぎと思われるリャンの殴打による受傷から一時間十分ほど経って受けたことになる。が、傷口が重なっていた可能性が高いし、どちらも生きているときの傷だったため――死後につけられた傷なら生体反応がないので判別がつく――、解剖してもその時間差まではわからなかったのではないか。初めからそうした時間差を疑って傷口を精細に検《しら》べていれば、あるいは突き止められたかもしれないが……。

もし自分の想像したとおりだとしたら、と佐和子は思う。たとえ文彦が鉄の花瓶でメイの頭を殴ったと認定されたとしても、罪名は殺人でも傷害致死でもない。単なる傷害である。

佐和子は、興奮に息苦しさを覚えながら次の質問に移った。

「証人は、慌てて二〇三号室の玄関を飛び出してから、どうされたんですか?」

「関わりになったら嫌なので、足音を立てないように注意して階段を下り、できるだけ早く風見荘から離れようとしました」

と、鏑木が答えた。

「ですが、証人は、その後で二〇三号室に出入りした男の人を見た……物置小屋の陰から見ていた、という話でしたね?」

「ええ」

「ということは、そこへ戻られた?」

「そうです」

「できるだけ早く風見荘から離れようとしたにもかかわらず、戻られたのはなぜですか?」

「人が見えたからです」

「具体的に説明していただけませんか」

「風見荘の東側の道へ出て、北へ向かって歩き出したとき、雑木林の丘の縁《へり》を通っている道を右から自転車がやってくるのが見えたんです。自転車に乗っていたのは四十歳ぐらいの女の人でした。私は顔を合わせないほうがいいだろうと判断し、左……西側の小道へ入り、茶畑の陰に身を屈《かが》めていました。そうして自転車をやり過ごし、再び元の道へ出ようとしたとき、今度は南から風見荘のほうへ歩いてくる男の姿が見えたんです。それで、咄嗟《とっさ》に物置小屋の陰へ走り込んだんです」

「男の人は証人に気づきましたか？」

「気づいていないと思います」

「どうしてそう思われるのですか？」

「階段の下まで来て一度足を止め、あたりをきょろきょろと見回してから階段を上って行ったのですが、物置小屋のほうへ特に注意を向けた様子はなかったからです」

「その人は階段を上って二〇三号室の前まで行き、すぐに中へ入ったんですか？」

「いえ、ドアの前に少し……一、二分立っていました」

「立っている間にノックしたり声をかけたりした様子は？」

「声は聞こえませんでしたが、ノックしていました」

「その人は自分でドアを開けて中へ入ったようでしたか、それとも中から誰かがドアを開けた感じでしたか？」

「はっきりとはわかりませんが、私の場合と同じように、自分でノブを握って引き開けたように見えました」

「それから十五分ほど、その人は中にいたのですね？」

「そうです」

「その間、部屋の中から人の声か物音はしませんでしたか？」

「私は聞いていません。ただ、さっきも言ったようにかなり離れていますし、ドアも閉まっていたので、私の耳に届かなかっただけかもしれません」

「その人は、部屋へ入る前、何か……例えばバッグとか紙袋のような物を持っていましたか？」

「何も持っていなかったと思います」

「部屋から出てきたときは？」

「はっきりした記憶はありませんが、やはり何も持っていなかったような気がします」

「どういう服装だったんでしょう？」

「ズボンの色は覚えていませんが、黒っぽいコートを着ていました」

コートなら、五個の封筒に入っていたらしい四百数十万円ぐらい、外側と内側のポケットに分けて入れればさほど目立たなかったにちがいない。

「その男の人は十五分ほどして部屋を出てきてから、どうしましたか？」

「ちょっと廊下の左右を見やった後、二、三十秒間ぐらいだったと思いますが……閉まったドアのほうを向いて何かしているようでした」

「閉まったドアのほうを向いて何かしていた？　証人はそれを見て、何をしていると思われましたか？」

「他人の部屋のドアに鍵を掛けるわけはないし……と、そのときは変に思っただけで、何をしているのかわかりませんでした」

「そのときは、ということは、いまならわかる？」

「さっき弁護士さんが私にドアのノブを拭いたかと聞いたので、想像がつきました。ハンカチか何かでノブの指紋を拭っていたのだと思います」

鏑木の想像ではあっても、それはおそらく間違いないと思われた。が、いまや、それを調べる術《すべ》はない。

そうですか、と佐和子はうなずいて見せてから質問を継いだ。

「で、ドアのほうを向いて二、三十秒間何かをしていた後、その男の人はどうしましたか？」

「左右を見やってから、急いだ感じで廊下を戻って階段を下り、さっき来た南のほうへ歩いて行きました」

と、鏑木が答えた。

「それを証人は物置小屋の陰から見ておられたわけですね？」

「そうです。アパートの陰になって見えなくなるまで見ていました」

「男の姿が見えなくなってから、証人はどうされましたか？」

「二〇三号室で何があったのか気になり、もう一度行ってみようかどうか、迷いました。ですが、関わりにならないほうが無難だと思い、あたりに誰もいないのを確かめてから小屋の陰から出て、自分のアパートへ帰りました」

「証人の後で風見荘二〇三号室に出入りした男の人について、伺います。そのときは誰だかわからなかったが、いまならわかる、証人はそう言われましたね？」

佐和子は最後の質問に移った。

いまや彼女は、男は梅原か彼の子分の一人に間違いないだろうという思いを強めていた。その男がメイを殺し、金庫の金を盗んだにちがいない。そして、森山真紀もそのことを知っているにちがいない……。

はい、と鏑木が答えた。

「それはどうしてですか？」

「昔、一度会ったきりなので、そのときは誰かわからなかったのですが、後で誰だろうと考えているうちに、一人の男が思い浮かんだのです。そして、今日ここへ来て、それが間違っていなかったとわかりました」

佐和子は面食らった。

今日ここへ来て……！

どういうことか、と思う。男は梅原でも彼の子分でもないのだろうか。その男は、いまこの法廷内にいるのだろうか。

しかし、いったい誰が……と思ったとき、「昔、一度会ったきり……」という言葉がヒントになって佐和子の脳裏によく知っている男の顔が浮かんだ。

——まさか、バカな！

佐和子は、心の内で激しく否定しながらも傍聴席に目をやった。自分の想像が外れていることを祈りつつ。

が、彼女の祈りは空《むな》しかった。視線の先には、紛れもなく彼女の想像した男の血の気を失った顔があった。

佐和子は頭が混乱した。どう考えたらいいのかわからない。事件の起きた日、彼はどうして風見荘へなど行ったのだろうか。どうしてメイたちの部屋を訪れたのだろうか。

「弁護人、尋問をつづけてください」

裁判長の声に佐和子は現実にかえった。

鏑木に視線を戻し、尋ねた。

「それは誰ですか？」

鏑木が、男の名前を答えた。

7

裁判長に促されて宣誓書を読み上げる今日の証人の後ろ姿を、潔は満席の傍聴席から緊張して見つめていた。

鏑木恭一の衝撃的な証言――事件の日、自分の後で風見荘二〇三号室に出入りしたのは文彦の祖父・仲根周三だと鏑木は述べた――から二週間が経過した、五月十二日の午後である。

潔は今日は一人ではない。隣りには、母・和子《かずこ》の怖いような顔があった。母が緊張しきっているのは裁判の傍聴が初めての経験だという事情もあるだろうが、それ以上に、裁判の成り行きに不安とも恐ろしさともつかない思いを抱いているからにちがいない。

母と一緒といっても、彼女は望んで傍聴に来たわけではない。今日の第六回公判は傍聴希望者が大勢押しかけ、整理券が発行されるだろうと予想されたため、潔は両親に頼んで一緒に並んでもらった。その結果、父と母が抽選に当たり、父は会社へ戻ったので、潔と母が二人で傍聴することになったのである。

石崎文彦が潔にとって唯一の（と言ってもいい）友達であることを、両親も知っていた。その友達が殺人容疑で逮捕され、裁かれているのに、喜ぶわけにはいかないからだろう、二人とも口では何も言わなかった。が、内心、文彦の事件をきっかけに息子が外出するようになったのを歓迎し、ほっとしているのは間違いなかった。だから、昨夜、潔が事情を話して頼むと、二人とも二つ返事で承知し、勤め先を早退して必ず正午までに裁判所へ行くからと約束したのだった。

宣誓が終わり、裁判長が「証言拒絶権と偽証に関しての決まりは知っていますね」と確認すると、仲根がはいと答えた。

仲根は傍聴席にいた前回までの公判と同様に、仕立ての良さそうなスーツを着て、ネクタイを締めていた。

彼が証言台の椅子に座るのを待ち、村地弁護士が尋問するために立ち上がった。

仲根の証人尋問を請求したのは被告・弁護側だったからだ。

弁護人席の前に掛けた文彦は、青ざめた顔をしてじっと仲根を見つめている。現在の彼の心の内はどんなだろう、と潔は思う。事件のあった日、自分とリャンが出て行った後で鏑木と仲根が相次いで風見荘二〇三号室を訪れていたと聞いたときの驚き、混乱はまだつづいているにちがいない。何しろ、二人が部屋を訪れたときメイがまだ生きていて、祖父が彼女を殺したのかもしれないのだから。

当然ながら、前回の公判の後、仲根はマスコミの取材攻勢に遭ったようだ。また、警察でも任意に事情を聞かれたらしい。

どちらも、関心の中心は〝彼がメイを殺したのか否か〟だった。

それに関して、仲根は初め、自分はメイを花瓶で殴っていないし殺してもいない、と言っていたらしい。鏑木が見たときはどうあれ、自分が風見荘二〇三号室を訪れたときにはメイは完全に事切れていた、と。

ところが、二、三日すると、

——いまは何も話したくない。事実は次の公判の場で明らかにする。

と言ったきり、あとは何を聞かれても無言で通すようになったらしい。

仲根がなぜそのように態度を変えたのか、潔にはわからない。無実ならあくまでもそう言い張るのが自然だし、たとえメイを殺していたとしても、(進んで犯行を認めるなら別だが、そうでなければ)否認し通せばいいと思うのだが……。

鏑木の証言は、彼が風見荘二〇三号室を訪れたときメイが生きていたと言っているだけで、仲根の犯行を裏付けるものではない。また、残されている試料や写真をつかってメイの死因について鑑定《かんてい》しなおしたところで、仲根が殺した可能性は示せても、〝彼が殴った結果メイが死亡した〟と立証するのはおそらく不可能だろう。

と考えれば、仲根にとって、犯行を否認しつづけることが最善の選択のはずなのである。

　それなのに、彼はどうして初めの主張を引っ込めたのだろうか。なぜ、事実は次の公判で明らかにするなどと言い出したのだろうか。

「まず、証人と被告人の関係を簡単に説明していただけますか」

　村地弁護士の尋問が始まった。

「被告人は私の長男である石崎憲之の長男ですから、私の孫になります」

　と、仲根が答えた。

　潔がこれまで何度も見てきた〝品の良い初老の紳士〟の印象は変わらないが、二週間前より頬のあたりの肉が落ち、髪が一段と白くなったように感じられた。

「苗字《みょうじ》が違うのはどうしてでしょうか？」

「憲之が石崎悠子と結婚し、石崎家の養子になったからです」

「それでは、昨年の十月二十七日、芳沢市のアパート風見荘二〇三号室でメイ・ウェーチャヤイさんが殺された日のことを伺います。その日、証人はメイさんたちが住んでいた部屋へ行かれましたか？」

　村地弁護士が本題に入った。

「参りました」

　と、仲根が認めた。

二人とも緊張した様子ながら、非常に重大な件であるにもかかわらず遣り取りは淡々としていた。十分な打ち合わせが行なわれているのだろうか。

「証人は、住まいも事務所も東京の三鷹市ですね?」

「そうです」

「三鷹市と埼玉県の芳沢市ではかなり離れていますが、何のために風見荘へ行かれたのですか?」

「メイさんに会うためです」

「メイさんに会おうとした用事、あるいは目的は何でしょう?」

「リャンさんを孫の文彦に会わせないようにしてほしい、と頼もうとしたのです」

潔が初めて聞く話である。文彦の〝恋〟の問題では弁護士の祖父まで裏で動いていたのかと思うと、驚きだった。

それにしても、仲根はどうして文彦とリャンの関係を知ったのだろうか。文彦は、母親に三百万円貸してほしいと電話したときも祖母を騙したときも、リャンについては一言も触れていないはずなのに。

「何の見返りもなしに頼もうとされたんでしょうか?」

「いえ、承諾してくれたら相応の礼をするつもりでした」

「証人は、そこまでして、どうしてリャンさんを被告人に会わせないようにしてほしいとメイさんに頼もうとされたんですか？」

「文彦はまだ大学生なのに、ホステスのリャンさんに夢中になっていたからです。それでは学業に差し支えるからです」

それだけではないのではないか、と潔は思う。旧家の跡取り息子である孫がタイ人の娼婦《しょうふ》にのぼせ、理性的な判断力を失っていたことが、仲根には認められなかったのではないか……。

「証人がメイさんに会って被告人とリャンさんの件を頼もうとされたのは、被告人のご両親に依頼されたからですか？」

村地弁護士が質問を継いだ。

「いいえ、依頼されていません」

と、仲根が答えた。「誰にも……妻にも話さず、私の一存でしたことです」

「メイさんに会おうとされたのは証人だけの意思で決められたことでも、被告人がリャンさんに夢中になっている事実は被告人のご両親もご存じだったんでしょうね？」

「いいえ、知りませんでした」

「被告人のご両親さえ知らない事実を、被告人の祖父である証人だけがご存じだったんですか？」

「そうです」

「証人は、どうしてそれを知られたんでしょう?」

「結論を言うと、探偵に調査してもらった結果ですが、そこに至るまでには多少複雑な経緯があるのです。お話ししますか?」

「お願いします、話してください」

「発端は、昨年の十月六日に文彦が母親の悠子に三百万円貸してくれと電話してきたことでした。そのとき悠子は、三百万円もの大金を……とびっくりしながらも、事情によっては貸さないでもないが何につかうのかと尋ねました。当然です。しかし、それに対して文彦は、自分を信用してくれと言うばかりで、最後には、それならいい、頼まない、と一方的に電話を切ってしまい、その後、悠子が何度電話しても出ようとしませんでした。悠子は夫の憲之に相談しようとしましたが、お父さんにはこの話を絶対にしないでくれと文彦に強く言われていたため、それもできません。文彦は父親に反撥していたので、文彦の意思を無視した場合、何をするかわからなかったからです。というわけで、悠子は困り果て、どうしたらいいかと私に相談の電話をかけてきたのです」

「悠子さんの相談を受け、証人は何か行動を起こされたわけですね?」

「そうです」

「何をされたんでしょう?」

「まず、文彦のマンションを訪ね、お母さんが夜も眠れないほど心配しているぞと話し、三百万円もの大金が必要な事情について尋ねました」

「被告人は、その事情を話しましたか？」

「いいえ。もうお金の必要はなくなったので心配は要らないと言うばかりで、肝腎なことは何一つ話しませんでした」

「それに対して証人はどう思い、どうされましたか？」

「街の金融会社から金を借りて厳しい取り立てにでも遭っているのではないかと思い、知り合いの探偵に調査を頼みました。もし文彦が窮地に陥っているなら助けてやらなければならない、と思ったからです」

「調査の結果は？」

「真面目で融通の利かない二十歳の孫が、マキというスナックのホステスをしているリャンさんというタイ人の女性に夢中になっているらしい、という想像もしなかった事実がわかりました」

「探偵から、具体的にはどのような内容の報告が届いたんでしょう？」

「マキの実態が売春斡旋《あっせん》業であること、ホステスを名乗っているリャンさんは売春婦の一人で、メイさんという同じタイ人の女性に多額の借金を背負わされていること、別のタイ人のホステス二人と共に風見荘というアパートの二〇三号室にメイさんと一緒に住んでいること、文彦はリャンさんに惚《ほ》れただけでなく、リャンさんの境遇に強く同情しているらしいこと、そのため、三百万円はリャンさんの借金を肩代わりするのにつかおうとしているのではないかと思われること、それに、マキの場所と風見荘の場所などです」

「そうした報告を受けた証人はどうしましたか？」

「文彦にリャンさんを諦めさせるには、リャンさんを支配しているらしいメイさんに頼むのが一番よいだろうと思い、メイさんに会う算段を考えました。そして、仕事を遣り繰りして時間を作り、風見荘へ二回行きました」

「二回というのは、十月二十七日を含めての回数ですか？」

「いえ、その前にです。正確な日にちは覚えていませんが、探偵の報告を受けたのが十月十八日か十九日ですから、それから二十七日までの間です」

「メイさんに会えましたか？」

「二回とも会えませんでした」

「不在だったのですか？」

「いいえ、アパートの南側の道を行ったり来たりしながら二〇三号室の窓を観察したところでは、部屋の中にいる様子でした。ただ、リャンさんと他のホステスがいないところでメイさんと交渉する必要があったので、ホステスたちが出て行くか、メイさんが一人で外出するのを待っていたのですが、二回ともそうした機会が訪れなかったのです」

「メイさんの顔はわかっていたのですか？」

「探偵の報告にメイさんと三人のホステスを撮った写真が付いていたので、わかっていました。あまり鮮明な写真とは言えませんが、他の三人に比べてメイさんはずっと老けていましたし……」

「十月二十七日の件に戻ります」

村地弁護士が少し改まった調子で告げた。

いよいよ事件当日の行動に関する遣り取りに入るらしい。

法廷内の空気が一段と緊張を増したようだ。

潔は息苦しさを感じた。

前回の公判の後、潔は村地弁護士と電話で一度話した。だが、村地弁護士は仲根に関する件は何も教えてくれなかった。だから、仲根との間でどのような話し合いが持たれたのか、尋問がこれからどのように展開するのか、まったく想像がつかない。仲根はメイの殺害を認めるのだろうか。それとも、否認するのだろうか。その前に、そもそも事実はどうだったのだろう？　仲根はメイを殺したのだろうか……。

「その日、証人が風見荘へ行かれたのも、前の二回と同じ目的だったわけですか？」

村地弁護士が確認した。

答えかけた仲根の喉に痰《たん》が絡んだらしい。彼は咳払《せきばら》いしてから、あらためて「はい」と答えた。肩のあたりがそれまでより強張っているように感じられた。

「ただ、そのときは前の二回と違い、階段を上って二〇三号室を訪ねられたわけですね?」

「そうです」

「それは、部屋にメイさんしかいないとわかったからですか?」

「いえ、はっきりとはわかりませんでした」

「わからないのに、どうして部屋を訪ねられたんでしょう?」

「何となく様子が変だったからです」

「証人は、訪ねる前に部屋の様子を窺っていたんですか?」

「はい」

「どれぐらいの時間ですか?」

「風見荘の前に着いたとき、近所の人ではないかと思われる三十歳前後の女性が通りかかったんですが、それが三時十分ごろで、部屋を訪ねたのが四時十分ごろでしたから、だいたい一時間ぐらいですね」

三時十分なら、文彦が風見荘を訪れる十数分前だった。

「一時間もどこにおられたんでしょう？」

「風見荘から南に七、八十メートル離れたところに門扉のない空き家があるんです。生垣に囲まれた、元は農家だったらしい大きな家ですが、その庭の隅です」

「なぜ、そこに？」

「階段の上り口と二〇三号室の窓が見えますし、誰かが通ったとき生垣の陰に隠れるからです。二度目に行ったとき、そこなら少し長い時間いても見咎められるおそれがないな、と記憶にとどめておいたのです」

事件の二、三日後だったと思う。〝事件の日の午後と三、四日前の夕方、空き家のそばで黒っぽいコートを着た六十年配の男を見かけた〟という近所の主婦の話を、潔はニュースサイトで読んだ記憶がある。その男が事件に関係している疑いもある、という記事だった。ところが、それから数日して文彦とリャンが警察に出頭し、文彦が「犯行」を自供したため、その話は完全に忘れ去られていたのだった。

「証人は、何となく様子が変だったので部屋……二〇三号室を訪ねたと言われましたが、どうしてそう感じられたんでしょう？」

「理由は二つあります。一点は、文彦が階段を上って行き、二十五、六分してリャンさんらしい女性と下りてきたこと。もう一点は、これまでは部屋の窓が閉まっていても内側に人の動きが感じられたのに、その日は文彦たちが去った後、部屋に人のいる気配が感じられなかったことです」

「証人は、被告人がアパートの階段を上って行くのを見られたわけですね？」

「そうです」

「どう思われましたか？」

「何をしに来たのだろうと思い、びっくりしました。私のいるところからでは何号室へ入ったのかはわかりませんが、メイさんたちの部屋へ行ったのは間違いないと思いましたから」

「その前日、被告人が祖母である証人の奥様から三百万円借りたのを、証人はご存じなかったんですか？」

三百万円はあくまでも〝文彦が祖母から借りた〟ということで通すつもりらしい。

「知りませんでした」

と、仲根が答えた。

「奥様は話されなかったわけですか？」

「そうです。誰にも言わないでくれと文彦に頼まれたため、文彦がリャンさんと一緒に逃げているらしいとわかるまで、妻は私にも話さなかったのです」

「被告人が階段を上って行くのを見ても、証人が被告人の前に出て行かなかったのはなぜですか？」

「私がそんなところで見張っていたとわかれば、文彦が怒ってどんな行動に出るかわからない、と思ったからです。ただ、文彦の前に姿を現わす代わりに、今日はたとえメイさん以外の者がいても部屋へ行き、文彦が来た事情を尋ね、メイさんにお願いしよう、と思いました。もちろん、文彦が帰った後で」

「それから二十五、六分して被告人がリャンさんと二人で階段を下りてきたときも、証人は出て行きませんでしたね」

「はい」

「どうしてでしょう？　引き止めて事情を聞こうとは思われなかったのですか？」

「部屋で何が起きたのかわかっていれば、飛び出して行って、どんなことがあっても引き止めたでしょう。ですが、リャンさんらしい女性が大きなバッグを持っているのはちょっと変だと思ったものの、まさか二人で逃げようとしているとは想像できませんでした。そのため、後で部屋を訪ねてメイさんから聞けばどういう事情かわかるだろう、と思ったのです」

「証人が二〇三号室へ行ったのは、被告人たちがアパートを出て行った後どれぐらい経ってからですか？」

「正確にはわかりませんが、たぶん十五分から二十分の間ぐらいです」

「どうして、すぐに訪ねなかったんですか？」

「メイさんか誰かが窓でも開けないかと思って部屋の様子を窺っていると、ジャンパーを着た男がアパートの北側から現われ、階段を上って行ったからです。どの部屋へ行ったのかはわかりませんでしたが、とにかく顔を合わせないほうがいいだろうと考え、様子を見ていたのです」

ジャンパーを着た男というのはもちろん鏑木にちがいない。

「その男の人はどうしましたか？」

「十分もしないうちに階段を下りてきて、アパートの東側の道を北へ向かって歩いて行きました」

「それから証人は二〇三号室を訪ねたわけですか？」

「そうです」

「そのときの様子を具体的に話していただけませんか」

いよいよ核心に近づいた。村地弁護士の声の調子はそれまでと変わらなかったが、表情が一段と厳しくなったように感じられた。

「部屋にはインターホンがないので、ドアをノックしました。ですが、応答がありませんでした。それで、試しにノブを回して引くと、抵抗なくドアが開いたのです」

仲根が感情を殺したような声で答えた。

「それから、どうされましたか？」

「中に向かって『ごめんください』と声をかけ、返事がないので、『どなたか、いらっしゃいませんか？』と言いながら玄関へ入りました。そして、右手のダイニングキッチンを見て、仰天しました」

「なぜでしょう？」

「床に椅子やら何やらが散乱し、頭から血を流した女の人が倒れていたからです」

「女の人は声を上げるか、動くか、しましたか？」

「いいえ、声を上げることも動くこともありませんでした」

やはり、と潔は思った。当然かもしれないが、仲根は殺人を否定するつもりのようだ。

「その女の人を見て、証人はどう思われましたか？」

村地弁護士が質問を継いだ。

「死んでいるか、意識を失っているか、どちらかだろうと思いました。また、倒れているのはメイさんらしいと思い、文彦たちと何か争いがあったのだな、と直感しました」

「証人の直前に階段を下りて行った男の人が関係しているかもしれない、とは考えなかったのですか？」

「考えませんでした。男はこの部屋へ来たのかどうかわかりませんでしたし、階段を上って行ったと思うと数分で下りてきましたから」

「メイさんらしい女性が死んでいるか意識を失っているらしい、と思った後、証人はどうされましたか？」

「どなたもいないのですかと奥に向かって声をかけ、返事がないので、上がりました。とにかくその女性の生死を確かめなければならない、と思ったからです」

「生死を確かめて、どうされるつもりだったのですか？」

「生きていたら、救急車を呼ぶつもりでした」

救急車を呼ばなかったということは、仲根はやはり〝死んでいた〟と言うつもりらしい。

「もし亡くなっていたら？」

「そこまでは考えませんでした」

「女性の生死を確かめるため、証人はどのような行動を取られたのですか？」

「もしもしと声をかけながら近づき、呼吸の有無を調べようとしたのですが、その必要はありませんでした」

「その必要がなかったとは、どういうことでしょう？」

「私が顔を覗《のぞ》き込もうとすると、女性が首を起こし、とろんとしたような目で私を見たからです」

潔は心の内でアッと声を上げた。

呼吸の有無を調べるまでもなく死んでいるのがわかった、という答えが返ってくるものと思っていたのだ。

「それから女性は……やはりメイさんでした……びっくりしたような表情になり、ヒーッという声を上げて上体を起こしたかと思うと、意味のわからない言葉を投げつけてきました」

仲根がつづけた。

自分が二〇三号室を訪れたとき、メイは生きていた――。

彼ははっきりとそう認めたのである。

村地弁護士の顔は青ざめ、引きつっていた。仲根がどう答えるか、当然知っていたと思われるのに……。

「証人はどうされましたか？」

村地弁護士が重い口を開くようにして聞いた。

「私も驚いて、危害を加えるつもりがないことを示すために両手を胸の前に上げてみせました。それから、怪しい者ではないという意味を伝えようと、いろいろ言葉を換えて言いました」

「日本語で、ですね？」

「そうです」

「メイさんは収まりましたか？」

「いいえ。私の言うことが理解できないからか、それとも見ず知らずの私の言葉など信用できないからか、恐怖と怒りで引きつったような顔をし、『出て行け！』『ドロボー！』と日本語を交えて罵り出しました」

「そうしたメイさんに対し、証人はどうされましたか？」

「わかった、出て行く、と応え、身体を回しかけました。しかし、そのとき、このままにしたら文彦は破滅する！　という考えが頭をよぎりました。メイさんを殴って傷を負わせたのは文彦にちがいない、と思ったからです。現在は、部屋へ行ったときメイさんは頭から血を流して倒れていたという文彦の言葉を信じていますが、そのときは、リャンさんと一緒に逃げるために文彦が……男の文彦が鉄の花瓶でメイさんの頭を殴ったにちがいない、と思い込んでしまったのです」

法廷はしんとして、しわぶきひとつ立てる者がない。みな息を殺しているかのようだ。潔も固唾《かたず》を呑み、仲根の後頭部のあたりに視線を止めていた。

「私の頭に、〝メイさんを殺して、文彦がここへ来た痕跡を消してしまおう〟という考えが閃いたのは次の瞬間でした」

仲根が言葉を継いだ。「メイさんは私が出て行くと思ったのでしょう、罵るのをやめました。また、身構えていた気持ちが弛《ゆる》んだようにも見えました。そこで私は、素早く腰を屈めて床に転がっていた鉄の花瓶をつかみ、思い切りメイさんの頭に叩きつけました」

言葉の意味の激しさにもかかわらず、仲根の語調は穏やかだった。

潔の位置からは、仲根が村地弁護士のほうを向いたときの横顔が見えるだけなので、表情ははっきりしない。が、殺人を告白した仲根よりも、むしろ村地弁護士のほうが辛く、苦しげに感じられた。

それにしても、仲根はなぜメイ殺しを進んで認めたのだろう、と潔は思う。罪の意識に苛まれた結果だろうか。それとも、否認すれば自分の罪を文彦が被ることになるかもしれない、と恐れたからだろうか。

「証人がメイさんを殴った回数は何度ですか？」

「一度だけです。一度の打撃でメイさんはその場に頽《くずお》れましたから」

「その後、証人はどうされましたか？」

「花瓶を手にしたまま、しばし……といっても精々二、三分でしょうか、その場に立っていました。そして、メイさんがぴくりとも動かず、呼吸が完全に停《と》まったのを確認すると……鼻に指を近づけて調べたのですが……花瓶だけでなく、文彦が触れた可能性のある竹の棒や椅子、テーブルの角や上板などを、ハンカチで丹念に擦《こす》りました。

それから流しへ行き、濡《ぬ》らしたハンカチでコートに付いた血を拭き、水道で手を洗い、部屋を出ました。部屋を出るとき、玄関のドアノブもジャケットの袖《そで》でよく擦りました」

「四畳半にあったメイさんの黒革のバッグや、押し入れに置かれていた金庫には触れていないわけですね？」

「触れていません。四畳半と六畳の入口まで行き、文彦が触れていそうなものはないかと見ることは見ましたが、中へは入りませんでした」

「金庫には気づかれましたか？」

「押し入れの襖《ふすま》が半開きになっていたので、気づきました。ですが、文彦が他人の金庫になど触れるはずがないと思い、無視しました」

仲根は殺人については認めながら、窃盗については関与を否定した。

彼が他人の金庫から金を盗んだとは思えないので、これは事実と見ていいだろう。

ただ、そうなると、金庫に入っていたはずだという五百万円近い現金……四百数十万円を盗んだ犯人が誰だったのか、またわからなくなる。

文彦とリャンでないのは確実だと思うし、スーとヌイも除外してたぶん間違いないだろう。となると、あとは鏑木恭一と森山真紀しかいないが……。

潔は、森山真紀が一番怪しいと思う。が、鏑木だってシロとは言い切れない。この前の公判で、二〇三号室にいたのは三、四分だと彼は述べたが、仲根の証言から推測すると五分程度はいた可能性がある。五分あれば、メイが息を吹き返す前に部屋に上がり、バッグの中から鍵を捜し出して金庫を開けるぐらいできただろう。

ただ、金を盗んだのが森山真紀であれ鏑木であれ、目の前に動かぬ証拠を突きつけられないかぎり、犯行を認める可能性はゼロに近い。と考えると、窃盗に関しての真相は闇《やみ》に隠れたまま終わる可能性が高かった。

「証人は、被告人が出頭して逮捕され、殺人と窃盗の罪で起訴されても、自分が犯人だと名乗り出ませんでしたね。それは、メイさんが生きていたのでは孫である被告人が破滅すると思ってメイさんを殺害した、という言葉と矛盾していませんか？」

村地弁護士が当然の質問をした。

「矛盾しています」

と、仲根が苦しげに認めた。

「では、どうして自首されなかったんでしょう？」

「できなかったのです。何度も警察署の前までは行ったのですが、中へ入れなかったのです。私がメイさんを殺さなければ、文彦の容疑は傷害で済んだのに……いえ、メイさんが生きていればメイさんを殴ったのはリャンさんだとわかったわけですから、文彦は傷害の容疑さえ受けなかったはずでした。ところが、私がメイさんを殺したばかりに文彦は殺人の容疑者にされてしまったのです。それなのに、メイさんたちの部屋に出入りするところを鏑木氏に見られていたとわかるまで、私は口を噤み通しました。メイさんを花瓶で殴りつけたとき、文彦のためにと思ったのは事実です。ですが、文彦が殺人容疑者にされてみると、私は文彦よりも自分の身のほうが可愛かったのです。私は意気地なしの卑劣な人間です。この手で殺《あや》めてしまったメイさんに対してはもちろん、文彦にも本当にすまないことをしてしまった、と思っています。どうか、許してください」

仲根が文彦に向かって深々と頭を下げた。

文彦は無言だった。顔を俯け、仲根と目を合わせないようにしていた。文彦にしたら、たとえ裁判長に発言を許されたとしても、祖父の意外な告白にどう応えていいのか、わからないにちがいない。

「尋問を終わります」

と、村地弁護士が裁判長に告げ、腰を下ろした。

まるで裁判で負けたかのように、打ちのめされ、疲れきった表情をしていた。

8

その後、仲根周三は芳沢警察署へ出頭し、刑事と検事の取り調べでも同様の供述をしたらしい。間もなく殺人の罪で起訴され、初公判は九月の末に決まった。

仲根の弁護人になったのは、事務所の共同経営者である前沢弁護士でも、学生時代からの友人だという斉藤弁護士でもなく、村地弁護士だった。

潔はというと、夏休み明けからの復学を決意し、気持ちの準備のため、時々大学へ行っては構内をぶらつき始めた。

文彦の裁判はそれから公判が三回開かれ、潔はすべて傍聴した。

第七回公判では、第六回公判の後で検察官が「殺人罪」を「殺人未遂罪」に訴因の変更を請求したため(鏑木、仲根の証言により殺人罪は成り立たなくなった)、岸田検事が変更した起訴状を読み上げ、それについて被告人の陳述などが行なわれた。

第八回公判では検察官の論告・求刑、弁護人の弁論、被告人の最終陳述が行なわれ、結審した。

そして三カ月後、九月七日に開かれた第九回公判で判決が言い渡された。

その主文は、

《被告人を懲役一年に処する。未決勾留《こうりゅう》日数中二〇〇日を刑に算入する》

というものだった。

適用されたのは傷害罪で、検察側が主張した殺人未遂罪は退けられた。また、窃盗に関しても証拠不十分で無罪とされた。

文彦は最終陳述で、〝自分はメイを殴っていない、初め罪を認める供述をしたのはリャンの代わりに罪を被ろうとしたのだ〟と、殺人未遂はもとより傷害についても無罪を主張した。

だが、判事たちは、文彦が裁判の途中から変えた供述は信用がおけないとして退けた。そして、〝鉄の花瓶を取ってメイを殴った〟という捜査段階の自白は任意性、信用性ともにある、と判断。自白調書を証拠として採用し、

《被告人の行為は刑法第二〇四条・傷害の罪に該当する》

としたのである。

リャンの二度目の証言は嘘だ、と潔は考えていた。判事たちも自分と同じように判断し、文彦に無罪の判決を下すだろう、と予想し、期待していた。だから、この判決を聞いたときは意外だったし、納得できなかった。十四日間という控訴の期限内に文彦は当然、東京高裁に控訴するにちがいない、と思った。

ところが、潔の予想は外れた。

判決の出た数日後、村地弁護士から電話があり、文彦が控訴しないことに決めたと知らせてきた。

「文彦さんは、無実を主張し出してからも、リャンさんがメイさんを花瓶で殴ってしまったのは自分のせいだって、ずっと自分を責めていたのね。それで、あの判決を受け容れることにしたらしいの」

文彦が控訴を取りやめた理由について、村地弁護士はそう言った。

「そうですか」

と潔は応えたものの、いまひとつすっきりしなかった。

「もし文彦さんが控訴すれば、リャンさんには、殺人未遂罪か傷害罪に問われるおそれがずっと付きまとうでしょう。偽証罪に問われるおそれも……。文彦さんとしては、リャンさんにそんな不安な思いをさせたくない。そういうことらしいわ」

「でも、リャンさんなら、もうタイへ帰ってしまったんじゃないですか？」

リャンの場合、文彦より先に窃盗の罪で無罪となり、入管法違反でタイに強制送還された。潔は村地弁護士からそう聞いていた。

「ええ」

「だったら、石崎が心配する必要はないと思いますが」

「私もそう言ったんだけど……」

「それなのに、石崎はどうしてそんな余計な心配をしているんですか？」

「リャンさんがまた日本へ来たときのことを考えているらしいわ。今回はタイへ帰っても、いずれまた日本へ来るかもしれないからって……。リャンさんの場合、合法的には五年間は不可能なんだけど」

文彦はまだリャンのことが忘れられないのだろうか。それで、いつか、再び来日した彼女と再会して……とでも考えているのだろうか。

潔には、文彦の考え、気持ちがよくわからなかった。自分がリャンに夢中になったために、メイという一人の女性が命を落とし、祖父を殺人者にしてしまったというのに……。

ただ、理由はどうあれ、本人が控訴しないと言う以上、他人がとやかく言っても始まらない。

潔はずっと気になっていた、メイの金庫から消えた四百数十万円の行方について村地弁護士の考えを聞いてみた。

「誰かが盗んだのは間違いないわけだけど、それ以上のことは私にもわからないわ」

と、村地弁護士が答えた。

「先生は、誰が盗んだと思われますか？」

「さあ……」

弁護士が軽々に個人名を挙げられないからか、返事をにごした。

「僕には、森山真紀か鏑木しかいないように思えるんですが」

「そうね。でも、鏑木さんの場合、もしお金を盗んでいたら、わざわざ証人になるかしら？」

「では……？」

「いちじは私も鏑木さんかと思ったけど、いまはまた森山真紀が一番怪しいと考えているわ」

村地弁護士が認めた。「ただ、いくら私たちがそう考えても、立証するのはたぶん不可能でしょうね」

「警察が初めから森山真紀を強く疑って調べていたら、どうだったんでしょう？」

「警察も初め、かなり厳しく彼女を追及したらしいの。文彦さんとリャンさんが出頭する前の話だけど」

「そうだったんですか……。しかし、森山真紀は否認を通した？」

「そう。証人尋問のとき私の質問に答えたように、金庫に触れたことは認めても、鍵が見つからなかったので開けていない、と言い張ったらしいわ」

「とすると、金庫にあった五百万円近い金は、結局どこに消えたのかわからないまま、ということになるのでしょうか？」

「そうなりそうね」

と、村地弁護士が残念そうに答えた。

潔は最後に、このまま文彦の刑が確定すれば、刑期に算入された未決勾留日数があるので三、四カ月後には仮釈放される可能性が高い、と聞き、電話を終えた。

9

十一月十一日午後一時から、さいたま地方裁判所で義父、仲根周三の裁判が始まった。

合議制の裁判に使用される大きな法廷は少ないのか、先々月の初めまで文彦が裁かれていたのと同じ三〇×号法廷である。

ただ、文彦の裁判では、鏑木の証言が行なわれた四月末の第五回公判まで常に悠子、憲之、加代と並んでいた周三は、当然ながら傍聴席にいない。かつて彼がいた席には義妹の久里子が座り、周三は柵の向こうの被告人席へ移っていた。

初公判は当初、九月の末に予定されていた。ところが、直前になって裁判官の人事異動があって担当判事が替わったため、あらためて検察官、弁護士と日程の調整が行なわれ、一カ月半近く延びてしまったのである。

いま悠子たちの前では、検察官による冒頭陳述が行なわれていた。

悠子にとって、文彦の裁判を傍聴するのは辛いというより怖かった。が、今度の裁判は傍聴席にいるのがただ辛い。

周三は背筋をぴんと伸ばして座っている。自分を容赦なく弾劾する検事に顔を向け、その陳述に静かに耳を傾けている。陽に当たらない生活のせいか、白い顔をしているものの、さほど窶《やつ》れたという印象はない。横顔を見るかぎり、動揺の色も感じられなかった。文彦の裁判の証人尋問でメイを殺したことを供述し、いましがたも検事の読み上げた起訴状に記載された罪を全面的に認めた。だから、すでに覚悟が決まっているのだろう。

そうした周三の心の内はどうあれ、悠子は胸が痛んだ。彼に申し訳ないという気持ちでいっぱいだった。

悠子と憲之は、〝自分が風見荘二〇三号室を訪れたときメイは生きていた〟という鏑木の証言の数日後、メイの命を奪ったのは自分だという周三の告白を受けた。それは、殺人に関して文彦の無実を証明するものだったので、悠子は驚きながらも思わず安堵した。が、同時に、義父がそうした罪を犯したのは自分のせいだと思い、以来、悠子はずっと己れを責めつづけてきた。

文彦から三百万円貸してほしいという電話がかかってきたとき、自分が貸していたら……と悠子は何度後悔したかわからない。そうすれば、文彦がその金でリャンをメイから解放し、事件は起こらなかった。

いや、たとえ文彦に金を貸さなかったとしても、自分が周三に相談さえしなければよかったのだ。そうすれば、義父は探偵をつかって文彦の身辺調査などしなかったはずだし、メイに会おうとして風見荘を訪ねることもなかっただろう。その場合、たとえ文彦がリャンと一緒に逃げたとしても、メイは息を吹き返し、〝メイを殴ったのはリャンだ〟とすぐに真相が明らかになったはずである。そこには周三が関わる余地はない。

検事の陳述が、犯行に至る経緯から犯行状況の説明へと進んだ。説明といっても、陳述書を読み上げているだけである。それは周三自身の供述を基にして書かれているらしく、耳新しい事実はない。

妙な抑揚をつけた検事の朗読を聞きながら、それにしても、義父があのとき言ったことはどういう意味なのだろう、と悠子は考えた。

その疑問は悠子の意識の奥に引っ掛かっていて、時々脈絡なく頭をもたげるのである。

周三がそれを口にしたのは、いまから一カ月ほど前だった。

周三が五月半ばに起訴されると、彼も文彦と同じさいたま拘置支所に勾留されたから、悠子は憲之や加代と一緒に何度か二人を訪ねた。といっても、訪問者は一日に二人の入所者に面会できないし、勾留されている者も一日に一回しか面会を許されていないので、悠子たちは拘置所に着いてから二手に分かれ、あるいは日を変えて二人に面会した。

が、そのときは、懲役一年という文彦の刑が確定し、彼が川越少年刑務所——少年刑務所といってもＹＡ級受刑者と呼ばれる二十六歳未満の初犯受刑者も収容されている——に下獄した後だったので、拘置所にいたのは周三だけ。一緒に行くはずだった加代が急に体調を崩したため、悠子は一人で周三に面会したのだった。

悠子は憲之と一緒に初めて周三を訪ねたとき、周三を殺人者にしてしまったことを詫びた。周三は悠子のせいではないから気にしないようにと言ってくれたが、悠子はその後も自分を責めつづけた。そのため、一人で面会したそのとき、あらためて周三に謝罪した。

すると、周三が、

——こうなったのは誰のせいでもない。自業自得……まさに僕自身の生き方が招いた報いなんだよ。だから、前にも言ったように、悠子さんが自分を責める必要はまったくない。

そう言ったのだ。

周三は文彦の裁判で証人になったとき、〈息を吹き返して喚き出したメイを前にし、彼女が生きていては文彦が破滅すると考え、咄嗟に床に落ちていた花瓶で頭を殴ってしまった〉と供述した。すべては、メイを殴打したのは文彦だと自分が誤って思い込んだ結果である、と。

だから、こうなったのは自業自得だと言っただけなら、わからないではない。

だが、それにつづけられた〝僕自身の生き方が招いた報い〟という言葉——。

悠子はぎくりとし、いったいどういう意味だろう、と思った。

周三は自分の「行為が招いた」とは言わず、「生き方が招いた」と言った。また、「報い」という強い言葉をつかった。

悠子は自分の疑問を述べ、どういう意味かと尋ねた。

悠子の質問に、周三が一瞬返答に詰まったような顔をした。

が、すぐに表情をやわらげ、

——いやぁ、悠子さんがいつまでも気にしているようだから、つい大袈裟な言い方をしてしまったが、これといって深い意味はない。要するに、僕自身が招いたことだと言いたかっただけなんだ。

と、いかにも軽い調子で答えた。

悠子は信じられなかった。周三のさっきの言葉はつい〝本心〟が口をついて出てしまったのではないか、そんな気がした。

しかし、そう思っても、その言葉の意味するところはまったく想像がつかなかった。

そのためだろう、

――ずっと尊敬してきた義父が報いを受けるような生き方をしてきたとはどういう意味だろうか？

と、そのとき感じた疑問が、いまでも時々頭をもたげるのである。メイを殺し、殺人の罪に問われていることが、なぜ義父自身の生き方が招いた報いだと言うのだろうか……。

悠子が周三の横顔を見やりながら考えている間にも検事の朗読はつづき、情状についての厳しい主張を最後に陳述が終わった。

それから三カ月半後の二〇〇六年二月二十四日、第四回公判が開かれた。

そこで、検事が論告につづいて懲役八年を求刑し、次いで立った佐和子が、犯行が計画的なものではないこと、被告人が自ら進んで犯行を告白したこと、深く罪を悔いていることを強調。裁判官の寛大な処置を求める最終弁論を行ない、裁判は結審した。

終章　悲劇もしくは喜劇

＊

リャンはいつものように午前十時にバイクで出勤すると、ガラス戸の鍵《かぎ》を開けて中へ入り、開店準備を始めた。

リャンが調理場で野菜を洗ったり肉を切ったりして料理の下準備をしていると、一緒に家を出て市場へ回った妹のメムがやはりバイクで着いた。

リャンが生まれ育ち、いまも母と妹と一緒に暮らしているのはコーンケン県の辺鄙《へんぴ》な農村だが、妹と二人で営《いとな》っている店はタイ東北部の中心都市、コーンケン市の市街地にあった。ご飯から麺《めん》類まで何でもあり、酒も飲める小さな飲食店だ。

リャンが日本を強制退去させられてタイへ帰ったのは昨二〇〇五年の六月である。店を開いたのはそれからしばらくした九月末だから、あと十日ほどで七カ月になる。

メムがレストランで調理の手伝いをしていたことと、リャンも料理を作るのが好きだったことから飲食店を始めたのだが、最初は客がなく、潰《つぶ》れるのは時間の問題かと思われた。ところが、日本で一、二度食べたリャンの記憶を元に工夫したタイ風味付《あじつ》けのお好み焼きが思わぬ評判を呼び、いまでは店員を雇う話をメムとするまでになっていた。

そうして店がさらに繁盛したら、とリャンたちの夢はふくらんだ。中古の乗用車を買うつもりだった。自動車があれば通勤に便利なだけではない。神経痛の母をもっと病院へ連れて行ってやれるからだ。

リャンとメムが調理場で忙しく立ち働いているとき、ガラス戸の開く音がして一人の男が店に入ってきた。

リャンは「サワッディー・クラップ（こんにちは）」というちょっと変な発音の声を耳にしただけで、そのまま仕事をつづけていたが、メムが店へ出て行き、

「開店は十一時なので、もうしばらく待ってください」

と、もちろんタイ語で言った。

「すみません。こちらにリャン・ピアンチョンさんはいるでしょうか？」

たどたどしいタイ語――。

リャンはハッとして、手にしていた鶏肉を落としそうになった。

メムが「ちょっとお待ちください」と応え、不審げな顔をして調理場へ戻ってきた。

そのときには、リャンも店のほうを見たので、来訪者が誰かわかっていた。気持ちを落ち着かせ、

「私の知り合いの日本人だから、心配しないでここにいて」

とメムに言い、濡《ぬ》れた手を拭いてから店へ出て行った。

男……フミヒコはリャンの顔を見ると嬉《うれ》しそうに顔をほころばせ、

「サワッディー・クラップ」

と、言った。

「こんにちは」

と、リャンは逆に日本語で応えた。

こんなところまでフミヒコはいったい何をしに来たのか？　そう思い、警戒していたから、硬い声だったにちがいない。

フミヒコと顔を合わせるのは、去年の四月、フミヒコの裁判にリャンが二度目の証人として出廷したとき以来である。フミヒコはそのときより少し肥《ふと》り、おとなの男の顔になっていた。

リャンは、その後フミヒコにどういう判決が出たのか知らない。

が、タイへ送り返される前、〝メイを殺したのはフミヒコの祖父だとわかった〟という話を弁護士から聞いた。自分が花瓶で殴ったときにメイは死んだ、リャンはてっ

きりそう思っていたが、意外なことに、メイは意識を失っただけで、自分とフミヒコが部屋から逃げ出した後で息を吹き返したのだという。

鎧《よろい》で身を固めたようなリャンの応対だったと思われるのに、フミヒコは懐かしそうに目を細め、

「リャンさんに会えて、よかった」

と、日本語で言った。

その笑顔を見て、自分が村地弁護士との約束を破って偽証したことをフミヒコは怒っていないのだろうか、とリャンは訝《いぶか》った。

「最初にリャンさんの家に行き、お母さんにここだと聞いてきました。

フミヒコが今度は日本語にタイ語を交えて言った。

それを聞いて、彼がどうしてリャンの店を知ったのかという事情はわかった。

フミヒコはリャンの実家の住所は知っていたからだ。

二年前の秋、フミヒコと二人で風見荘の部屋を出て逃げているとき、フミヒコにタミヤから電話がかかってきた。その後で、

――事情があって三百万円はタミヤに預けてあるが、リャンに遣《や》る。リャンは捕まってもじきに出所できるだろうから、出所したら、タミヤからその金を受け取ってほしい。リャンが日本にいればタミヤが直接届けることになっているし、リャンがタイ

へ帰ったとわかれば小切手にして実家へ送る約束になっているから。

フミヒコにそう言われ、リャンはタイの実家の住所を彼に教えたのである（母の銀行口座については教えないほうがいいような気がして黙っていた）。

そのときフミヒコは、再度電話してきたタミヤにリャンの実家の住所を告げてから、リャンに言った。

――三百万円の所在を警察に知られたら押収されてしまうので、自分がタミヤと相談したり連絡を取り合っていたことは絶対に話さないように。

警察に出頭した後、リャンはフミヒコに言われたとおりにした。

とはいえ、それほど期待していたわけではない。

タミヤはリャンに優しかったし、悪人とは思えなかった。が、三百万円という大金が手元にあるのに、自分のものにしたいという誘惑を覚えない者はいないだろう。タミヤがもし初めからフミヒコを騙そうとしていた場合は論外だし、たとえ電話で話したときは約束を守るつもりでいたとしても、手間と時間を掛けてわざわざ金をタイまで送って寄越す可能性は低いのではないか。

リャンはそう考えていた。

案の定と言うべきか、リャンがタイへ強制送還されて間もなく十カ月になるが、タミヤからは小切手はおろかハガキ一枚届いていない。

「タミヤさんから、三百万円は送られてきましたか？」

と、フミヒコが聞いた。

きていない、とリャンは答えた。

「やはり、ね」

と、フミヒコがうなずき、正月が明けて間もなく仮釈放で刑務所を出てからタミヤこと鏑木を捜したが、携帯電話は通じなかったし居所もわからなかったのだ、と言った。

「それから一月半ほどして先月末に刑期満了になったので、三百万円がどうなったのかと思い、タイへ来たんです。リャンさんにも会いたかったし……」

リャンは、言葉どおりには信じられなかった。フミヒコは本当にそれだけの理由でタイまで……それもバンコクから遠く離れたコーンケン県まで自分を訪ねてきたのだろうか。彼は自分を油断させるために嘘をつき、本当の狙いを隠しているのではないだろうか。

リャンはそう思い、

「フミヒコ、私、恨む？」

と、警戒しながら探りを入れてみた。

「恨んでなんかいません」

と、フミヒコが明るい声で答えた。「僕のほうが、ごめんなさい」

「フミヒコ、どうして、ごめんなさい?」

「僕のほうからリャンさんの身代わりになると言い出したのに、その約束を破ったからです」

「約束、私も破った。ムラチ先生、私、約束したのに……」

「そのことはもういいんです。リャンさんが元気でいるのを見て安心しました。それに、こんな立派なお店まで出して……」

フミヒコが言って、店内を見回した。

気を許しかけていたリャンは、ぎくりとした。顔から血の気が引くのを感じた。

――フミヒコは、やはりあのことを調べに来たのだろうか。

リャンはちょっと息苦しさを覚えながら、

「お店、立派ない」

と、否定した。「お金、借りた。お店、やっと始めた」

「でも、家も新築したようだし……」

「家、お母さんのため、建てた。お金、沢山《たくさん》借りた。古い家、お母さん、寒い。お母さん、脚、痛い」

「そうですか」

フミヒコが同情するように顔を曇らせた。リャンの言葉を疑っているようには見えない。

ということは、自分の疑念は思い過ごしだったのだろうか。

リャンは、気づかれないようにフッと小さく息を吐いた。

同時に、この人には私たちの生活はまったく想像がつかないらしい、と少し冷えた気持ちで思った。想像がつかないというより、私が日本へ行く前どんな生活をしていたかなど考えたこともないのかもしれない。もし店を出したり家を新築したりするための金を貸してくれる人がいたら、そして私たちにそれを返せる当てがあったら、私は日本へなど行くわけがないのに……。

それらの金をどうしたのか、リャンは話してやりたい誘惑を感じた。

が、もちろん話さなかった。

この店を開き、家を新築した資金は、リャンが日本から送っておいたのである。客にもらったチップなどを貯《た》めて実家へ送金するのに利用していた地下銀行を通して――。フミヒコと二人、風見荘から逃げて東京のホテルへ行った後だ。フミヒコに気づかれないように公衆電話をつかって呼び出しておいた地下銀行の男とホテル前の路上で会ったのは、フミヒコがシャワーを浴びていたときだった。その男に、「自分がタイへ帰るまで手を付けないように」という伝言付きで四百七十万円を託したのである。

あの日——

リャンはメイを殺す気などなかった。メイと二人でフミヒコが来るのを待っていると、急に金の都合がつかなくなったとフミヒコから電話がかかり、メイは荒れに荒れた。入ると思って期待していた金が直前で入らなくなったからだろう。おまえらグルになってあたしを騙したな、とリャンを罵《ののし》り、竹の棒で殴りかかってきた。それまでも、気に入らないことがあるとメイはしょっちゅうリャンやスーに竹の棒を振るったが、〝売り物〟に傷や痣《あざ》を付けたらまずいからだろう、半ばは威嚇《いかく》のためだった。が、このときは顔を真っ赤にして怒り、手加減しなかった。頭を庇《かば》うために上げたリャンの腕や肩を、繰り返し打ちつけた。リャンは痛みに耐えかねて、テーブルの上にあった鉄の花瓶——メイがずっと前に古道具屋で買ったのだという——をつかみ、それでメイの攻撃を防いだ。

リャンの行為は自分に対する反抗とメイには映ったらしい。「バカ野郎!」「畜生め!」「このトカゲ女!」と悪罵《あくば》のかぎりを浴びせて攻撃をエスカレートさせた。そのためリャンは、体中を打《ぶ》たれながらも何とか竹の棒をつかみ、相手の攻撃をやめさせようと花瓶で殴りつけた。メイは狂ったように喚《わめ》き、暴れ、リャンの手から竹の棒を引き離すと、滅茶滅茶にそれを振るい出した。それから先は、リャンにははっきりした記憶がない。が、メイが倒れてぐったりしてからも、また起き上がって襲いかかってくるのではないかという恐怖に駆られ、一、二度殴ったような気がする。

こうして、メイが完全に動かなくなり、リャンが放心して床にへたり込んでいたとき、フミヒコが来た。フミヒコはリャンの話を聞くと、恐怖の色を目に浮かべながらも、警察に捕まったら自分が身代わりになるから一緒に逃げようと言い、リャンを励まして、事件がそのとき起きたように見せかけるための偽装工作をした。それから、彼は花瓶や椅子や竹の棒などリャンが触った可能性のあるところをハンカチで拭《ぬぐ》い、一方、リャンは奥の六畳間へ行って身支度をし、バッグに自分の持ち物を詰めた。その作業をしているとき、メイの金庫の金をこのままにしておくなんてもったいない、とリャンは気づいた。それは自分とスーとヌイが身体《からだ》を売って稼ぎ、メイに不当に奪われた金だ。本来なら自分たちのもの……自分たち三人がもらって当然の金なのである。

そう思ってフミヒコのほうを窺《うかが》うと、六畳間の入口の扉は半開きになっているものの、フミヒコの姿は見えたり見えなかったり。こちらに注意を向けている様子はない。

リャンは決断した。そっと境の襖《ふすま》を開けて隣りの四畳半へ入った。金庫の鍵はメイの黒革のバッグにあるのがわかっていたので、それを取り出し、金庫を開ける。現金の入っている封筒をつかんだときスーとヌイの顔が浮かび、一瞬手が止まった。が、残しておいてもどうせ二人の手には渡らないだろうと思い、五つあった封筒を全部自分のバッグに入れた。

金庫は開かないようにしておいたほうが安全なような気がし、錠を掛け、鍵を持って六畳間へ戻った。

前にテレビのドラマか何かで見た指紋の話を思い出したのはその直後だった。直《じか》に封筒をつかんだので金庫の内側には触れていないが、扉の外側とメイのバッグには指紋が付いてしまったかもしれない。

しかし、リャンが四畳半へ引き返す前に、フミヒコが台所から「用意、できましたか？」と声をかけてきた。

リャンは不安を覚えながらも、疑われたときは疑われたときだと腹を据え、「はい」と答えた。


フミヒコはいまどうしているのか、とリャンは尋ねた。

「大学へ入りなおすために、この四月から受験の予備校へ通い始めたところです」

と、フミヒコが答えた。

「また同じ大学に？」

「いいえ、今度は東京の大学へ行くつもりです」

この人は、両親が酒造業を営んでいるという話だったから、日本人の中でも裕福なほうなのだろう。勉強の苦労はしても、食べるため、生きていくための苦労、厳しさを味わったことはないらしい。そのせいか、良く言えば純粋で善良、悪く言えば鈍くて甘かった。

リャンには、もうフミヒコに聞きたいことも、彼と話したいこともなかった。いや、彼の祖父がどうなったかを聞いてみたいと思ったが、知ったところで何にもならないのでやめた。それより、早く帰ってほしい。

と思っても、あからさまに迷惑そうな顔もできないでいると、メムが調理場から顔を出した。もうじき十一時になるが開店を遅らせるか、と聞いた。

リャンは、どうしようかしらと答え、壁に掛けてある時計を見ながらわざと困ったような顔をして見せた。

すると、フミヒコが察したらしく、

「開店の時間ですね」

と、言った。

「はい」

「忙しいところ、すみませんでした。それじゃ、僕はこれで帰ります」

「すみません」

リャンは引き止めなかった。これからどこへ行くのか、今夜どこに泊まるのか、ということも聞かなかった。

彼はもう自分とは関係のない人間だった。

リャンはフミヒコを店から送り出すと、日本で出会った人と経験した出来事のすべてを記憶の外へ締め出すように、ゆっくりとガラス戸を閉めた。

＊

佐和子は大宮で悠子たちと別れて「やまびこ」を降り、自宅へ帰った。

朝マンションを出たときから、いまにも降り出しそうな鉛色の空が広がっていたが、何とか夕方までもったようだ。

今日佐和子は、仲根周三の家族に付き添い、栃木県のＫ刑務所まで行ってきた。

先月（五月）二十三日、仲根には懲役七年の刑が言い渡され、彼も検察官も控訴しなかったので、その刑が確定。一昨日、仲根はさいたま拘置支所からＫ刑務所へ移送されたのである。

刑務所は、未決のときに収監されていた拘置所と違って何かと厳しい。親族でない者の面会には条件があるし、面会者は同時に三人までという制約もあるため、残念ながら仲根の顔は見られなかった。面会したのは加代と憲之と久里子の三人で、彼らが夫であり父である仲根に会っている間、佐和子と悠子は待合室で待っていた。

ただ、面会はできなかったものの、仲根が思ったより元気そうだったと聞き——佐和子の来訪を喜び、感謝していたともいう——佐和子は少し安心した。

佐和子がスーパーマーケットで買ってきた食料を冷蔵庫に収め、夕食の準備をしていると、昇が帰ってきた。

昇は、佐和子が簡単に今日の話をすると、ふーんとうなずいてから、

「今更ながらだけど、七年は長いな」

と、感想を漏らした。

佐和子もそう思う。公判では、検事の反対を押し切って情状証人だけで四人も用意し——公判前整理手続が取り入れられた昨年十一月以後に起訴された事件だったらたぶん無理だっただろう——、できるだけ軽い刑をと訴えたのだが、結局、検察側が求刑した懲役八年を一年しか減じられなかったのだ。

そのこともあり、佐和子の内には後悔とも自責の念ともつかない複雑な思いが残っていた。この一年余り、佐和子は仲根が自ら選択した道なのだから、と自分に言い聞かせてきた。が、まだ納得しきれていなかった。

「七年といっても、〝改悛《かいしゅん》の状〟があると認められたときは、刑期の三分の一を過ぎれば仮釈放があるわけだから、実際はぐんと短くなるかもしれないけど」

昇が言葉を継いだ。

「あら、少しは勉強したじゃない」

佐和子は、最近とみにおとなの男臭くなった息子の顔を見上げて冷やかした。

「これでも法学部の学生だからね」

昇が無精髭《ぶしょうひげ》——本人はおしゃれのつもりらしいが佐和子には無精髭にしか見えない——を生やした顔をちょっと反らした。

彼はこの春、第一志望の早稲田に落ち、協立大学に入学したのである。

「ただ、ひとつ教えてあげるけど、刑法には刑期の三分の一を経過した後……とあっても、実際に仮釈放されるのはほとんどが三分の二を過ぎたころからなの」

「へー、そうなのか。とすると、仲根先生が娑婆《しゃば》の空気を吸えるようになるまでには早くても四年ちょっとかかるわけか……」

仲根の場合、刑期に算入された未決勾留日数が二五〇日ある。昇はそれを考慮して四年ちょっとと弾いたのだろう。

「もちろん、三分の一を過ぎて間もなくっていう例だってないわけじゃないわ。だから、もっと早く仮釈放になる可能性があるし、私たちはそれを願っているわけだけど」

「じゃ、うまくいけば、三年ぐらいで出られるかな」

「そうね」

「それにしても……」

と、昇がそれまでとは違った硬い視線を佐和子に向けた。「仲根先生はずいぶん大きな犠牲を払ったわけだね」

「なに、犠牲って？」

佐和子はぎくりとして、聞き返した。

「だって、仲根先生、本当は無実なんでしょう？」

昇が――たぶんわざとだろう――軽く言葉を投げ出すように言った。

「そ、そんなこと、どうして急に言い出すの？」

「その慌て方からすると、羽佐間さんの推理が当たっていたみたいだね」

「羽佐間さんの推理？　羽佐間さんがどんな推理をしたのか知らないけど、そんなの当たっているわけがないでしょう」

佐和子は内心の狼狽《ろうばい》を押し隠し、強い調子で否定した。

「それなら、いいよ」

佐和子の勢いに押されたように、昇が引いた。

「いいよって、気になるわ。羽佐間さんがどんなふうに言ったのか、話して」

「いいよ、もう」

たの？」

「言い出したんだから、最後まできちんと話しなさいよ。羽佐間さん、昇に何て言っ

羽佐間潔は昨年の夏休み明けから再び大学へ行くようになっていた。だから、昇が入学したこの四月以降、二人は時々構内で会い、一緒に食事をしたりしているらしい。

「もし仲根先生が本当にメイさんを殺した犯人だったら、孫の文彦さんが殺人罪で起訴されたときに名乗り出なかったなんて考えられないんじゃないか、って」

昇が仕方なさそうに答えた。「名乗り出なかった理由として、仲根先生は自分は意気地なしの卑劣な人間だからって言ったそうだけど、それも信じられないって」

「去年の五月、文彦さんの裁判で仲根先生が証人になられた後、羽佐間さんとは何度か電話で話したけど、そんなこと全然言わなかったわ」

「仲根先生の証言を聞いたときは羽佐間さんも〝そうか〟と思っただけで、べつに変だと思わなかったそうだから、当然だよ」

「じゃ、羽佐間さんはいつ変だと思ったわけ？」

羽佐間の〝推理〟を認めている質問だと思ったが、聞かないではいられなかった。

「羽佐間さん、仲根先生の裁判にも傍聴に行っていただろう。その二回目か三回目のときらしいよ。仲根先生の横顔を見ていて、突然おかしいと気づいたんだって。自分が犯人だという仲根先生の言葉が事実なら、先生がメイさんを殺したのは文彦さんの

ためだろう。先生は殺人を犯してまで孫の文彦さんを助けようとしたわけだろう。そんな人間が、自分のために文彦さんが殺人犯にされようとしていたとき……孫が殺人犯として裁かれようとしていたとき、何もしないで傍聴席に座っていられただろうか、って」

考えてみれば当然の疑問だが、佐和子は仲根に真相を打ち明けられるまで気づかなかったのだった。

「でも、仲根先生は、鏑木さんが証人になって証言するまで、ずっとそうしていたわけだよね」

昇がつづけた。「それで考えたら、仲根先生が偽証したのではないかという結論に達したんだって」

「羽佐間さんが昇にその話をしたのは、いつ？」

「仲根先生に懲役七年の判決が言い渡されてから十日ほどしたころだから、今月の初めかな。食堂で会った後、外のベンチで三十分ほど話したんだ」

「あくまでも羽佐間さんの推理ね」

「ああ、そうだよ。証拠はないからね。話せって言うから俺は話したけど、だからお袋が違うって言うんなら、いいよ」

昇がちょっと不満げに言い、自分の部屋へ戻って行った。

佐和子は息子を呼び止め、「それは本当よ、羽佐間さんの推理どおりよ」と言いたい誘惑を我慢した。

佐和子は息苦しさを感じた。胸では、〈誰かに真実を語りたい〉〈でも仲根との約束を破るわけにはいかない〉という二つの思いがせめぎ合っていた。

佐和子が仲根に折り入って相談したいことがあると言われ、二人だけで会ったのは、文彦の裁判の第五回公判で鏑木が〝爆弾証言〟をした三日後だった。

仲根は前日、前々日と警察に呼ばれて事情を聞かれたときは、事件が起きた日に風見荘二〇三号室を訪れた事実は認めたものの、自分が行ったときメイはすでに死亡していた、と述べていた。だが、その日、警察で三度目の事情聴取を受けると、〝自分の知っている事実、事情は次回公判の証人尋問のときに話す〟と言ったきり、あとは一切の質問に答えず、口を噤み通したらしい。

――ある考えを固めたので、力を貸してほしい。

夜、浦和駅の近くにある小料理屋の個室で仲根にそう切り出されたとき、佐和子は胸騒ぎを感じた。

だから、恩義ある仲根のためなら何でもするつもりでいたにもかかわらず、先生の頼みでも話を聞かないでは決められない、と返答を保留した。

仲根は佐和子の対応を当然だと言って受け容れ、たとえ協力するのは無理でも、これから話すことは誰にも……憲之夫婦と文彦だけでなく斉藤肇にも明かさないでもらいたい、と言った。

佐和子は怖くなり、話を聞かずに逃げ出したかった。

が、そんなことはできない。わかりました、と応えた。

仲根がありがとうと頭を下げ、これは昨夜妻の加代と一晩かけて話し合い、加代も了解したことだ、と言葉を継いだ。そして、おもむろに、

《自分が風見荘二〇三号室を訪ねたとき、メイはすでに死んでいたが、メイを殺したのは自分だということにしたい》

という決意を語ったのだった。

事件のあった日の午後四時十分ごろ——

ノックしても応答がないので、ドアを引いて玄関へ入った仲根は、メイらしい女性が頭から血を流して倒れているのを見て、顔から血の気が引くのを感じた。

やったのは文彦だと直感したからだった。リャンも手伝ったかもしれないが、実際に手を下したのは男の文彦にちがいない。

仲根はとにかく上がって、女性——メイだとわかった——が呼吸をしていないのを確認すると、文彦がこの部屋を訪れた痕跡を消さなければならないと思った。もちろん自分が来た痕跡も……。

彼は床に転がっていた凶器と思われる鉄の花瓶や竹の棒はもとより、テーブルの上や縁《へり》、椅子《いす》の背もたれなどを丹念にハンカチで拭《ふ》いた。最後にドアとドアノブも拭《ぬぐ》い、部屋をあとにした。

これが事実だという。

もし、メイの死体を発見した仲根がどこにも触れずにすぐに警察に通報していれば、文彦が逮捕されても、警察は現場の状況と文彦の供述の齟齬《そご》を見つけ、リャンを厳しく追及した可能性が高い。そうなれば、リャンは最後まで嘘をつき通すことができず、犯行を自供したにちがいない。

それなのに、仲根が誤った判断のもとに誤った対応をしてしまったために、警察は「自分がメイを殺した」という文彦の言葉を疑わず、彼を殺人と窃盗の罪で起訴したのだった。

文彦は裁判の途中で供述を翻《ひるがえ》し、メイを殺したのはリャンだと述べ、犯行を否認した。しかし、証人として出廷したリャンは、メイを殺したのは自分ではない、文彦だ、と証言。裁判の結果は、二人の供述のどちらを真実と見るかで決まることになった。

仲根はもちろん文彦を信じた。だが、文彦は、警察と検察の取り調べに対してだけでなく、初公判の罪状認否でも罪を認めている。しかも、捜査段階の自白調書は証拠として採用されており、その任意性に関しては争う余地がない。とすれば、裁判官たちの心証、判断は仲根とは異なり、文彦に有罪の判決が下される可能性が高い。

その場合、メイを死に至らしめた行為を裁判官たちが殺人と見るか、傷害致死と見るかは、半々ぐらいの確率だろうか。もちろん殺人罪が適用されないことを望むが、たとえ傷害致死であっても、人を殺したことに変わりはない。文彦にはこれからずっと……もし八十歳まで生きるとすれば六十年間も「人を殺した男」というレッテルが付いていくことになる。

仲根は後悔し、自分を責めた。ありもしない文彦の犯罪を隠そうとして採った自分の浅はかな行動が、文彦の人生を滅茶滅茶にしてしまう結果を生んでしまったのだから。

たとえ仲根が警察へ出頭し、〝事件の起きた日、自分も風見荘二〇三号室に出入りして花瓶やドアノブの指紋を拭き取った〟と申し出たとしても、それだけでは文彦の無実を証明する材料にはならない。

――では、どうしたらいいのか？　文彦のために自分にできることはないか？

仲根が必死でそう考えていたとき、青天の霹靂《へきれき》とも言うべき鏑木の証言が飛び出したのだった。〝自分が二〇三号室へ行ったときメイは生きており、その直後に部屋へ行った男がいる〟という証言である。

鏑木が意図的に偽証しているのは明らかだった。だが、仲根には、鏑木の言っていることが偽《いつわ》りだと証明する手段がない。

傍聴席で鏑木の証言を聞いたとき、仲根は意識が頭の後ろに吸い込まれるような感覚に襲われた。自分は殺人犯にされてしまうと思い、戦慄《せんりつ》した。恐怖は鏑木に名指しされたときに頂点に達し、どんなことがあろうとも、〝自分が部屋へ行ったときメイはすでに死亡していた〟と言い張らなければならない、と決意を固めた。

翌日、翌々日と警察で事情を聞かれ、仲根はそのとおりにした。

ところが、次第に気持ちが落ち着き、冷静に考えられるようになると、これは文彦を救うための好機かもしれない、と気づいた。同時に、これを逃せば二度とこのような機会は巡ってこないだろう、と思った。

自分が何もしなくても、文彦が無罪になる可能性はある。とはいえ、永年弁護士をしてきた経験から見て、その可能性はかなり低いと考えざるをえない。事実がどうかということと法律的な判断は違うからだ。それがわかっていながら、何もせず、文彦に有罪の判決が下されたら、悔やんでも悔やみきれないだろう。

ただ、そうは思っても、事は殺人である。やってもいない罪を被《かぶ》り、これから死ぬまで殺人犯の汚名を着て生きていかなければならないのかと思うと、強い抵抗と迷いがあった。自分は耐えるにしても、巻き添えにする妻の加代のことを考えると、心臓のあたりに鋭い痛みを感じた。できれば頬被《ほおかぶ》りして逃げ出したかった。

しかし、自分がいま、〝メイを殴っていない、自分が部屋へ行ったときメイは死んでいた〟と主張すれば、やはり無実の文彦が殺人者のレッテルを貼《は》られて生きていかなければならなくなる。その可能性が高いのである。自分の三倍もの長い年月を――。

仲根は半ば心を決めてから自分の気持ちを加代に打ち明けた。

加代は血の気の失《う》せた顔をして聞いていたが、仲根の話が一区切りつくと、「私なら耐えられます」ときっぱりと応えた。自分が三百万円の件を仲根に話していたら事件は起きなかったはずなので自分にも責任がある、だから仲根が文彦の身代わりになるというのなら、自分も〝殺人者の妻〟という汚名に耐え、仲根が出所するまで待つ、という。

加代の気持ちを聞き、仲根は偽証を決断した。そして、佐和子の力を借りようと考えたのだという。

佐和子は一晩考えさせてほしいと言ったものの、心の内では決めていた。たとえ自分が引き受けなくても仲根は同じようにするにちがいない、それなら世話になった仲根のために力を尽くそう、と。

翌晩、佐和子は再び仲根と会って自分の返事を伝え、具体的にどうするかを話し合った。その後で、〝自分が風見荘二〇三号室へ行ったときメイは生きていた〟と偽証した鏑木の動機について、仲根の推理を聞いた。

——一番の動機はリャンさんを助けようとしたこと、そう考えてたぶん間違いない。だが、鏑木の行動の根底には、憲之と僕に対する屈折した思い……はっきりとした恨みとまでは言えなくてもそれに近い感情があったのは確実だと思う。

と、仲根は言った。

文彦が裁判の途中で供述を翻したため、リャンがメイを殺した罪に問われるおそれが出てきた。法律の専門家から見れば決してその可能性は高くないのだが、鏑木にはリャンの証言より文彦の供述のほうが真実だと思えるだけに、そのおそれが非常に高いと考えられた。文彦が無罪になり、リャンが殺人容疑で再逮捕されるのは確実なように思えた。

そのため、鏑木は苦しみ出した。憎からず思っていたリャンがメイを殺したのは、自分が文彦から三百万円を騙《だま》し取ったことが原因だからだ。できればリャンを助けたいが、どうする術《すべ》もない。

と思っていると、佐和子から電話があり〈事件が起きたころ、あなたが風見荘の近くにいたのはわかっている、知っていることを話してほしい〉という。佐和子は、鏑木の行動の裏には憲之との関係があるのではないかと考えたらしい。二人はどういう友達だったのか、と聞いた。

佐和子からその質問を受けたとき、鏑木ははたと思い当たった。事件の日、自分の後で風見荘二〇三号室へ入って行った男はもしかしたら仲根ではなかったか、と。ずっと、どこかで会ったことがあるような気がしていたのだが、そう考えると昔一度顔を合わせている仲根に似ていたような感じがするし、年齢的にも符合していた。

といって、それが仲根だったとは確信できないまま、彼は、〃憲之か仲根から彼らの知っている事実を聞いてこい、そうしたら自分も考えよう〃と佐和子に言った。

——以上の経緯はもちろん僕の想像だけどね。また、憲之か僕から云々《うんぬん》とあなたに言った時点の鏑木には、まだどうしようという明確な考えはなく、僕と憲之が自分たちに不都合な事実を村地さんに明かすかどうか見てみようと思っただけじゃないかと思うけどね。

仲根が説明を継いだ。

だが、鏑木はその後、自分が偽証すればリャンを助けられることに気づき、もし憲之と仲根が〃事実〃を隠したら偽証しよう、と考えた。

とはいえ、無関係な人間に殺人の罪を被せるわけにはいかない。証言台に立つ前に、事件が起きた日、自分の後で二〇三号室に出入りした男が仲根に間違いない、と確かめる必要があった。そこで鏑木は、憲之と仲根の反応を知らせてきた佐和子に〃気が向いたら裁判の傍聴に行き、自分の見た事実を証言してもいい〃と伝えておき、当日、傍聴席に憲之らしい男と並んで座っている仲根の姿を確認したうえで最後の決断をした――。

仲根は、自分と憲之が佐和子に隠した〝事実〟についても明かした。

それは、悠子と加代にも秘密にしてきたという、悠子の姉・佐緒里に関する件だった。

佐緒里の死は、憲之と佐緒里と鏑木の三人で仕組んだ保険金詐取計画が失敗した結果だったのだという。

――三人は大学生のくせに勉強そっちのけで遊び回り、金がなくなると詐欺まがいの悪さを働いていたらしいんだが、そのときも夏休みに海外へ行くための金ほしさに保険金詐取を計画し、失敗したんだ。それも、佐緒里さんの死という重大な結果を引き起こしてね。

計画の首謀者だった憲之はその結果に慌てふためいた。鏑木が逮捕されるや、どう対処したらいいかわからず、仲根に事情を打ち明け、泣きついてきた。

鏑木は警察で計画について話さなかったらしく、憲之は逮捕を免れた。

が、二人がつるんでいるかぎり、いつ問題が再燃しないともかぎらない。

そう考えた仲根は、鏑木が出所しても二人が会えないように憲之をアメリカへ遣り、鏑木には自分が会って、今後憲之と連絡を取り合わないほうがお互いのためだと話し、五十万円渡した（以前、佐和子には憲之に頼まれたように話したが、彼のアメリカ行きも五十万円の件も仲根の主導でしたのだった）。

鏑木は五十万円を受け取ったものの、憲之が無傷でいることに納得できない気持ちだったと思われる。といって、騒ぎ立てたところで誰にも同情されないのは明らかだし、佐緒里の家族が真相を知れば辛《つら》い思いをするのは間違いない。事情はどうあれ、佐緒里は自分が死なせてしまった相手である。その家族をさらに苦しめることには彼としても抵抗があったのだろう。結局、事故の真相は公にされなかった。

それから二十数年が経《た》ち、鏑木は偶然文彦と知り合った。文彦が憲之の息子で、憲之が選《よ》りに選って佐緒里の妹と結婚し、酒造会社の社長におさまっていることを、知った。そのとき、鏑木が恵まれた生活をしていたなら、〝へー、そうだったのか〟と思っただけで終わった可能性が高い。が、そうではなかったため、彼は複雑な思いにとらわれた。自分の人生はあの計画に狂わされたのに、計画の立案者だった憲之は無傷だっただけでなく、その計画のおかげで現在の地位と富を手に入れた。そう考えると、自分だけが貧乏くじを引いたようで腹立たしく、憲之と、憲之と手を切るように画策した仲根に対し、恨みに似た感情を覚えた。

その思いから鏑木は、文彦を焚《た》き付けて加代から三百万円詐取させ、その金を騙し取る、という行動に出た。

彼のこの行為は、メイが殺されるという想像もしなかった結果を生んだ。火の粉がといって、初めは文彦が犯人だと思っていたので、逃亡中の彼に電話し、自分に降りかからないように画策するだけで済んだ。

ところが、文彦の裁判が始まり、途中で彼が供述を翻した。メイを殺したのはリャンだと言うのだ。

それを知り、鏑木は狼狽した。もし文彦の供述が正しければ（その可能性が高いように思われた）、自分がリャンを殺人者にしたも同然だからだ。しかし、そう思ってもどうすることもできないでいたとき、佐和子から電話がかかってきた――。

最後に村地さんに謝らなければならないんだが、と仲根が言葉を継いだ。

――悠子さんが文彦の弁護を村地さんにお願いしたいと言ったのに反対しなかったのは、実は半分は僕自身のためだったんだ。万一、僕が風見荘へ行った事実が明るみに出そうになった場合、村地さんが文彦の弁護人なら、それを阻止できるんじゃないか、と狡《ずる》い計算を働かせていたんだよ。また、村地さんが鏑木に会って話を聞きたいがどうしたらいいかと僕に相談にきたとき、まず憲之に電話させる方法を提案したのも、我が身を考えたからだった。鏑木の対応によっては憲之と対策を考えなければならない、と思ってね。

そういうことだったのか、と佐和子は合点した。ずっと引っ掛かっていた〝仲根はなぜ悠子の希望に異を唱えなかったのか〃という疑問が解けたからだ。万一の場合は自分をコントロールしようとした、という仲根の真意を知っても、佐和子は腹は立たなかった。ただ、昇に言われ、もしかしたら仲根は自分を評価してくれたのかもしれないと思っていただけに、少しがっかりした。

そうした気持ちが顔に出たのか、

——だが、今度のお願いには村地さんを利用しようなどという考えは毛頭ない。

仲根が真剣な目を佐和子に当て、語調を強めた。

——村地さんには迷惑な話かもしれないが、村地さんになら本当のことを話せる、村地さんにだけは真実を知っておいてもらいたい、そう思ったからなんだ。

仲根の言い方に佐和子はちょっと戸惑いを感じたが、彼が虚言を弄しているのでないことだけはわかった。

——僕は口では立派なことを言いながら、その実、体面ばかり気にし、保身ばかり図ってきた。憲之が何か問題を起こすたびに、当人に責任を取らせるのではなく、それが表に出るのを恐れて尻拭《しりぬぐ》いに汲　々《きゅうきゅう》としてきた。さっき話したように、佐緒里さんが亡くなった後、憲之をアメリカへ遣り、鏑木に金を渡して交際を絶たせたのもそうだった。僕の犯した過ちはそれにとどまらない。息子に向けたのと同じ誤った愛情を孫にも向け、メイさんに金を渡して、リャンさんが文彦と関わらないようにしてくれと頼もうとした。その挙げ句が、メイさんが死んでいるのを見つけても警察へ通報せず、文彦が部屋に来た痕跡を消そうとしたことだった。このように、今度の事件の元《もと》を正せば、すべて僕と僕の生き方に行き着く。だから、僕は責任を取らなければならないんだよ。僕の個人的な事情に村地さんを巻き込んで申し訳ないが、愚かな父親、愚かな祖父が演じた喜劇に幕を下ろすために、どうか力を貸してほしい。

仲根は言葉を切ると、寂しげな、自嘲《じちょう》するような笑みを唇に浮かべた。

夕食の後片付けを済ませてしばらくしてから、佐和子は風呂に入った。

いつものように温《ぬる》い湯で半身浴をしていると、今日見たK刑務所の高いコンクリートの壁が目の前に浮かんできた。同時に、さっき昇と交わした会話がよみがえり、佐和子は、仲根に協力した自分の選択は正しかったのだろうかと疑問を覚えた。あくまでも仲根の考えに反対し、彼に偽証を思いとどまらせる道はなかったのだろうか……。

佐和子は、その問題は自分の中ですでに決着がついたつもりでいた。仲根に偽証を思いとどまらせた場合、文彦がリャンの罪を引き受けていた可能性が高いわけだし、自分には恩人の頼みを引き受ける以外の選択肢はなかった、そう結論し、決着をつけたつもりでいた。だが、意思とは関わりなく、佐和子の中には、無実の仲根を牢獄に送ってしまった後悔とも罪の意識ともつかないこだわりがずっと残っていたらしい。

それにしても……と佐和子は思う。文彦の裁判、仲根の裁判と、メイの殺害をめぐる二つの裁判で、自分は何をしたのだろうか。二人の弁護人として、自分はいったいどれだけ有効な働きをしたのだろうか？

文彦の裁判では、その進行を有利に転換させた二つの重要な推理はいずれも羽佐間潔に拠《よ》っていた。

〈文彦はリャンを救うためにキリストになろうとしている〉〈文彦の背後には彼に振り込め詐欺を吹き込んだ人間がいたにちがいない〉そう指摘したのは羽佐間潔だからだ。

一方、仲根の裁判では、すべての筋書が仲根本人によって決められていた。

と考えると、

――自分は働きらしい働きは何もしていない。

そう結論せざるをえなかった。

それはつまり、文彦の弁護人も仲根の弁護人も自分でなければならなかった理由はどこにもない、ということであった。

――私には弁護士としての能力なんてなかったんだわ。これまで何とかやってこれたのは斉藤先生や仲根先生の援助があったからなんだわ。私はそれを自分の力だと錯覚していたのね。

その結論はショックだった。同時に、いまごろそれに気づいた自分の鈍さも。

——これから、自分はどうしたらいいのだろうか？

佐和子が意気消沈していると、磨りガラスの向こうに人の影が映り、

「お袋、生きてる？」

という昇の声がした。

佐和子は現実に引き戻され、

「ノックもしないで何よ！」

と、咎めた。「人が大事なことを考えているときに邪魔しないで」

「あ、そう。じゃ、帰るよ。羽佐間さんが仲根先生の話をしたとき、もう一つ言ったことがあるのを思い出したから、教えてやろうと思ったんだけど」

「えっ、何？　羽佐間さん、何て言ったの？」

踵《きびす》を返しかけた昇に佐和子は問いかけた。教えてやろうと思った、という言い方が気になったのだ。

「だって、邪魔なんだろう」

「そうだけど、この際、特別に許すわ」

「何だよ、もったいを付けて」

「昇こそもったいぶらないで、早く話しなさいよ。羽佐間さんの言ったのはやはり事

件に関係した話？」

「違う。お袋のこと」

「私のこと？」

「羽佐間さんがひきこもりだったのは、お袋も知っているだろう？」

「知ってるわ。羽佐間さんと知り合ってかなり経ってからだけど、文彦さんに聞いたから」

「そのひきこもりが治った理由としては、文彦さんの事件が起きて裁判の傍聴に行くようになったことが一番大きいらしいけど、お袋に出会ったことも小さくないって、羽佐間さんが言ってた」

佐和子はちょっと面食らった。どういう意味だろう？

「お袋はさ、人を安心した気持ちにさせる大きな船みたいな人だって」

昇が言葉を継いだ。

「ふーん」

「ふーんて、わかっているの？　褒《ほ》められたんだよ」

そうかもしれないが、人を安心させるというのは鈍いという意味にも通じているのではないだろうか。仲根も〝村地さんになら本当のことを話せる〟〝村地さんにだけは真実を知っておいてもらいたい〟と言って私に協力を求めた。あれも私が鈍感な人間だからではなかっただろうか。

佐和子はそう思ったが、それは口に出さずに言った。

「らしいわね。でも、羽佐間さんはどうしてそんなふうに言ったのかしら？　その理由がわからないんだけど」

「羽佐間さんが最初にお袋に電話してきたとき、羽佐間さんが会いたくないと言うのに、お袋が強引に蕨まで押しかけ、羽佐間さんに会って話を聞いただろう。そのとき、そう感じたらしいよ」

「私、そんなに強引だったかな」

佐和子は惚けた。

「羽佐間さん、逃げ帰りたい気持ちと闘いながらやっとファミレスまで行ったっていうから、相当だったんじゃないか。でも、お袋と別れて帰るときは、何だか、長い間自分の胸に載っていた重い石が取れたみたいに楽な気持ちになっていたんだって。そしてその後、人に会うのがだんだん怖くなくなっていったんだって」

「寅さん流に言うと、さしずめ私は癒《いや》し系っていうわけね」

佐和子も昇も『男はつらいよ』の大ファンで、テレビで放映されるたびに一緒に見て笑っていた。

「ま、そういうことだね。ただ、見かけは大きくても泥船かもしれないから、あんまり安心していたらぶくぶく沈んじゃうかもしれないよって、俺は注意しといたけどね」

「見かけは大きいって、どういう意味？」

「大きな船は見かけが大きいに決まっているだろう」

「何か引っ掛かるわね」

「羽佐間さんが大きな船って言ったから、そう言っただけだよ。そんなことよりさ、多少抜けていてドジこいても、会った人を安心した気持ちにさせるのは弁護士として大事な資質じゃないかな、と俺は思うわけ」

「前のほうは気に入らないけど……ま、いいか」

「そうだよ。お袋は大船なんだから、小さなことは気にしない、気にしない。じゃ、俺は行くけど、ぶっ倒れないうちに上がってよ」

昇が言って、身体を回した。

脳天気な息子だが、意外に敏感なところもあるらしい。

「昇」

と、佐和子は呼びかけた。

「何だよ？」

昇が顔を振り向けた。

「えっ、気味が悪いよ。あんまり長くお湯に浸かっていて、脳味噌がふやけちゃったんじゃない」

「ありがとう」

昇が出て行き、ドアの閉まる音がした。

「脳味噌は無事よ」

佐和子は、昇の消えた磨りガラスの向こうに向かってつぶやき、ゆっくりと立ち上がった。

——そうか、私は大きな船か。私をそんなふうに思ってくれる人がいるんなら、鈍くても少しぐらい抜けていても、かまわないか……。

佐和子はそう思うと、また明日から、気持ちを入れ替えて何とかやっていけそうな気がした。

この作品を書くに当たり、『売春社会日本へ、タイ人女性からの手紙』（下館事件タイ三女性を支える会編　明石書店）、『通訳の必要はありません』（深見史著、創風社出版）、『社会的ひきこもり』（斎藤環著　PHP研究所）他の書籍、新聞、雑誌、インターネットのホームページを参考にさせていただきました。
なお、本作品はフィクションですので、作中に登場する人物、組織等は、実在の人物、組織とは一切関係ありません。

著者

解説

大矢博子

トラベルミステリで知られる深谷忠記だが、それと並行して精力的に書き続けているのが、社会問題に深く切り込みながら本格ミステリのツイストを効かせた作品群である。特に二〇〇〇年以降はリーガルミステリが著作の中心となり、いずれも高い評価を得ている。『黙秘』『審判』『目撃』『立証《コンダクター》』（いずれも徳間文庫）、『無罪』（光文社文庫）はもちろん、『殺人者《ソウル・マーダー》』では児童虐待を、『執行』（徳間書店）では死刑制度を扱うなど、社会の闇を抉《えぐ》るその筆はますます堅調だ。

本書もそのひとつとして、二〇〇八年に『悲劇もしくは喜劇』というタイトルで実業之日本社から刊行された。のちに大きく改稿し、『偽証』と改題されて二〇一〇年に実業之日本社文庫入りしたが、十年以上が経《た》って紙の本の入手は困難になっていた。それがこのたび改めて徳間文庫から読者に届けられることをまずは喜びたい。

物語の舞台は二〇〇四年。タイから来日した若い女性、リャンの視点で始まる。日本のレストランで働けると聞いていたのに、実際の仕事は売春だった。しかも渡航にかかった借金を完済するまで解放されないという。つまりは人身売買だ。

リャンは同じ境遇のタイ人女性二人と、彼女らの監視役であるメイの四人で共同生活を送ることになる。メイもかつては同様の事情で客をとっていたが、そこで稼いで這い上がり、今ではかなりの金を溜め込んでいるらしい。

ここに、リャンに思いを寄せるふたりの客が登場する。ひとりはフリーライターの鏑木。店ではペンネームの田宮を名乗っている。もうひとりは大学生の石崎文彦だ。ともにリャンの境遇に同情しており、特に文彦は若さと真面目さゆえに、何とかリャンを助け出したいと考える。だがリャンの借金は三百万円近い。学生の身には容易《たやす》く用意できるものではない。すると鏑木が、ある方法を思いついたと文彦に告げた。

そして文彦の祖母のもとに電話が入る。それは文彦が暴力団相手に交通事故を起こし、三百万円払わなくてはならない、お祖母《ばあ》ちゃん助けて、というものだった――。

と、ここまでが第一章の粗筋《あらすじ》である。

他にも第一章には、リャンの置かれた境遇に始まり、文彦の葛藤《かっとう》、文彦の父や祖父と鏑木の秘められた過去の話、鏑木の現在の生活の様子、文彦の相談相手である引きこもりの青年、まったくの素人《しろうと》から一念発起して弁護士になったシングルマザーの佐和子など、さまざまな人間模様が綴《つづ》られる。恋で視野狭窄《きょうさく》になっている文彦にはらはらしたり、文彦と鏑木の奇妙な縁に不穏な気配を感じたり、佐和子と息子のコミカルな会話に笑ったりと盛りだくさんだが、実はこの章でかなり多くの（殆《ほとん》ど、と言ってもいい）種がまかれていることに、あとになって気づくはずだ。

そして第二章──驚くぞ。急転、という表現では足りないくらいの意外な展開が待っている。第二章はいきなり裁判シーンから始まるのだ。罪状は殺人と窃盗。被告人の弁護を務めるのが前出の佐和子である。誰が誰を殺し、何を盗んだのか──というのは、ここでは明かさないでおく。この時点で読者は、「第一章のあとで何があった!?」「なんでそうなった!?」と前のめりになることだろう。そこからは一気呵成《かせい》だ。一章ごとに意外な展開が用意され、意外な証人が登場し、意外な事実が判明し、読者は深谷忠記の手のひらの上でいいように転がされることになる。

何があったかはもちろん裁判の中で明らかになっていくのだが、なんせタイトルが『偽証』である。嘘《うそ》をつく人物が出てくることはタイトルでわかっている。だが嘘はひとつではない。ここまでは明かしてもいいと思うが、主要人物のほぼ全員が何らかの嘘をついているのだ。

誰が、なぜ、何のために、どんな嘘をついたか──どうかそこに注目してお読みいただきたい。証人が法廷で嘘をつけば偽証罪になる。被告人が嘘をつけば真っ当な弁護も審判もできない。そして弁護士が嘘をつけば、それはもう司法制度の崩壊だ。

だが、彼らは嘘をつく。保身のために嘘をつく者もいれば、策略のために嘘をつく者もいる。誰かを守るために嘘をつく者もいる。過去の償《つぐな》いのために嘘をつく者もいる。明らかな嘘もある一方で、「それが嘘だったの？」と思わずのけぞってしまう嘘もある。

彼らはなぜ、嘘をつくという選択をしたのか。何がそこまで彼らを追い込んだのか。そこに横たわる人間模様こそ、本書の読みどころだ。

本書の登場人物にヒーローはいない。文彦は視野が狭いし、その父や祖父はエゴイストだ。鏑木は拗《す》ねているし、佐和子は贔屓目《ひいきめ》に見ても優秀な弁護士ではない。リャンも、文彦の友人も然《しか》り。人間誰しもがそうであるように、ここに登場する人々は皆、弱さや欠点を抱えている。

そんな、どこにでもいる私たちと同じ人間である彼らの、それぞれの嘘と思惑《おもわく》が絡《から》み合って事態は思いも掛けない場所に帰着する。終章の章題が「悲劇もしくは喜劇」なのも道理だ。なんと皮肉な連鎖だろう。それをもたらしたのは人間の持つ愚《おろ》かさと優しさだ。ここには「人の営み」が詰まっているのである。

本書がエキサイティングな法廷ミステリであることは論を俟《ま》たない。だが著者のリーガルミステリの中でも本書は群を抜いて、著者の「人の営み」に向ける慈《いつく》しみの眼《まな》差《ざ》しが込められている。この皮肉にして切ない人間ドラマを、たっぷりと味わっていただきたい。

さて、本書の舞台は二〇〇四年だが、実はこのあと、本書の構成にかかわる司法の大きな変化があった。

ひとつは二〇〇九年から始まった裁判員制度だ。本書で扱われるような殺人事件はすべて裁判員裁判となり、公判前整理手続きが義務付けられるようになった。

公判前整理手続きとは、事前に裁判所・検察官・弁護人がそれぞれ証拠を提出し、争点を明確にして審理計画を立てるものである。一般市民から選ばれた裁判員を長期にわたって拘束《こうそく》するわけにはいかないので、審理をスムーズに進めるためあらかじめ色々決めておく打ち合わせと考えればいい。したがって、本書でみられるような予告のない証人・証拠の提示や主張の変更などは原則としてできなくなった。この法廷での怒濤《どとう》の展開は当時ならではと言っていい。

もうひとつは、本文でも少しだけ触れられているが、二〇〇五年に成立した「人身売買罪」である。特に営利・猥褻《わいせつ》目的の場合は罰則が厳しくなる。ただ、驚くのは、それまで本書のリャンのような女性を助ける法律がなかったということだ。国際社会からの非難を受けて、政府がようやく法改正に乗り出したという経緯がある。この当時は、売春防止法か出入国管理及び難民認定法（いわゆる入管法）を適用するしかなく、その場合、リャンは被害者なのに処罰対象の被疑者になってしまうのだ。
裁判の進め方もリャンの処遇も、現在では状況が変わっているわけだが、本書に込められた「人の営み」というテーマは現代においても通用する。いや、この文庫が出る二〇二三年に入管法の改正が大きな問題になったことを思えば、むしろタイムリーと言っていい。被害者を被疑者として扱っていいはずがないという自明のことを、あらためて考えさせてくれるはずだ。

二〇二三年六月

本書は２０１０年11月実業之日本社文庫として刊行されました。
なお、本作品はフィクションであり実在の個人・団体などとは一切関係がありません。

徳間文庫

偽《ぎ》証《しょう》

2023年7月15日 初刷

著者 深《ふか》谷《や》忠《ただ》記《き》
発行者 小宮英行
発行所 株式会社徳間書店
東京都品川区上大崎三―一―一 〒141―8202
目黒セントラルスクエア
電話 編集〇三(五四〇三)四三四九
販売〇四九(二九三)五五二一
振替 〇〇一四〇―〇―四四三九二
印刷 製本 大日本印刷株式会社

ISBN978-4-19-894874-0 (乱丁、落丁本はお取りかえいたします)